——————— 想象，比知识更重要

# 齐柏林号：那个夏日的飞艇

グラーフ・ツエッペリン あの夏の飛行船

［日］高野史绪 著

曹逸冰 译

NEWSTAR PRESS

新 \ 星 \ 出 \ 版 \ 社

著作版权合同登记号：01-2025-3315

**图书在版编目（CIP）数据**

齐柏林号：那个夏日的飞艇 /（日）高野史绪著；
曹逸冰译 . — 北京：新星出版社，2025. 9. — ISBN
978-7-5133-6129-3

Ⅰ . I313.45

中国国家版本馆 CIP 数据核字第 2025EL8323 号

幻象文库

# 齐柏林号：那个夏日的飞艇

[日] 高野史绪 著；曹逸冰 译

| | | | | |
|---|---|---|---|---|
| **责任编辑** | 吴燕慧 | | **监　制** | 黄艳 |
| **责任校对** | 刘义 | | **责任印制** | 李珊珊 |
| **封面设计** | 冷暖儿 | | | |

**出 版 人**　马汝军

**出版发行**　新星出版社

　　　　　　（北京市西城区车公庄大街丙 3 号楼 8001　100044）

**网　　址**　www.newstarpress.com

**法律顾问**　北京市岳成律师事务所

**印　　刷**　北京天恒嘉业印刷有限公司

**开　　本**　910mm×1230mm　1/32

**印　　张**　10

**字　　数**　176 千字

**版　　次**　2025 年 9 月第 1 版　　2025 年 9 月第 1 次印刷

**书　　号**　ISBN 978-7-5133-6129-3

**定　　价**　59.00 元

版权专有，侵权必究。如有印装错误，请与出版社联系。

总机：010-88310888　　传真：010-65270449　　销售中心：010-88310811

# 目录

# 1. 夏纪与时间跃迁

夏纪总觉得，自己一直在寻找世界的"开口"。

那是某种能被她的指甲勾住的东西。搔两下，用指尖捏住，再轻轻一拽，比肉眼可见的世界更深的"另一边"或"更远处"的世界便会显现出来。那个开口不像咖喱块包装盒上的拉链（夏纪也不知道它叫什么）和零食袋子上的撕口那么正式，肯定更加隐秘而巧妙，直教人惊呼"原来还有这种方式"。错不了。

总感觉身边存在着那件东西，等待着她去发现。

好似一颗无法被锁定在视野中心的幽淡星辰，时刻呼唤着自己。虽然看不分明，但世界的小小"开口"必定就在那里——

夏纪将右手悄然伸向染上暮色的夏日晴空，她在空中合拢食指和拇指，仿佛是要捏住高处树梢的影子。手指很快就分开了，但随即又握成了拳头，像是要揪下一团晚霞。

唉，我这是在干吗呢……

夏纪在肌肉感到酸痛之前放下了胳膊。右手"啪"的一声落在夏天的背带裙校服上，带出了些许淡薄的百合花香。香气出自上个月过生日时朋友送的古龙水，随着叹息丝丝颤动。

每到这个钟点，斑透翅蝉和油蝉便会偃旗息鼓，换暮蝉上阵。夏纪一听到暮蝉的叫声，就会想起在龙崎务农的亲戚。上初二前，她每年都会去亲戚家过盂兰盆节①。虽然备战中考的忙碌和各种各样的因素打破了这个惯例，但与关系不甚明了的亲戚家孩子们打打闹闹的回忆至今让她倍感怀念。

总觉得世界的"开口"也是跟这种淡淡的感伤连接着的。涌上心头的情绪，定会将某种东西递到她眼前。

某种东西……嗯，某种东西。总觉得有什么下一秒就能看见，却终究还是模糊不清的东西。就像那种一旦发现，世界就会天翻地覆的宇宙机密。

当然，夏纪从没特意跟人聊过这种感觉，也没有动笔记录下来。因为她不想听到"青春期少女特有的敏感""高二女生的中二病"这种老套的评语。她不愿让别人命名或定义这种情绪，也不想听到让自己略感不快的点评。

———————————————
① 8月15日前后的祭祖节日，在日本人心目中的重要程度仅次于元旦，类似中国的清明节。——译者注

她也不怎么喜欢别人说自己"平凡"，可要是有人用"独特"来形容她，心里又会惴惴不安，仿佛成了别人眼里的怪人。但听多了"平凡"，便又会向往"独特"。说来说去，不过就是动画片里的路人甲。巨无霸机器人一飞冲天时的围观者之一。英姿飒爽的女性太空飞行员的朋友之一。中流配角声优兼任的龙套角色之一。但绝不是反派的跟班之一。

　　我叫藤泽夏纪，生在茨城县土浦市，现在也住在土浦。就读于公立女校，土浦第二高中。身高……不是很想透露哎，大概一米五……几的样子。体重是头号机密。身材算不上苗条，但整体线条圆润只不过是因为长了张圆脸。留着偏短的波波头，颜值普普通通，也没什么运动细胞，嗯。成绩嘛……还凑合吧……不算差。呃，发挥不错的话还能够到中上？参加的社团有电脑社和占卜同好会。今天放暑假，但我刚忙完电脑社的事情……

　　唉，胡思乱想什么呢。说了半天，也没说出什么厉害又特别的地方呀。

　　太阳逐渐没入矮楼和民宅时，夏纪正站在龟城公园的山丘上，后背沐浴着夕阳。山丘就那么一丁点高，正好处在刚翻新过的市营游泳池、设施数量在什么时候去都很热闹的游乐场和仿制的古城楼之间，充其量就是个小土堆。不过东西两侧各有十级石阶，想稍微登高望远一下的时候

3

倒是正好。山丘上既没有名胜古迹，也没有游乐设施，更没有值得眺望的景致，只有几棵树和一座面朝游泳池的小钟楼。从这里望出去，钢筋混凝土结构的仿古城楼刚好会被阔叶树挡住，所以没什么人会特意爬上来，如此反倒合了夏纪的心意。

话虽如此，其实夏纪也好久没来了。准确来说她都好久没想起过这个地方了。这里不过是每次穿过龟城公园时都会经过的一处地点，与看不清字迹的石碑、天知道供奉着什么的神社没什么两样。暑假傍晚的天空透过树林的缝隙映入眼帘，几乎不见一丝云彩。明天是八月的第一天。接下来恐怕只会更热，想想还挺郁闷的，幸好超过三十度的日子不会太多，熬到傍晚就好了。体育老师要求的游泳次数也在昨天达标了，没碰上生理期。家里也不是新盆①，今年不用大操大办。至于作业……该做的还是会做的啦。对了，再过三周还要模拟考，好烦呐。

东边的天空还没有彻底暗下来，大概只有视力更好的人才能看见夏季大三角②。只见一群运动队的学生从法院与夏纪出生的医院之间的行人专用道穿过箭楼的门洞。

夏纪再次抬头望天。

———————————
①故人去世四十九日以后的第一个盂兰盆节。
②天琴座的织女星、天鹰座的牛郎星及天鹅座的天津四连成的三角形，在夏季会升上北半球中纬度地区的天顶。

还记得很久很久以前，儿时的她曾在这里见过一艘飞艇。

飞艇……嗯，就是那种靠氢气球在天上飞来飞去的"空中飞船"。

那些画面本已被她抛到了九霄云外，一直深埋在记忆的底层。之所以突然想起，还得从上星期——放暑假前的班会说起。当时，班主任菅野老师提起了土浦的一段往事。这位菅野老师是教历史的，上课时经常东拉西扯（但至少都与历史相关），年纪介于青年和中年之间，酷爱交通工具。算不上特别受欢迎的老师，但颇有威信，同学们都觉得他很有意思。那天，菅野老师不知怎么就聊起了飞艇，还边说边在黑板上画起来。

"大家可能没听说过'飞艇'吧？毕竟它退出历史舞台都快一百年了。飞艇是一种靠气球浮上蓝天，利用螺旋桨推进的交通工具，说白了就是空中飞船，在英语里叫'airship'。想当年，世界上最大的飞艇——'齐柏林伯爵号'还来过咱们土浦呢。"

老师说，飞艇用的"气球"并不是热气球那样的圆形气球，下面也不挂吊篮。齐柏林号[①]的主体是横放的长条形气球，内有金属硬式骨架，全长236.6米，最大直径30

---

① 齐柏林伯爵号的简称，后文多用这一称呼。

5

米，腹部装有一体式吊舱。菅野老师说话间三两下就在黑板上勾出了一艘流线造型、配有十字形尾翼的飞船（画得别提有多熟练了，他带过的每一届学生大概都听过这段）。流线归流线，但轮廓略显圆润，直教人联想到虎鲸和海豚，也有点像古早科幻片里的火箭，只是朝向调转了90度。

齐柏林号的气球以轻质铝合金框架和带金属涂层的棉布表皮制成，内有16个灌满氢气的巨型气囊。驱动系统为5台550马力的迈巴赫柴油发动机。配置如此强大，载荷却只有60吨左右。换作今天，几架大型运输直升机就能搞定这个重量……夏纪当然记不住每一个细节，但眼下这位戴着眼镜圆墩墩略显宅男气质的老师还是如数家珍地列举着飞船的参数。

"1929年，齐柏林号从美国出发，开启了环游世界之旅。要是能成功返航，它便是有史以来第一艘搭载普通乘客周游世界的航空飞行器。它一路向东，经停德国，然后横跨西伯利亚飞往东京。从严格意义上讲，这句话里的'东京'并不是真正的东京，而是土浦的霞浦海军航空队基地。也就是说，这艘荟萃了当时全球顶尖科技的飞艇来到了咱们土浦。只可惜啊，天有不测风云——"

在女校的课堂上滔滔不绝地分享交通工具的趣闻逸事还是很考验胆量的，所幸菅野老师的口才很好，连那些起初兴致缺缺的同学都越听越起劲了。

"不知道大家有没有印象？齐柏林号在土浦爆炸起火，41 名机组人员和 20 名乘客无一生还。货舱里的 7700 封邮件也都化为了灰烬。"

仅剩的几个不感兴趣的同学也被这话吓到了，看向老师。

"据说事故原因可能是着陆操作时产生的静电火花引燃了气囊中的氢气，但真相至今还没有定论，甚至有人说是苏联间谍搞的破坏。"

苏联……即便是在 21 世纪的今天，对日本这个美国的盟友而言，苏联仍是模模糊糊的假想敌①。稍微用心听过几堂现代社会课的人应该都对此心知肚明。

"没过多久，飞机就成了天空的霸主。早在 20 世纪 30 年代初，飞艇就已经无人问津了。这种古老的交通工具就这样退出了历史舞台。看表情，大家怕是都没听说过飞艇吧？也难怪啊，你们的爸爸妈妈大概也不是很熟悉飞艇。毕竟齐柏林号出事坠毁的时候，你们的太爷爷、太奶奶都还没出生呢。历史就是这么回事，哪怕知道的人再少，它也是确确实实存在的。可要是没有人知道，铁一般的事实都会荡然无存。这个暑假还不用全力备战高考……"

①在夏纪的世界，苏联并未解体。后文也有提及。

7

老师谆谆教诲，让大家多了解了解本地历史。夏纪却被黑板上的飞艇摄走了心魄。无关紧要的示意图，竟在某个不经意的刹那突然有了意义。

我见过这艘飞艇。

说不定，我最早的童年记忆就是这艘齐柏林号。我并没有忘记它。只是记忆就如一张网似的，能与某个玩伴、某个地方、某个玩具联系起来的事物就不会从网眼漏出去，可飞艇的记忆和那些都没有关联，它仿佛是沉在海底的一颗珍珠，一直没被我拾起……班会结束后，夏纪匆忙踏上回家的归途，跟父母一起吃了晚饭，泡了澡以后躺进被窝。直到困意降临，她一直都在琢磨这件事。

我见过齐柏林号。

当时是不是还有人仰望傍晚的天空，高喊："那是齐柏林号！"来着？

嗯，他……他好像叫……嗯，对……好像叫 Toshio[1]。是叫 Toshio 吧？是个跟我差不多大的小男孩。

咦？Toshio 是谁啊？

我周围只有一个叫 Toshio 的，是妈妈的爸爸，也就是我的外公藤泽敏夫[2]，已经过世十几年了。

可那时跟我在一起的不是外公。而是个跟我差不多大

---

[1]这个阶段夏纪和登志夫还不知道对方的名字怎么写。
[2]敏夫的发音也是"Toshio"。

的小男孩，看着像上幼儿园的年纪。他用跟女孩子一样清亮的嗓音告诉我，"那是齐柏林号！"。错不了，肯定不是外公。

从几天前的沉思中回过神来的夏纪再次挺起后背，仰望正上方的天空。

我见过齐柏林号。就是在这里看见的，绝对没错。就是这里。当时是什么情况来着？也是傍晚时分。我跟Toshio都穿着短袖。对了，那天家里刚办完外婆的葬礼。嗯，绝对没错。还记得飞艇是从这一头飞到了那一头……所以是沿着国道、土浦一中那儿飞向了车站？它好大好大，乍看就好像被锡纸亚光那一面裹着，朝我飞啊飞……

"……喂！小夏！喊你呢，小夏！"

喊声将夏纪猛地拽回现实。她收回投向天空的目光，只见有人正爬着山丘东侧的石阶。

"是龙一啊……抱歉，刚刚在发呆。"

"你也不是第一天这样了，我还能不知道嘛。"

同班同学兼占卜同好会会友坂本亚里沙走到夏纪身旁说道。她穿了一件缀有少许荷叶边的优雅衬衫，配了条修身牛仔裤。

"你在这干啥呢？"

"啊……没干啥。我看上去像在干什么吗？"

"嗯……看着像在发呆。"

"厉害，还是你懂我。"

两人相视而笑。她们平时在社团活动室也是这么闲聊的。不了解内情的人恐怕会非常奇怪，不知这位肤色白皙、五官清秀的黑发少女为什么会被称作"龙一"。说来也简单——因为亚里沙会弹钢琴，又姓坂本，于是就成了大家口中的"龙一[①]"。她们这届特别爱起这种绰号，好比最年轻的家政课老师姓"板垣"，所以绰号"退助[②]"。化学老师就更惨了，单单因为"斋藤"这个姓氏被大家喊作了"茂吉[③]"。另一位姓斋藤的古文老师倒是没遭殃，同学们都照常喊他"斋藤老师"。

"你呢？要去哪里呀？哦，还是正要回家？"

"正要去学校呢，今天不是有合唱队的排练嘛。"

"对哦！《第九交响曲》是吧！我们家美美子的表现还可以吧？"

"那是当然，小夏妈妈可是我们女高音组的领唱呢。"

"她那点水平也能领唱啦。"

"别这么说啦！"

亚里沙用全无矫揉造作的女高音笑道。也许这就是大家常说的"银铃般的笑声"吧。

---

①亚里沙的绰号出自坂本龙一（1952—2023），日本著名钢琴家、作曲家。
②板垣退助（1837—1919），明治维新功臣之一，自由民权运动家。
③斋藤茂吉（1882—1953），歌人、精神科医师。

"她在努力教会我们呢，还分享了不少音乐学院的备考诀窍。"

"对哦，你明年也要考音乐学院呢。可我妈上音乐学院都是 20 世纪的事情了，21 世纪都过去 20 年了，她那些经验还有没有参考价值啊？"

"怎么没有啊！音乐学院还是很保守的啦。去年考进去的学姐说的和你妈妈的经验都对得上呢。你呢？怎么穿着校服啊？"

"电脑社有点事情要忙。高三的学姐都退社了，就剩我一个了。"

"今天有什么好忙的呀？"

"那可太有了，瞧！噔噔！"

夏纪从水手风帆布托特包里掏出一本 B5 的大部头书，书里贴满了便签。

"我们电脑社终于用上 Windows 21 啦！"

亚里沙一头雾水地看了看那本书，又看了看夏纪，但并没有露出惊讶之色。

"电脑本身是筑波大学淘汰下来的，快放暑假的时候才送来，好在配置不错，跑得动 Win21。今年学校划了一些预算出来，就买了一套正版的 Win21，只不过是学术版，比普通的稍微便宜一点。以后就能随时联网了，还能装词典、百科全书和世界地图呢！文字处理机①都要下岗了！听说有人用电脑修照片、剪辑自己拍的视频呢，好像还有人用电脑画画，厉害吧？还能用电子邮件跟外国人交流呢，几乎是实时的哦！就是得先学好英语。还有什么来着？反正功能可强大了！是不是特别有 21 世纪的感觉？！今天总算是把盼了好久的 Win21 装上了，整整 12 张软盘呢！装得我头都晕了，不过还好不用拖到明天。"

亚里沙还是一副云里雾里的样子。

"Win……什么？"

"叫 Windows 21 的操作系统。"

"操作……系统？"

"就是……啊，就是用来驱动电脑的软件……"

"软件……？抱歉啦，我对这些真不大懂。不过你开心就好啦……啊，抱歉抱歉，我该走了。"

"哎呀，都怪我，自顾自地说个没完。"

简直跟沉迷交通工具的菅野老师半斤八两嘛。

亚里沙道了声"拜拜"，正要迈步走开，却又像是想起了什么，停了下来。只见她从像是装着乐谱的教材包里抽出一张纸。

---

①日本曾一度流行只能处理文字的设备，但随着个人电脑和文字处理软件的普及，以及可连接个人电脑的廉价打印机的出现，文字处理机逐渐失去市场份额，销量在 1999 年被个人电脑逆转，2003 年全面停产。

"对了，这个给你——我们钢琴班下个月有场汇报演出。"

夏纪接过来一看，原来是演奏会的传单，上面印着一只弹钢琴的熊猫，怪可爱的。

"小朋友是四点开演，最后才轮到我，大概要六点多吧。放心，免费观看的，随便你什么时候来、什么时候走。"

"安排你压轴，说明你弹得最好吧？"

被夏纪这么一问，亚里沙难为情地摆了摆手，动作却很是干净利落。

"也不能这么说啦，更厉害的高三以上放在另外一场了。"

"那你总归是高二以下最厉害的嘛。准备弹什么呀？是我也知道的曲子吗？"

"《英雄波兰舞曲》，肖邦的。"

夏纪还真知道。那是首气势磅礴的曲子，外行人都能听出它难度很高。亚里沙一边说着"有空来捧个场哦"，一边挥手告别，走下山丘东侧的台阶，往小学那边去了。合唱队平时都在夏纪的母校——土浦小学的体育馆排练。

我也回家吧……夏纪把汇报演出的传单夹进 Windows 的书里，塞回帆布包。

说时迟那时快，有什么东西闯入了夏纪的视野，剧烈的眩晕从天而降。好像是视野的边角……不对，是上

13

面？不对啊。我明明低头看着包里的东西，怎么会看到上面……这……到底是上面还是？夏纪已然分不清上下了。她两手乱挥，只想抓住点什么稳住自己。堵着耳朵的声响是……听不出来，只觉得低沉的嗡鸣声自四面八方涌起。托特包从左肩滑落的触感传来。

夏纪下意识用右手去够包带。上面……没错，是上面。我为什么能看到上面？但夏纪的视野中分明有树梢、小小的钟楼和巨大的飞艇。低沉的嗡鸣声越来越响，越来越响，填满了她的脑海。天知道是自己在转，还是天旋地转。眼看着飞艇在夕阳中泛着朦胧的银光，尖尖的头部微微隐入阴影。飞艇……嗯，没错，就是飞艇。早在我想起这个单词之前，早在看到它的那一刹那，我就知道它是什么了。比起酷爱交通工具的老师画的示意图，比起不知在哪儿见过的照片，眼前的飞艇要鲜活明快得多。错不了，那就是飞艇。

"那是齐柏林号！"

清脆的童声喊道。夏纪的视线几乎是在同时锁定了飞艇吊舱侧面的哥特体红字——"GRAF ZEPPELIN"。在零点几秒之后，她又看见了印在尾翼边上的黑色标识："D-LZ127"。莫非她听到的嗡鸣，就是吊舱周围那些驱动飞船的螺旋桨发出来的？她都分不清是不是自己在耳鸣了。

世界转啊转，转个不停。转着转着，夏纪看到了一个幼儿园年纪的小男孩。他穿着尺码略大的黑色衣服，蓬松的头发梳得整整齐齐。照理说天旋地转，本该无暇关注这些细节，夏纪却都看得清清楚楚。还有那纤长又敦实的，亚光银色的机体。

那是齐柏林号！

这声音……嗯，我有印象，我还记得，一刻都没有忘过。他的声音，跟我一起看到飞艇的男孩的声音。Toshio。没错，是 Toshio！ Toshio……我一直都惦记着他，从没有忘记过……

夕阳刺入眼中。不。是世界转得太快，快到光芒四射，吞没了夏纪。她向虚空伸出手去，还想抓住些看得见摸得着的东西，却什么也抓不到。

夏纪不堪忍受，只想闭上眼睛。

一切都发生在转瞬之间，真实而又缥缈的一刹那。

夏纪紧闭双眼，仿佛是要牢牢抓住逐渐消失的残影。


猛然回神，重新睁眼。

眩晕感荡然无存，上变回了上，下也变回了下。

眼前是同学的后背。还有黑板、讲桌和老师。

夏纪眨了眨眼，仿佛是在检验自己的眼皮是否还存在。

"咦？"

"刚才那是……？"

"怎么搞的？"

同学们七嘴八舌起来，既不像自言自语，也不似交头接耳。好像是出事了，可谁都说不清到底出了什么事。

"哎，刚才那是怎么回事啊？"

"嗯？地震了？"

教室里的同学们都坐在原位。穿着略显土气的夏季背带裙的女孩子们交换着眼神，四处张望。

"啊！是日光灯！刚才灯亮了一下！"

"是亮了！亮了一下下。"

"吓死我了！"

"刚才怎么了？"

在吵嚷的人声中，菅野老师用低沉却分外有穿透力的声音提出了一个无人能答的问题。或许是因为老师也承认了刚才确实"发生了什么"，教室里的气氛稍显平复。

"灯好像亮了一下。"

班里一向积极的领头大王踊跃报告道。其他同学纷纷附和。

"确实亮了！"

"真的假的？我都没注意。"

"亮了，就一下。"

"哎，我怎么就没发现呢！"

菅野老师耸了耸右肩，斜眼望向天花板。他最近老喊脖子疼，也许就是因为这个，抬头的时候好像挺费劲的。

教室里的灯都关着。毕竟才十一点多，外面阳光灿烂，无须另外开灯照亮同学们的课桌。夏纪倒是也注意到有什么东西闪了一下，却没意识到亮的是日光灯。

"怎么回事啊……千万不要漏电了啊。"

老师皱了皱眉，再次抬头看向那排没有发出丝毫亮光的日光灯。

"算了，待会儿去查查看吧。说到哪儿了……哦，对了，模拟考。模拟考安排在了 8 月 22 日。虽说那时还在放暑假，可别忘了来学校哦。都印在通知上了，记得拿回去给家长看一下，你们自己也要好好看看。"

菅野老师像是还没想出个头绪来，举起班会刚开始时发的两张通知。

"刚才又是你搞的鬼吧，小夏？"邻座的福富薰压低嗓门偷笑道，还用右手肘戳了戳夏纪，"你还真是跟机器犯冲哎。老师一提考试，立马就出状况了。"

"别瞎说啊，我什么都没干。"

听到夏纪的反驳，小薰反倒笑得更开心了。

"真是大显身手呀。"

"别闹了，大显什么身手啊……"

夏纪嘴上说着，人却有点心不在焉。我刚才在做梦吗？好像抓住了什么，可一眨眼，那东西又不见了。菅野老师用黄色粉笔画的飞艇还在黑板上。飞艇……对了，飞艇。感觉有点印象，却死活想不起来。刚才好像还有点头晕。不会是刚睡醒吧？在班会上打瞌睡倒也不是完全不可能，可是并没有刚睡过一觉的感觉啊。模拟考的注意事项都记得清清楚楚，之前提到的飞艇也在脑子里呢。只不过，刚才……刚才肯定是发生过什么的。但再具体的，就说不上来了。

该说的很快就说完了，老师宣布散会。三五个女生叽叽喳喳聊着刚才的小插曲，三三两两凑在一起收拾东西，然后各自奔向暑假前的最后一段课后时光。

"怎么啦，小夏？被我说得不开心了？对不起啦。"

小薰从左边的座位探出头来，观察夏纪的表情。紧实的麻花辫随之摇摆。

"没、没事没事，你想多了啦。我就是有点……怎么说呢，好像走了会儿神……吧？总觉得刚才不太对劲。是不是地震了啊？"

"没感觉哎，不过电灯确实亮了一下。"

"小夏，小薰，怎么啦？"

隔壁班的班会早就结束了，坂本亚里沙找了过来。在看到她的刹那，夏纪差点又想起了什么，可那片记忆还是从指缝间溜走了。

7月21日，星期三。暑假前的全校大会和大扫除都搞定了，剩下的就是回家迎接第二天开始的暑假。夏纪知道这一切都不是梦，却有种诡异的别扭感，仿佛只有自己中途离开了教室，去了别处。

据说隔壁班和走廊上的日光灯并没有闪。夏纪、小薰和亚里沙照常聊了起来。聊着聊着，夏纪忽然想起了亚里沙的钢琴汇报演出，便随口问了一句。

谁知亚里沙惊呼道："我都没在学校提过，你怎么知道？"

我怎么知道……我为什么知道？夏纪死活想不起来，她是从哪儿知道了汇报演出的消息。

"感觉怪怪的……就好像每一幕都是见过的。哎，这种感觉叫什么来着？呃，狄佳卜？"

"Déjà vu，既视感。"

亚里沙说得轻描淡写，十分自然。

"对对对！总觉得……现在发生的一切都特别有既视感。"

然而，连这种奇妙的感觉都在她们的闲聊中悄然融化了，像极了夏日的最后一口刨冰。

夏纪自不必说，在场的所有人都没有意识到自己刚经历了一场"时间跃迁"，甚至连这个词都没有想到。

# 2. 登志夫与量子计算机

　　北田登志夫将从车站附设的自行车店租来的车停在了短租房的车棚。思索片刻后，他打开智能手机查起地图。附近有一家处方药房，太好了！虽说地方城镇的衰退始于他出生以前，可他万万没想到，土浦市已经冷清成了这样。

　　从街景看，车站前本该是条商业一条街，如今却已是满目萧条。站前有栋购物中心模样的大楼，入驻的却是土浦市的政务办事大厅（这在处理某些特定事务上倒是方便）。车站大楼被酒店和自行车店占了大半，其余的便是效仿东京市区的时髦咖啡馆和书店。办事大厅的地下楼层设有大型超市和百元店，里面人头攒动，与街上的惨淡对比鲜明。有这里和谷歌地图上几乎位于市中心的永旺商城，不愁买不到想要的东西。

　　网上说，从土浦到霞浦周边，外加通往筑波山方向的180公里长的骑行路线已经成了骑行爱好者的打卡胜地。

不过登志夫的父母儿时参加过的热火朝天的七夕夏夜祭已经不复存在了，只剩下了举办时间为八月第一个周末的"闪亮祭"。名字起得虚头巴脑，天知道究竟是干什么的。对本地人而言，它也许是个有意义的社区活动，但在登志夫这个外地人看来，一切都是那么遥不可及。

不过听说茨城县南部对外人并不苛刻。之前来过这里的一位学姐在邮件中提到，"当地人的松弛感造就了某种独特的氛围，他们不会特别警惕外来者，也不会纠结于要不要接纳，而是顺其自然地就接纳了。"说起来土浦好像还真住着一位日籍美裔歌手[①]。去东京或外国人比较多的大城市也就罢了，住在土浦还挺不可思议的。也许土浦就是一座容易让人动这种心思的城市吧，总好过那些一见到外人就视其为可疑分子从而百般提防，全城戒严的地方。

然而，对不善交际的登志夫来说，"刚来就享受本地人的亲切待遇"也是个不大不小的考验。有一次，一位老婆婆在车站跟前的公交站指着时刻表，用口音浓重的方言对他说了一句话，搞得他不知所措，只得连蒙带猜，推测人家说的大概是"我看不清楚，能帮着念一下吗？"，好不容易才答上来，可真是太难为他了。但土浦是母亲的故乡。自己继承了母亲的血脉，总能适应的——尽管这个观

---

①此处提到的歌手应该是克里斯·哈特（Chris Hart），1984 年出生于美国加利福尼亚，后来移居日本并加入了日本国籍。

点并没有科学依据。

　　除了早晚的出行高峰，去哪里的公交车都是每小时一两班。刚来这里那天行李比较多，所以登志夫坐了公交车。但在住处撂下东西以后，他便走路折回了车站，租了自行车和头盔。头盔的通风口设计得特别帅气，往头上一套，看起来就像是专业的骑行爱好者，只可惜他胯下那辆车的用途和主妇们骑的妈妈自行车①没什么两样。好在有了车，出行的问题就算是解决了。只是这天气实在是热。最热的时间段还是不骑车了，免得热出病来。

　　土浦当然也很热，但没东京那么夸张。气象数据也跟登志夫的体感对得上。最热的时候一过，登志夫便骑着自行车在周围转了转。教学楼还算新的小学、停办的幼儿园、信用合作社、只有秋千和低矮滑梯的城市公园、只剩箭楼的历史遗迹、市立博物馆、废址遍布的停车场、附设资料馆的土墙仓房咖啡馆、木结构老房子里的天妇罗店、通往筑波市的高架公路、地方法院……还有开在短租房附近、一看便知历史悠久的日式酒家"霞月楼"。登志夫对它生出了兴趣，掏出智能手机查了查，却发现它并没有附设普通人也能随便进去坐坐的餐吧，消费门槛还挺高的。

　　登志夫并没有走太远，因为他没有散步的天赋——

---

①指车前车后配有车筐或儿童座椅的城市自行车，适合女性骑行，稳定性好，主要用于购物等近距离活动。

散步也是需要天赋的。他很清楚自己没有这种天赋，从没有过"随随便便就逛到了有意思的东西"的经历，也没有对朴实无华的事物发表精彩感想的才华。回到短租房附近后，他就去了在手机上搜到的处方药房。

药房是一栋灰泥白墙的双层小楼，略带童话般的梦幻感。红色的三角屋顶下面是带窗檐的宽大圆形白色格子窗。房子本身看着有些年头了，但好像保养得不错。入口左侧的大窗上印着一行字："街角迷你展厅"。还真是家挺有个性的药房。

登志夫用胳膊夹着头盔，喝了口瓶装茶，走进药房配药。也许早在昭和①时代就已经挂在店门口的铃铛伴随他进门叮当响起来。

"你应该是……第一次来我们这儿吧？麻烦出示一下医保卡。是大学生吗？"

接待他的是位留着短发的老太太，看着都八十好几了，但口齿流利，眼神清明，举手投足既知性又优雅。最关键的是，她一眼就看出了登志夫是个大学生。

登志夫畏畏缩缩地递上处方单和医保卡。每次出示身份证件，他都觉得浑身不自在。因为他长得比较"着急"。旁人不会明说，但肯定会在心里暗暗吃惊。是个人都觉得

---

①昭和：1926年12月25日至1989年1月7日的日本年号。

他的长相看着比实际年龄大。常有人说他显得成熟，还用上了"少年老成"这样的词，虽然对方应该是想表达肯定的意思，但毕竟带了个"老"字。他也不得不承认，自己看着确实不像十七岁。这也许就是在成年人和年长学生的环绕下长大的跳级生的宿命吧。

"嗯……哎哟，你住东京呀？这药……稍等啊。"

老太太从里屋叫来一位穿着白大褂的女性，把登志夫的处方递给她看。

"抱歉啊，要不你先去那边逛逛，稍等一下？这种药说不定需要调货，得查过才知道。"

说着，老太太指了指展厅那边。她没有本地口音，也许并不是土生土长的本地人。

"街角迷你展厅"是个约莫八帖①大的房间，里头摆满了只在大和剧中见过的（其实登志夫几乎没看过大和剧）铁药碾子、大号乳钵外加研磨棒、玻璃罩里小巧精致的托盘天平、凹凸不平的手工药瓶……还有旧时的药品广告、老照片、小药柜（看着像桐木做的）、短褂、书籍等。映在天平玻璃罩上的脸只能用"发育过度的少年"来形容。眼睛倒是蛮大，还是双眼皮，但上了年纪容易松弛下垂，纤细的下颚线条也透露出几分纤弱的气质，让他惴惴不

---

①帖：一张榻榻米的面积，1 帖 ≈1.62 平方米。

安。留着长刘海的二分区发型① 是某次头发长了以后在碰巧走进的理发店剪的，倒不是特别中意，却总也下不了决心换。身高已经超过一米七了，不过医生说可能还会长。五官谈不上英俊，但自认不算邋遢，不至于让人看着不舒服。

他将目光从玻璃罩移开，再次打量起古旧的医疗器具。零零碎碎的小物件，仿佛把他带回了参加国际数学大赛时在爱沙尼亚参观过的中世纪药房资料室。在中世纪的欧洲与明治大正时期的日本，药房的器具竟是惊人地相似。

"北田同学——"

老太太的喊声让登志夫回过神来，他抬起头。目光也离开了还留有淡淡药味的玻璃瓶。

"抱歉啊，确实需要调货。不过现在下单的话……今天是 8 月……2 日……星期一……哦，明天下午就能到了，你看可以吗？来得及吗？"

"哦，完全没问题，我手头还有的。"

"那你是明天来取呢，还是寄到你家……可要是用寄的，还不如直接去东京的药房呢。"

"没关系的，我在这边打工，还要待上一个月，反正

---

① 推掉头部两侧的头发，将头顶到耳朵的头发适当留长。

住得近，明天傍晚可以来取的。"

"我们营业到下午六点。抱歉啊，关门有点早。"

"不要紧的。"

衬衫胸前口袋里的智能手机震了起来。登志夫拿回处方单，匆匆走向热气扑面的户外。药房里相当凉爽，但空调服务的并不是人类，而是药品和设备。大学的理工院系也常有这种情况。

电话是远在马萨诸塞州的戴夫打来的，问他方不方便打个视频电话。登志夫让他等一刻钟，立刻骑车赶回短租房。傍晚的暑气仍未消散，与其在街边用巴掌大的手机，边打边担心剩余电量，还不如回到有冷气的住处，用平板电脑通话。

准时点开 Skype。屏幕上出现了一位戴黑框眼镜、脸上仿佛写着"知识分子"的爆炸头美国青年，外加一张比他年长一些的中国面孔。前者就是之前联系登志夫的戴夫，后者则是戴夫的同事梁勇。

"戴夫，梁勇，出什么事了？马萨诸塞州那边不是半夜吗？"

两边有 14 小时的时差。所以那边应该快到 8 月 2 日了……哎，不对，现在用夏令时……

"先别管这些了，"戴夫愁容满面道，"这都不重要……明天应该会发正式通知，但我想先知会你一声。

26

LIGO<sup>①</sup> 停了。"

"停了? 怎么回事? 出故障了? "

"没, 就是暂时停机。"

登志夫一时间反应不过来, 只得催戴夫继续往下说。

"最近这两个星期, LIGO 的观测结果一直都不太对劲, 前天出的数据实在是与正常数值范围相差太远, 于是就干脆停了。"

戴夫再次紧锁眉头。穿着短袖衬衫 (上面的图案仿佛是用颜料肆意泼洒出来的, 神似波洛克<sup>②</sup>的画作) 的梁勇补充道:

"不对劲的不止 LIGO 一家, KAGRA<sup>③</sup> 和 VIRGO<sup>④</sup> 的观测数据也怪怪的。要是大家同步观测到了异常结果, 倒还有可能是个大发现, 可它们各有各的不对劲——"

引力波望远镜是一种特殊设备, 其原理很难跟没有相关背景的人解释清楚。虽然名字里有通俗的"望远镜"三个字, 却既没有对准天空的筒状结构, 也没有巨大的镜片或反射镜, 甚至没有射电望远镜那样的抛物面天线。引力

---

①激光干涉引力波天文台 (Laser Interferometer Gravitational-Wave Observatory), 探测引力波的大规模物理实验机构和天文观测台。

②杰克逊·波洛克, 美国抽象主义画家, 以"滴画" (将巨大的画布平铺在地上, 用钻有小孔的盒子、棒或画笔把颜料滴溅在画布上) 闻名。

③位于日本岐阜县飞騨市的引力波望远镜。

④室女座干涉仪 (Virgo interferometer), 探测引力波的大型干涉仪, 位于意大利比萨附近。

波望远镜的主体其实是深埋在地下的两条垂直相交的激光臂（长3~4公里）与设在交点处的干涉仪。其工作原理是同时让激光在这两条路径上来回反射，利用干涉仪不间断地监测反射是否出现了时间差。枯燥乏味的工作内容与设备的宏大对比鲜明。目前全球共有三座引力波望远镜，分别是美国的LIGO、日本的KAGRA和欧洲的VIRGO。这些望远镜会相互参照数据，以便在第一时间捕捉到引力层面的异变。2015年首次探测到引力波的科学家[1]在短短两年后便获得了诺贝尔物理学奖，对物理学稍有兴趣的人应该都还有印象。

总结成一句话就是，全球仅有的三座引力波望远镜之一停机了。哪怕带着"暂时"这个前缀，听着也怪不吉利的。

通常情况下，这种消息只会在媒体报道的同时传进登志夫这样的普通大学生耳中。之所以能够提前获知，全靠传统的"业内横向人脉"。只不过，就算他知道了，怕是也帮不上什么忙。不得不说，这群比他年长得多的正经科研工作者愿意与他交流，实在是不折不扣的荣幸了。

"然后呢？苏珊怎么说？"

"骂了句'简直狗屁'。"

---

[1] 此处指的是2017年诺贝尔物理学奖得主雷纳·韦斯（Rainer Weiss）、巴里·巴里什（Barry C. Barish）和基普·索恩（Kip S. Thorne）。

梁勇不加粉饰道。一时间，戴夫移开视线，不再看摄像头，挠了挠后颈。

"嘻，这个时候再劝她谨言慎行也是白搭，骂两句倒也没啥大不了的，只不过……我总忍不住去琢磨接下来该怎么办，所以在到处找人聊呢。"

戴夫补了这么一句，仿佛是在辩解。

"我个人觉得，再不对劲也该继续观测下去，事后再仔细整理一下数据，万一异常也是有意义的呢。"

"问题是检测装置的负荷太大了……"

梁勇无奈摊手。

都到这个地步了……！

"真的假的……"登志夫下意识用日语嘟囔道。梁勇立刻回了一句，"比珍珠还真"。

"哦……那……就非停不可了。LIGO都这样了，KAGRA和VIRGO搞不好也停了。无论怎么样，近期应该都会发个公告的吧。"

登志夫一边说，一边扫了眼电脑的邮箱。目前还没有收到任何通知。

"所以我们想打听打听你那的情况。光量子计算机怎么样？"

看来戴夫还记得，登志夫会在暑期的后半段去土浦光量子计算机中心打工。

"抱歉，我明天才去报到。"

"哦，希望你不会白跑一趟，可别去了才发现那边也停了。"

"我赌一杯啤酒，铁定要停。"

梁勇如此说道。戴夫摇了摇头：

"可惜了，这盘开不了——我也想赌停机。"

登志夫看了看中心的官网。两台光量子计算机好像都在正常运行。世界各地的会员都可以联网使用光量子计算机，只是会员的数量极其有限。

"真不凑巧，你俩都没猜中。土浦的两台光量子计算机都活着呢。"

"更不凑巧的是，小登在日本还没成年，赢了啤酒也喝不了。"

"最不凑巧的是，咱们都在线上。不过你那儿没事就好。"

戴夫这么一说，梁勇也一本正经地点了点头。

"总之，马萨诸塞是提供不出更多的线索了。"

登志夫浏览了几个社交平台的页面，再次查阅邮箱后说道：

"我这边暂时也没什么消息，有情况再联系你们吧。多谢了，戴夫，梁勇。"

通话一断，登志夫立时就觉得自己被扔回了逼仄冷清的短租房。他把制冷效果不太好的空调调低了一度，对着墙叹了口气。

连引力波望远镜都中招了啊……他早就觉得，电子设备出现异常的频率在最近这两三年里有所升高，而近半年的情形也足以佐证那不是他的错觉，也不是区域性的技术问题。全世界似乎正发生着什么。究竟是什么还不得而知，但"有什么事情正在发生"是毋庸置疑的。

不对劲的又岂止电子设备？UFO……不对，现在叫UAP（未确认空中现象）了，还有幽灵、时间跃迁、穿越者之类的关键词在媒体上出现的频率也在上升。单看媒体的动向，倒还能解释成"登志夫的父母辈亲历过的神秘学热潮卷土重来了"。可问题是，登志夫身边的亲朋好友也接连遭遇了怪事，连登志夫自己都有过两次强烈的既视感。要是有人告诉他"那是时间跃迁导致的"，他恐怕会立刻相信。他甚至收到过"明天"发来的邮件，还亲眼见到过两个父亲先后回家（那次着实把他吓得不轻，可后来找遍了全家就只找到了一个）。

不对劲。嗯，肯定有什么东西不对劲。


"怎么……回事……？"

登志夫跨着自行车，左脚踩在地上，呆若木鸡。

他在距离土浦光量子计算机中心还有约莫五十米的地

方惊得动弹不得，连一句话都挤不出来。

在抵达土浦的第二天，登志夫按原计划骑自行车前往计算机中心。照理说，不用走近就能看见房顶，但登志夫一如既往地没有"散步细胞"，光顾着看地图找路了，没认出是哪栋房子。

难怪土浦光量子计算机中心的官网上没放建筑的外观照片。来之前，他还以为是为了安保。当然应该也有这方面的原因。但眼前这栋房子……确实不是能光明正大放在官网上的那种。他早就知道中心建在倒闭的婚礼会堂的旧址上，没想到从严格意义上讲，它并不是"建"在了"旧址"上，而是直接利用了原有的欧洲教堂式建筑。

由于周围都是普通的民宅和低层小楼。状似自己曾在博洛尼亚旅行时见过的塔搭配四座红陶色多边形穹顶组成的大教堂在其中倍显突兀。登志夫下车推行，缓缓靠近，显得戒心十足。一下车风便停了，热浪滚滚而来。这建筑远远看去还算壮丽，近看却是满满的廉价感。这让他不由得担心起来——把光量子计算机装在这么简陋的房子里，真的不要紧吗？

围墙顶端装有看着就很危险的防盗电网，配有警示标语。曾经衣着光鲜的宾客进出过的豪华大门已被彻底封闭。拐过街角，又走了一段，才是带 AI 认证装置的闸门。

登志夫骑上车，绕着光量子计算机中心兜了一圈。

除了大得吓人的山寨大教堂，围墙里似乎还有一栋大堂模样的大房子，外加三栋疑似宴会厅的房子。入口只留了一处，就是刚才看到的 AI 闸门，旧时应该是供车辆上下客的小门。除了被炸猪排店和停车场占去的一个角，整个中心的占地面积约莫百米见方。此外，周围有几家开在独栋房里的平价餐馆和商务酒店，但大部分还是民宅。

登志夫这才意识到，自己都没提前查过谷歌地图，因为对工作地点的周遭环境并不大上心。边上还有一家独栋的星巴克，可能是冲着婚礼会堂的人流量开的。会堂没了，但星巴克还活得好好的，甚至可以用生意兴隆来形容，大概是因为停车场相当宽阔，能吸引到开车就餐的顾客。听朋友说，斯蒂芬·金在小说《警戒解除》[1] 中把这家连锁咖啡店形容为"清晨的疯人院"，（尽管他并不知道这本小说到底是讲什么的，只是听朋友提了一嘴）不知道土浦这家是不是也不能免俗。不过现在看来，这家店的客流量还没大到"疯"的地步。但停车场几乎全满，还有一辆车开进了通往得来速餐厅窗口的车道。

有星巴克当然是好事一桩，但中心本身在方方面面都让人不敢轻易踏入。唉，就不能挑栋普通的办公楼嘛？哪怕是破破烂烂、看着直教人发慌的老楼也好啊，只要是个

---

① 《警戒解除》，原名 *End of Watch*，霍奇斯三部曲的收尾之作。

"正经"的房子就行。

思绪开始乱了，这可不是好兆头。登志夫总是很难接受过于陌生的东西。无奈的是眼下再过一刻钟就到九点的会面时间了。

地方这么大，找到跟中心主任碰面的地点搞不好还得花不少时间，再不进去就来不及了。在陌生的地方见陌生人让他很不自在，想不紧张都难。

登志夫缓缓下车，再用更缓慢的动作摘下头盔，犹豫了几秒钟，才走向需要多重认证的闸门。自不用说，"北田登志夫"的身份信息早已被录入系统。闸门有前后两道。只有在第一道闸门完全关闭，且只有一位登记过的访客入内时，第二道闸门才会开启。

进门一看……

这里的装修怕不是走的童话路线吧？

还是地中海路线？砖墙、草坪中的蜿蜒小径（草坪已是杂草丛生）、壁龛里的小喷泉（没在喷水）、拱门与柱廊、好似微缩版凡尔赛宫运河的水道（也是干的）、奶白色的灰泥墙壁……不祥的预感掠过心头。幸好指示牌的箭头并没有指向山寨大教堂，登志夫不由得松了口气。

计算机中心的核心被放置在了紧挨着山寨大教堂的房子里。里面几个房间看着像给新人用的休息室，保留了原有的猫脚椅、白色的切斯特菲尔德沙发[①]和镶木桌（居然是真品），有种诡异的协调感。如果只有室内是一派"前沿计算机中心"的景象，搞不好还更让人觉得别扭。也可能是这地方对他的洗脑就快成功了。

先前听闻奔五年纪的中心话事人林田梨华女士下肢残疾，行动不便。眼前坐在一辆很是轻便灵活的电动轮椅上的便是这位了，一看便知平日里精心打理的棕色头发被随意扎在脑后，眼睛大而灵动，魅力超凡。

"你就是北田登志夫吧？东京大学二年级的？欢迎欢迎。这段时间就请多关照啦。"

林田熟练地伸出手来，像极了西海岸的科研工作者。手掌略带湿气，透着温热。说句不合时宜的话，她是那种散发着母性光辉的类型。登志夫也没想到，自己竟会在这个时候逐渐放松下来。说起来药房的老太太也有类似的气场。在药房的时候，他也不是很紧张，心里反而很笃定……

瞎想什么呢，得集中注意力听主任训话啊。

"啊……嗯、嗯，请多指教。"

"大二啊……想好报什么专业了吗？"

"报专业"是东大特有的环节——刚入学的新生会被

---

①切斯特菲尔德沙发（Chesterfield Sofa），布满固定皮革的铆钉、宽大而张扬的英式长沙发。

分为六个大类，在教养学院接受通识教育。到了大二那年的五到六月再提交专业志愿，在秋季之前完成调剂。通识课成绩优异的学生当然更容易选到自己心仪的专业。登志夫上小学和初中的时候是破例跳级的神童，但高中上的是名校，按部就班念了三年，高考成绩和通识课的成绩也不算亮眼，选专业的形势自是不容乐观。

"我想报工学系。"

"哦？不选物理系吗？"

"唔，因为……怎么说呢，我想从事能实实在在为社会做贡献的工作……呃……"

"哦，也是，搞理论物理学和实验物理学确实缺了点'为社会做实事'的感觉。研究宇宙膨胀理论跟希格斯玻色子①也不能立刻改善大家的生活。可是没有基础科学，哪来的计算机科学啊。"

"我明白。我绝没有轻视基础科学的意思，也经常跟物理学专业的学长们交流。"

好比戴夫和梁勇。

"我是很尊敬他们的，只是我个人更想让大家的明天过得比今天更好。我一直都在思考，自己配不配活在这个世上……"

---

①希格斯玻色子（Higgs boson）：粒子物理学标准模型预言的一种自旋为零的玻色子，不带电荷、色荷，极不稳定，生成后会立刻衰变。

"打住打住，怎么就说到这么深奥的话题啦。不过我还挺理解你的，毕竟搞应用科学能拿出明明白白的成果，也更对我的脾气。知道啦。工学系啊……"

"嗯。"

"待会儿我会让研究员长沼带你到处参观一下。你今天的任务就是认认路，跟他随便聊聊。老实话，我们这儿也没多少能分配给你的工作。都让你大老远过来了才说这些还挺不好意思的。"

登志夫对此早有思想准备。让有志从事光量子计算机研究的人来一线切身体验一下，尤其是让登志夫这样的人提前熟悉实际的工作环境，才是这份兼职的主要意义所在。

"你对中心的设备肯定会有很多疑问，到时候尽管问长沼好了。哦，你要是有什么想说的，可以趁现在跟我说说，什么也不用顾忌。"

登志夫倒吸一小口凉气。莫非他的心思都写在脸上了？

"不过嘛，你不说我也能猜个八九不离十……"

"对不起，我……我不太明白……怎么会选在这里呢？就不能租栋普通的办公楼……我的意思是总有别的办法吧……"

糟糕，不该说得这么直接的，又搞砸了。谁知林田说了句"我就知道"，眉开眼笑道：

"这地方……确实是挺搞笑的，但胜在空间大呀。光量子计算机本身不需要超低温环境，设备也不大，但驱动它的大型计算机需要足够的空间和电力。这种场地的硬件本就扛得住比办公楼更大的用电量，也有空间装大型电源设备。再说了，这不是也可以成为一个有趣的调侃嘛！"

"居然可以为了调侃做到这种程度吗……"

登志夫下意识感慨道，用了跟相熟的学长说话的轻松口吻。

"当然啊，生活中没了调侃可怎么行。待会儿记得到处看看哦。机房在宴会厅里，电源设备在教堂里，可有意思了！"

"哦……"

设备当然是要看的。但主任所谓的"调侃"，登志夫就不确定自己是不是欣赏得来了。


该参观的都参观了，只是思绪还没完全厘清。光量子计算机和大型传统计算机本就是他见惯的事物，"幕后之人"对他而言也都是同行，甚至有几个是早就认识的，显然比去外校交流、参加学术会议自在得多。

或许是因为克服了"去陌生的地方见陌生人"这个头号难题，登志夫的心情轻松了不少。傍晚时分，他又骑车走了一遍昨天的路线。不熟悉个三四遍，心就定不下来。不过，他很想去那座乏善可陈的公园看看。嗯，就是上幼儿园的时候去过一次的那座公园。

龟城公园——指示牌上是这么写的（谷歌地图上当然也是这么标的）。据说古代的土浦领主土屋氏的城堡就建在这里。如今园内就只有几座不知是古迹还是今人复原的箭楼、明显是近年新修的单薄城墙、一小段石墙、护城河和不知道什么时候造的池塘和园林，剩下的就是大片大片的泥地和草坪。

登志夫在约莫五岁时来过一次。当时，外婆延子的葬礼刚结束，差不多就是这个钟点，季节也是夏天（外婆的忌日是 8 月 17 日）。他不记得是怎么来的公园，只记得自己好像在公园南角的草坪上玩了一会儿，却又觉得那是事后编造的虚假记忆。那天的细节早已模糊不清。

在公园内的小山丘（真的很"小"，说"山丘"都是抬举了）上仰望天空时，大型交通工具的发动机特有的低沉嗡鸣不知从何处传来。紧接着，巨大的流线型船体出现在了傍晚的天空中。当时已经认全了字母的登志夫辨认出，船体上印着硕大的"GRAF ZEPPELIN"。

登志夫知道那是什么。

是飞艇。

"那是齐柏林号！"

他对身边的小女孩大喊，抬手指向天空。

那个女孩……没错，边上确实有个跟自己年龄相仿的女孩。她穿着足以称作孩童正装的藏青色连衣裙（应该是藏青色的吧？当时恰逢夕阳西下，登志夫也不太确定），甩着两条麻花辫，顺着登志夫的手指抬头望天。她叫"Natsuki"。咦？我怎么知道她叫什么？是问过她吗，还是有人喊过她？好像是后者。似乎是外公——刚送走妻子的外公喊了她一声"Natsuki"。但登志夫不清楚是哪几个字。

他们就这么抬头看着齐柏林号飞艇。登志夫心头莫名一动，看向身旁。只见那个女孩也几乎在同时将目光从飞艇移向了他。刹那间，四目相对。

这段记忆究竟是怎么回事？登志夫越想越觉得古怪。不细想就察觉不到古怪之处的自己也很不对劲。要知道齐柏林号是"二战"时期的交通工具。"在现代看到齐柏林号飞艇"，可比"在现代目击到大航海时代的帆船"离奇多了。毕竟现代好歹有等比例复原的帆船，却没有人复原大型硬式飞艇，能找到几米长的微缩模型就不错了，况且也飞不起来。莫非是在哪里见过这种模型，久而久之记混了？这么想倒是合乎情理，奈何登志夫的记忆点跟孩子气的奇幻想象毫不沾边。他记得的，尽是些索然无味的事实。

糟了。

登志夫突然回过神来，低头看向表盘偏大的手表。已经六点零几分了。

他急忙骑上自行车，赶往药房。搞不好已经关门了，可总得碰碰运气吧。幸好老太太还等着。"哎呀，可算是来了——"她露出可爱的笑容，收下处方单，递上配好的药，再用熟练的动作将贴纸贴到他的用药手册上。

太好了。只要手头有药，心里就有底了。其实主治医生会帮他调整就诊间隔，确保他手头一直有够吃两周的药，以防天灾或突发事件导致断药（也不知药事法是怎么规定的）。更关键的是，富余的药能让他安心不少。

一旦断了药，脑子就会跟结了层霜似的，什么都无法思考。据说许多人将这种状态形容为"浓雾笼罩"，但登志夫觉得那更像是"霜"——而且那些霜早已被几百个泥泞的、杂乱的、恼人的、带刺的足迹踩得一塌糊涂。踩了又结，结了又踩……登志夫总觉得，思维一旦停止，自己就不再是自己了。唯有智慧，才是他存在的意义。所以药是万万不能断的。

他决定晚上去学长推荐的餐馆，点一份全无新意的套餐。在这种事情上，没有太多的选项反而是件好事。按部就班泡个澡。睡前一小时准点服下从美国网购来的褪黑素补剂。到点上床后，登志夫很快便坠入了梦乡。

## 3. 夏纪与超自然现象？

"不对劲。"

"嗯……确实不对劲。"

"龙一也觉得不对劲啊？我就说嘛，肯定有问题！"

"原来小薰也是这么想的！"

"哎，你俩先打住！我能搞出什么鬼啊……"

夏纪用开玩笑的口吻，半真半假地跟小薰和亚里沙抗议道。

"哎呀，不对劲的也不光你一个啦，我总觉得全世界都怪怪的……"

"对对对，具体的也说不上来，可就是哪里不对……"

小薰和亚里沙对视了一眼，然后同时看向夏纪。

"你就不觉得吗？"

"你呢，小夏？"

两人异口同声道。

"嗯……说实话，我也觉得不太对劲。但不知道不对劲的是世界，还是我自己……"

7月28日。三人游完泳后去社团活动室坐了坐。不是在只有夏纪一个人的电脑社，而是人丁还挺兴旺的占卜同好会（不过它不算正式社团，只能享受"同好会"的待遇）。不同于其他沉迷恋爱占卜的会员，她们三个几乎是搞了一个"神秘学同好会"。只不过她们也不是真心相信幽鬼与恶魔的存在，而是把这些东西当成了有趣的谈资，最多就是聊聊去神秘无人岛（其实就是个荒废的小岛，一点儿也不神秘）探险的节目和杂志的消暑神秘学特辑而已。

今天也不例外。桌子是平时常用的那张，椅子是教室多出来的废弃物。三人吃着从学校跟前的小卖部买的冰激凌，照常东拉西扯。只不过，今天的聊天气氛似乎比平时要更热烈一些。因为她们都隐约察觉到了异样，而且那种异样并非来源于社会情势和潮流趋势，没有明确的理由，根本无从解释，也因为难以解释让人倍感心焦。

活动室没装空调，室温直逼三十度。三人只得先以最快的速度吃完冰激凌。活动室的面积约莫八帖，但这间屋子是跟"旅游规划同好会"共用的，因此实用面积不足四帖半。所幸今天旅游规划同好会的人都不在，跟包场也没什么区别了，可以尽情说些外人听了会觉得她们异想天开的话。摆不稳的红色圆桌上放着几本小薰带来的神秘学杂志——那桌子神似贝嘉[①]的《波莱罗》里独舞者站着跳舞的红桌，就是小了好几圈。至于文科社团的活动室里为什么会有这么一张桌子，学姐们也说不上来。

夏纪舔了舔沾着最后一丁点儿冰激凌的木签，依依不舍地将它放进杯中。吃到最后留在舌尖的总是木头味，而非草莓味，想想还真有些兴味索然。

"怎么说呢……结业式那天，日光灯不是亮了一下吗？总觉得从那时起，那种感觉就特别明显，叫什么来着，既视感？"

夏纪看向亚里沙，亚里沙用手指在空中比划起了字。

"对，既然的既，视觉的视，感觉的感。"

"从那天起，看什么都有种似曾相识的感觉，好像之前已经经历过一回了。今天游泳的时候，毛毛不是差点就栽倒了嘛？"

"毛毛"是夏纪的同班同学。

"看到那一幕的瞬间，我的第一反应不是'幸好她没摔着'，而是'啊！我见过这个场景'，我甚至觉得自己知道她最后没摔着。"

"《亚特兰蒂斯》上常有这方面的文章。"

小薰随手拍了拍桌上的几本《亚特兰蒂斯》。学妹送

---

[①]莫里斯·贝嘉（Maurice Béjart 1927—2007）：法国编舞者和舞剧导演。《波莱罗》是他在1961年创作的经典作品。

的绿色手绳随之晃动。

"去年年底还搞了个特辑呢，说某位学者主张既视感是时间跃迁的证据，还提到了平行宇宙理论。"

开玩笑的吧……

"当然啦，特辑里也提了几个比较正经的观点，说大脑在构建记忆时会形成某种循环，所以会有似曾相识的感觉。"

到底是《亚特兰蒂斯》，说得滴水不漏，面面俱到。

"嗯……可我天天都有那种感觉，一刻都不带停的，我都快被时间跃迁理论说服了。甚至就连现在这段对话，我都觉得好像不是第一回了……"

亚里沙不动声色地将三人份的冰激凌残骸收进便利店的购物袋。

"我不会一直这么不对劲下去吧？救命啊……"

夏纪托着腮嚷道。就在这时，小薰面色一亮：

"哎，小夏！那你知不知道下个月的模拟考考啥呀？"

"问得好！顺便再透露一下彩票的中奖号码呗！"

亚里沙也跟着开起了玩笑。

"知道中奖号码也没用啊，又不一定能刚好买到那一张。"

"哦，也是……"

漫无边际的对话左耳进右耳出，但就连眼下的对话都有种"在哪儿听过"的感觉。

"不过说正经的，《亚特兰蒂斯》上也说，这几年目击到超自然现象和UFO的人越来越多了——当然啦，更准确的说法是UPA，不明空中现象。隔三岔五就有人撞鬼，还有人说火星基地和月球基地闹鬼呢，报上去的神秘案例不要太多哦！"

报……说起来这种事该向哪儿汇报啊？

亚里沙也一反常态，一本正经地回答道：

"嗯……不是都说音乐教室的三角钢琴闹鬼吗？不瞒你们说，那个鬼最近动作还蛮多的。有一次，我正练着琴，只觉得有人碰了碰我的左肩，可回头一看，一个人都没有……声乐老师也说，最近她梦到的不少事情都成真了，虽然都是些鸡毛蒜皮的小事。"

"这几年老有人说他们家供奉的人偶不对劲，拿来我家的寺庙驱邪，还有人说什么自己被诅咒了，来请我爸帮忙祈福。大概就是从我们上高中那会儿开始的。照理说驱邪和祈福是该找神社的啦，但我爸也会顺便帮人家念念经，更像是纯粹的心理安慰。"

三人再一次面面相觑。

忽然，夏纪心念一动：

"会不会只是因为现在的信息量比以前大呢？以前那些怪谈只会停留在个人经历和本地传闻的层面，现在却能通过电视和杂志广泛传播了。也就是说，增加的只是关于超自然现象的信息。等那个什么互联网发展起来了，信息只会更加泛滥——"

几天前，夏纪去筑波大学参加了面向高中生的互联网讲座，得到了上网浏览的机会。个人主页、企业官网、危险的匿名论坛……她亲身体验了互联网信息量的庞大。网上还有好几个专门收集神秘学情报的社区，充斥着连《亚特兰蒂斯》都不敢碰的荒诞理论和臆测。这让她不由得怀疑，关于神秘学事件的讨论之所以增加，会不会只是因为大家接触到的信息量增多了？

"哦……倒也不是不可能，可这解释不了我们身边越发多起来的怪事啊。"

这个质疑尽显优等生小薰的风范。

"小夏，你就没有这方面的亲身经历吗？就只有怪怪的既视感？家里的电器没出什么问题吧？"

小薰更进一步，直指问题核心。

"啊……这……"

"看这样子是有问题咯。"

亚里沙连连点头，一副了然于心的样子。

"怎么说呢……就是电视的显像管不行了，老爸一咬牙一跺脚，用奖金买了台液晶电视。"

"哇！是那种很薄的电视吧！"

"好有科技感哦!"

不过……夏纪还真有些笑不出来。虽然她在家里还算是有点换台权,但换了新电视以后,父母就不太让她用遥控器了。空调则是在天气热起来之前找人修了一次,才勉强撑到了现在。她房间里的CD磁带一体机可就惨了,因为放磁带的磁头总也修不好,连维修师傅都束手无策。

问题是筑波大学捐赠给土浦二高电脑社的电脑。如果她没记错,新电脑应该会在明天送到电脑社的活动室(其实也就是学生会办公室一角的复印区的小角落),在教物理的广濑老师的监督下安置妥当。到了周六,他会和夏纪一起在新电脑上安装Windows 21。事实上电脑社原有的电脑并不算老旧,也没有人频繁使用它,却也是神秘故障频发——不过仅限于夏纪操作的时候。

"夏纪跟机器犯冲"原本只是个玩笑,然而从约莫一年前开始,情况变得越发严重了。好比常磐线土浦这站进出站的自动闸机,夏纪记得是在自己上初中时安装的。从前夏纪也能正常进站,可现在每次进闸机口,机器都会报警,搞得站员都记住她了。其实她平时是不太坐电车的,也就偶尔坐去牛久和荒川冲见见朋友。即便如此,仍是每进必卡。

"希望下周日光灯能老实点,别吓着那位从美国来的新老师。小夏啊,到时候龙一不在,你可得加把劲儿用英语跟人家解释清楚哦。"

小薰颇有些幸灾乐祸。下周和下下周各有三堂自愿报名参加的外教课，请了来自美国的老师。至于这课是怎么来的，听说是美国大使馆搞了个交流项目，土浦二高也入选了，于是就匆匆忙忙安排上了。因为是临时通知的，报名人数不足三十个。亚里沙有位外籍母亲，平时就有大把机会说外语。小薰要参加暑期集中补习，力争考上偏差值①65以上的大学。所以她俩都没报名。但夏纪在好奇心的驱使下报了名，也想顺便给简历加加分。

更何况，主办方——也就是美国大使馆明确要求，如果校内有电脑社的话，请全体社员务必参加。说是在即将到来的互联网时代，英语至关重要。

"放心吧，CIA肯定有专门对付小夏这种特殊体制人类的探测仪，立刻就能揪出来。"

亚里沙用小薰常讲的笑话反将一军。小薰笑着轻捶了她一下。

"对哦！咱们小夏说不定会被美国军队挖走呢！送去假想敌那儿逛一圈，就能搞坏一大堆机器了，连核弹的发射按钮都能瘫痪！"

①利用标准分算法得到的与排名关联的数值，一般用于衡量考生的分数排位。排名正好位于50%位置的学生，偏差值即为50。偏差值越高，表示学生的分数排位越靠前。东京大学、京都大学等日本顶尖学府偏差值通常可达70左右。

49

"可会把机器搞坏岂不是更危险吗？还是得先练练，学着掌握火候啊。"

"那可就难喽。不过不管怎么样，英语总归是要好好学的。"

怎么扯了半天又说回英语了啊。好好好，我下周使劲学还不行吗。

一到傍晚，活动室就会被西晒烤得更加闷热。游泳时用的泳衣和浴巾也得抓紧时间洗掉。今天轮到夏纪带走垃圾。三人收拾好东西，各回各家。

那天过后，既视感仍未消失，夏纪甚至都有些习以为常了。到了周六，本以为都在既视感中预习过一遍，肯定能顺顺利利把操作系统装上。谁知……夏纪明明是在正确的时机进行了正确的操作，电脑却莫名其妙死机了，无奈还是只能请广濑老师出马。他进行了跟夏纪完全一样的操作，最终完成了安装。夏纪怀着一肚子的怨气，给好不容易装上 Windows 21 的电脑接上了调制解调器，逐条输入校方申请的账号信息。等待联网的神游时刻，她目光停留在了设备上一处留有微妙色差的地方。不难想象，那里原本贴着筑波大学某个部门的标签；广濑老师的衬衫用的是花香味偏重的柔顺剂，明显是师母挑的。

广濑老师又开始忆苦思甜了，叨念着以前上网要先拨号，再接声耦合器<sup>①</sup>……夏纪一边听着，一边等电脑联网。虽然调制解调器的反应有点慢，但好歹还是连上了。广濑老师走后，夏纪头一个搜的就是齐柏林号飞艇的坠毁事故相关咨讯。

听完筑波大学的讲座才知道，原来互联网上早已有专业领域的热心人士无偿编撰的百科网站，有些条目甚至比学校图书馆里的纸质百科全书还要详细。正经的条目会写上详细的引用出处（包括外语资料），所以还是比较可靠的。而"飞艇"恰好也是正经条目之一。里面的信息肯定都是菅野老师那样的发烧友辛勤贡献的。不知道长大成人的自己有没有掌握足以贡献给别人的知识……一时间，夏纪有些没底。不过在忘我研读齐柏林号相关资料的过程中，她很快就把这种感伤抛去了九霄云外。

夏纪查到的信息跟菅野老师说的基本一致。1929 年 8 月，齐柏林号飞艇开启了人类历史上的首次载客环球飞行之旅。齐柏林飞艇的基地在德国南部小镇腓特烈港，都快到德国与瑞士、奥地利的边界地带了，但环球航行的起点和终点都设在了美国，因为主要赞助商是美国的公司。看

---

①声耦合器（Acoustic Coupler）：通过电话线发送和接收计算机数据的设备，使用声音而不是电信号。这里说的是 70 年代的拨号联网方法：先人工在电话机上拨叫号码，然后将听筒放在调制解调器附带的声耦合器里。

来在那个年代，就已经是赞助商说了算了。不过这都不重要。飞艇于当地时间8月7日从美国的莱克赫斯特起飞，10日飞抵腓特烈港。经过5天的休整和检修，齐柏林号载着20名乘客（包括3名日本人）和41名机组人员飞往日本。原计划于15日凌晨起飞，完成人类历史上第一次横跨亚欧大陆的飞行，再于19日傍晚降落在土浦的霞浦海军航空队基地……

谁知……

至于飞艇为何会来到土浦，还得从第一次世界大战说起。战后，日本接管了战败方德国的大型飞艇机库，而当时正在大力发展军用飞艇的日本海军将其移建至了霞浦的航空队基地。于是，齐柏林飞艇便在亚洲有了停靠点。海军和齐柏林飞艇公司也为这次环球之旅开展了深度合作，齐柏林号本该安全着陆的。可不知为何（事故原因至今未能查明），它竟在降落操作期间突然爆炸，火焰引燃了气囊中的氢气，飞天巨物瞬间化作一团火球。有人用镜头记录下了那一幕（不过当时还没有"视频"这个词，都是说成"活动写真"的），但眼下还没有可以播放这种大文件的网站，网页上只有一些截取出来的静态画面。

专家们研究了九十多年都没研究出个结果，夏纪当然也没法对着能辨认出一个个像素点的液晶屏幕看出个所以然来。她只能茫然地盯着模糊的黑白画面。自不用说，神秘的爆炸引发了无数猜测。有人说是静电火花引发的事故，有人说是苏联间谍暗中搞了破坏，还有人说是外星人在搞鬼，甚至有人说是光明会①的阴谋，各种假设层出不穷。

据说有几位艇上人员刚获救时还有气，但最终不治身亡，61人无一生还。后来，英国（1930年）和美国（1933年）也相继发生了大规模的飞艇事故，于是飞艇就逐渐停产了。毕竟飞机的安全性和载货量稳步提升，操控性也远胜于飞艇，改朝换代也是大势所趋。

盯着屏幕太久了，眼睛看得发酸。夏纪双手捂着眼睛，手肘撑着桌面。不知为何，她没有叹气，而是打了个哈欠。内心深处直犯嘀咕——这个搜索结果也很眼熟。还是赶紧回家吧。冰箱里应该还有果冻，是龙崎的亲戚送的中元礼②。

可是说来说去……不管Toshio喊的那一嗓子有多少可信度，都无法解释我为什么会在那一天，在外婆的葬礼之后看到那艘巨大的飞艇。因为"飞艇"这个东西早在20世纪前半叶就已经停产了。童话或漫画里倒也不是没有飞

---

①光明会（Illuminati）：1776年5月1日启蒙运动时成立于巴伐利亚的神秘组织，常被各种阴谋论指控参与控制全世界的事务，透过掌握货币发行权、策划事件，并安插政府和企业中的代理人，以获得政治权力和影响力。
②日本人习惯在盂兰盆节时期送"中元"礼，在年末送"岁暮"礼，对平时关照自己的人表达感谢。

艇，但充其量不过是"看似可以操控的气球状交通工具"，跟顶着钻头的地底探测车、哆啦A梦的竹蜻蜓半斤八两。现实生活中不可能出现这种地上的人也能一眼看出它有几百米长的庞大飞艇，更何况是在21世纪的日本。无论查阅多少关于飞艇或齐柏林号的历史资料，都无法证明自己曾经亲眼见过它。

它是"哧啦"一声撕开世界的开口后出现的另一边……那一边的世界无时无刻不在自己身边，等待着被发现。美丽而神秘，莫名地让人惦念。

……现在可不是胡思乱想的时候。一眨眼，都六点多了。大人没有明确要求过她"几点之前必须回家"，但大家都默认"小孩子就该在六点半前到家"。要参加社团活动、平时坐电车上下学的人可能不太讲究这个，但家住车站跟前的大和町、就读的学校也在步行范围内的同学们都会遵守这条潜规则。

即便是暑假期间，龟城公园和龟城广场（就是个大号文化宫）之间的公交站也是人头攒动，挤满了刚结束社团活动的初高中生。夏纪险些被人潮吞没，赶忙靠边走——还好我能走回去，用不着挤公交车。但回过神来的时候，夏纪猛然发现自己已经走进了龟城公园。她一时兴起，索性决定去那座有小钟楼的并不高的山丘看看。

嗯，当年的飞艇就是在那儿看见的。隔着运动鞋，夏纪也能感受到从人行道的地砖到踩在泥土上的变化。

可就在这时，某种说不清道不明的恐惧让她停住了脚步。不过也对，黄昏时分的公园确实不如白天安全，有点怕倒也正常。不对，不是那种怕。而是……嗯，好像是跟奇怪的既视感有关的。

夏纪在原地发了一会儿愣。

也许不止"一会儿"。她至少在那里站了十来分钟。

"小夏！在干什么呢？等人吗？"

有人拍了拍夏纪的肩膀。她吓了一跳，回头看去。香味隐隐飘来，是上个月过生日时朋友送的古龙水。

"啊……龙一。"

来人正是坂本亚里沙。她穿了一件缀有少许荷叶边的优雅衬衫，配了条修身牛仔裤，肩上挂着那只经常用来装乐谱的教材包。

"怎么啦？在等谁呢？"

"啊……没等谁，就是在想事情。"

"怎么穿着校服啊？"

电脑社有点事情要忙——伴随着强烈既视感的解释脱口而出。亚里沙从教材包里掏出一张钢琴汇报演出的传单，递了过来。

"这就是我之前说的汇报演出，下个月办，有空来捧场哦。"

亚里沙要弹《英雄波兰舞曲》。嗯,我知道,但不知道为什么知道。

亚里沙穿过龟城公园,朝土浦小学的体育馆走去。合唱队都是在那儿排练的。夏纪仔细端详手中的传单。看到眼熟的熊猫插图之后,越发强烈的神秘既视感就消失得无影无踪了,一切宛若梦醒。


光滑的淡古铜色肌肤,介于棕色和深金色之间的细密波浪卷长发,漫画角色似的黑亮大眼睛,丰满的嘴唇。白色背心配深海军蓝的夹克,下身则是衬托健美长腿的白色热裤。用作室内鞋的篮球鞋看着像新买的。

那天,为了上外教课齐聚一堂的二十多个女高中生目瞪口呆地盯着外教。不知道该怎么判断外国人的年纪,不过眼前这位女外教看着很年轻,感觉也就比夏纪她们大个十来岁。身高应该不到一米八,但是往黑板前一站,明显比二高的大多数老师都高。丰胸细腰,臀部也饱满得恰到好处。万万没想到她竟会穿热裤来学校,但露出裤管的下肢线条没有一丝低俗之感,反而光芒四射——换几个通俗的说法,就是跟盛开的花朵一样,跟女神一样,强大而美丽,光芒四射……啊,这个词用过了,总之就是这样一位让夏纪词穷的女外教。

"嗨,大家好!"

她说的是英语（废话）。

好深邃的声线。就算有人说她是知名歌手，夏纪也会立刻相信。

教室里的气氛顿时就紧张了起来。

外教莞尔一笑。那笑容也只能用光彩夺目来形容。

"我叫格蕾丝·布朗。大家可以叫我格蕾丝哦。我不光姓布朗（brown），皮肤也是棕色（brown）的呢。"

同学们面露微笑。但大家不确定这种场合该不该笑，也不是每个人都完全听懂了，所以反应比较腼腆含蓄。

格蕾丝老师却丝毫不介意这种极其符合日本人行事风格的暧昧反应，反倒乐呵呵地说了声"OK"。见状，女生们又放松了一点点。

天哪……该怎么形容这段时光呢？课外班？才没有那么乏味呢。那分明是一段被滚滚巨浪卷走的时光。8月2日，星期一。说不定，这会成为一个毕生难忘的日子。嗯，一定会的。

格蕾丝老师做自我介绍的时候放慢了语速，以便大家都能听懂。她说她在马里兰大学读研，研究教育学。妈妈是北欧裔，爸爸是非裔。然后顺带讲到美国是个多民族国家。讲着讲着，她敏锐地察觉到大家渐渐跟不上了，适时打住。事后回想起来，她可能是在利用这个话题测试大家的听力水平。真是睿智又体贴啊，一言一行都美丽动人。

　　渐渐地，害羞的同学们都在格蕾丝老师的引导下用英语做了自我介绍，仿佛是中了她的魔法。其实大家的口语都只有初中生水平，但老师有种不可思议的感染力，说得再烂都不觉得尴尬。

　　最难能可贵的是，她并没有强硬地要求这群丝毫没跟国际接轨过的乡下学生模仿电视剧里的美式做派。还记得去年来了个似乎很推崇那种做派的实习老师，动不动就让大家坐成一圈，积极发言。格蕾丝老师却完全没搞这套。对夏纪和同学们来说，待在排排坐的日式教室里才是更自在的，而格蕾丝老师也很尊重大家的习惯。自我介绍的时候，她在第一时间察觉到了同学们没听懂"graduate school"，于是干脆用日语补充道："研究生院，OK？"听发音，人家搞不好是学过日语的。或许这位格蕾丝老师……这么好的格蕾丝老师对日本是感兴趣的，至少不排斥，否则也不会大老远跑来吧。比起其他国家，兴许她对日本的关注还要更多一些呢，嗯……光是想到这里，夏纪的心底便生出了一种温温热热又酥酥痒痒的感觉。

　　班上的同学都是日本人，却要用发音稀烂的英语交流，总觉得怪难为情的，但大家似乎都把这一点抛到了九霄云外，练习起来反而比平时上英语课的时候自然得多。夏纪就不用说了，在场的每一位同学都被格蕾丝老师迷住了，甚至没意识到自己中了她的"魔法"。半梦半醒，恍恍惚惚。

多么梦幻的时光。嗯，梦幻。为什么自己只能想到这种老套的形容词呢？真可悲。要是能想出更美好、更独特，独特到从没有人用过的说法就好了。要是能把那段时光封存起来，那该有多好啊。更让她难以忘怀的是那股香味——格蕾丝老师在座位间穿行时闻到的，柔和而甜美的香水味。

那股香味。

唉……要是能把那香味存起来就好了……

那是什么香水呢？要是我开口问，格蕾丝老师会告诉我吗？会不会太冒犯了？可问了又有什么用呢？今年的压岁钱还有剩的，要不我也去买一瓶？搞不好只有美国才有……就算能买到，也不会适合我的。那么明艳甜美的香气……注定是为格蕾丝老师那样的人存在的。她是那么美丽，跟盛开的花朵一样，还英姿飒爽，开朗又温柔，而且，而且……为什么我就只能想到这种形容词呢。

"嘶！"

硬得可怕的东西骤然撞上夏纪的左肩，紧接着便是"哗啦"一声。她环顾四周……错了。不是有什么东西"撞"向了自己，而是她撞在了什么东西上。

"咦？……怎么搞的？这是哪儿……？"

她下意识喃喃自语。幸好四下无人。

身处的地方早已不是教室了。眼前是一块被强烈的阳光灼烤的绿色招牌。脚上穿着室外运动鞋。落在脚边的，则是用惯了的帆布托特包。

对哦。第一节外教课已经上完了，我正在回家的路上。夏纪又花了好一会儿才反应过来，自己是走着走着出了神，撞上了招牌。幸好撞到的是固定的招牌。万一是飞驰在六号国道上的车，后果不堪设想。

夏纪捡起托特包，再度环视四周。她对这个地方并不陌生。招牌上写着"支持医保""处方药"什么的，看着有点眼熟。眼前的大马路边有一条高架路。这里是……哦，知道了，应该离上初中时常走的那条路不远。这条路也是走过几次的。没错，就在中城町和田宿町的交界处。嗯，这家药房也是有印象的。这里是药房边上的停车场，拐个弯就是药房门口了。

可是……

总觉得哪里不对。

夏纪扭过头，目光越过左肩，投向马路，沉思数秒。

哪里不对劲？

突然，疑问对上了焦。

知了怎么不叫了？不，不光是知了。夏纪再次转向马路。路上一辆车也没有，更是不见一个人影。

土浦确实是个乡下地方。可再怎么乡下，车站到六号国道之间的马路也不可能这么安静，一辆车都见不到吧。哪怕是商店街过年放假的时候，也不会是这样的死寂。退一万步讲，就算在夏纪能听到声响的范围内恰巧有那么几分钟没车经过，可是大夏天中午的，怎么会连一只知了的叫声都没有呢？这也太离谱了。

而且她并没有觉得热。

夏纪看了看自己的双手，又把目光转回马路和药房的白墙。这诡异的感觉是怎么回事？到底是哪里不对劲？就好像这个世界被某种肉眼看不见的膜……不对，没有"膜"那么薄，但又不是墙壁之类的厚重之物，而是一种透明又柔软的东西裹住了……等等，不对……难道被裹住的是我？

脑海被诡异的寂静笼罩着，却没有生出丝毫恐惧。心情反而有点平静过头了，对如此异常的情形没有丝毫抗拒。就算时间就此停滞，夏纪似乎也可以永远留在这里，仿佛被固定在了时间与空间之中。

视野的边缘，有什么东西在动。

什么东西……人影？

药房侧面有扇小门，个子高的人怕是得弯着腰才进得去。白色的门板上嵌着玻璃，上端是极具昭和时代感的拱形设计。门的两侧各有一扇窗。左侧的窗户后面，好像有什么东西……不对，是有个人在动。

　　她本想转身朝那边看，身体却动弹不得。就像在梦中奔跑时一般，脑子想动，身体却不听使唤。即便如此，她还是把身子硬拧了过来，无比艰难地迈出一步。窗户明明就在两步半开外的地方，她却走了好久好久。

　　乍看是从药房侧面的窗户里一闪而过的光，实则是透过窗玻璃照进去的阳光打出的人影。什么声音都听不到，但那个人的嘴唇大幅开合着，像是在喊。

　　那是……！

　　"Toshi... o... ！"

　　不等脑子反应过来，夏纪便已喃喃出声。不知为何，她几乎在看清人影的刹那认出了对方。可嘴巴的反应也慢得让她心焦。花了好几分钟才挤出一个词来，仿佛在被拉长的时间里一毫米一毫米地挪动着，伴随着无尽的挫败感。

　　错不了，那就是 Toshio。是长大了的……也许还不算完完全全的大人，但应该是长大了的 Toshio。是那一天的那个时候，在龟城公园指着飞艇嚷嚷的小男孩。还在哪儿见过来着？在哪儿见过长大后的他吗？不可能……但她很确定，那就是 Toshio。

　　他穿着普普通通的白色短袖衬衫，跟夏纪的校服没什么区别。他正看着她，脸上似有惊讶。为什么一眼就认出

62

来了？可就是认出来了。为什么？莫非找他问问，就能揭开那段神秘记忆的真相了？就能弄清那艘飞艇的来历了？

听不见。什么都听不见。可是看口型，Toshio是不是在喊她的名字？隔绝着夏纪与世界的物体如透明茧壳般扭曲着，数不清的透明丝线纠缠在一起，让她的动作变得越发迟缓。Toshio也认出她了。肯定认出来了。嗯，他肯定还记得她。嘴唇又动了。他在说什么？听不见，听不见啊！他又喊了一次。没错，他又喊了一次夏纪的名字。那是"夏纪"的口型。绝对是"夏纪"，就是"夏纪"。

忽然间，有什么东西"啪"的一声崩开了。夏纪重获自由。"哗啦——"肩上的包再次滑落。说时迟那时快，震耳欲聋的蝉鸣齐齐响起。夏纪差点向前栽倒，好不容易才稳住。

再次望向那扇窗户，却已是空无一人。

夏纪心跳加速，气喘吁吁，仿佛刚完成一次百米跑。她像冲刺一般来到窗边，大口大口喘着气，双手按在玻璃上。

好热。直射的阳光灼烤着后背和脖子。车辆驶过大马路的嘈杂声响传入耳中。夏纪用双手遮住眼周，看向比室外稍暗的室内。但在眼睛适应亮度，看清屋里的情形之前，她便不由得往后仰了。因为她意识到自己竟正在别人家的窗口偷看，她顿时就发怵了。幸好理智尚存。她只看

63

见室内的另一侧也有一扇一模一样的窗户，但似乎没人。没人会指责她偷窥，因为连个人影都没见着。

恐惧骤然涌上心头。随之而来的是疑惑——刚才究竟是怎么回事？是幻觉吗？我是不是哪里不对劲啊？是不是累着了？还是因为说多了不熟悉的英语，脑子都说乱了？

就算是这样吧，可为什么会看到他的身影？那个青年……感觉比"少年"略大一点，莫非他比她大几岁？不应该啊。要是他们真差了两三岁，小时候见面时肯定会留下"大哥哥"的印象。他们现在应该也是差不多的年纪。Toshio。错不了，她认出来了。为什么会看到他呢？他是不是在喊她的名字？

夏纪从窗边后退。左脚跟碰到了什么东西，吓得她扭头一看，原来是掉在地上的托特包。慌慌张张捡起来环顾四周。幸好没人围观她的怪异举动。

推开那扇小门的冲动在夏纪脑中一闪而过。但比起隔着窗户偷看，推开人家的大门显然更不合适。要不敲门试试，还是透过门上的玻璃再看两眼？两种方式她都不敢。已经贴在窗玻璃上偷看过一回，再看就太不像话了。

夏纪在药房的招牌跟前呆立片刻，心想要是有人走出来该怎么办。流云暂时遮住了太阳，但阳光很快便重回大地。心跳渐渐平复，脑海中却充斥着好奇和恐惧，以及被自以为马上就要识破的魔术戏弄得团团转时满头问号的诡

64

异感觉，一时半刻是静不下来了。还是先离开这里吧。但说不定过一阵子又会不由自主地跑来。有点可怕。不，是非常可怕。

夏纪把托特包重新挂上右肩，走向初中时的那条必经之路。

# 4．与登志夫同频共振?

"量子计算机"是个不太好解释的名词。人世间有两种智慧,一种是能把专业的东西跟外行人解释清楚的智慧,另一种则是只能跟专家聊专业话题的智慧。而登志夫的智慧属于后者。他完全不具备那种近似于策展人乃至艺术家、文学家的天赋,没法在尽可能不使用公式和专业术语的情况下,仅仅通过比喻或形象的描述让外行人(他并不喜欢这个说法)听懂。量子计算机? 那是什么玩意儿? ——如果有人这么问他,他能给出的最好的回答就是"麻烦您去问更懂行的人吧"。他会尽可能让语气显得不那么冷漠,不那么高高在上,只是这份努力也未必管用。

"量子"是比分子和原子小得多的物理量,好比电子、光子和中微子。了解过诺贝尔奖相关新闻的朋友应该都知道,中微子小到可以穿过地球和我们的身体,仿佛这些东西根本就不存在一样。这种量子的"行为"与我们平时经常打交道的物质截然不同,有时会处于一种既"存在"又

"不存在"的状态。要解释清楚这是一种什么状态，怕是得花不少时间，请大家姑且死记硬背一下吧。再说说"计算机"。"普通"物质制成的计算机是用代表"有"和"没有"的 0 和 1 来进行计算的，对不对？但量子计算机不光能用 0 和 1，还能处理"既是 0 又是 1"的信息。很奇妙吧？所以我们能利用量子的这种性质，在短短几分钟内解出"普通"计算机需要几万年才能解答的问题。厉害吧？不过现有的量子计算机擅长的领域还比较有限，科研人员正在努力克服这个弱点，研发能解决各种问题的通用量子计算机。而"光量子计算机"就是为了实现通用性研发出来的一种基于光量子的计算机……

登志夫参考了学长向普通人（这也是个他不太喜欢的词）解释量子计算机时的说法，硬把一套像模像样的说辞背了下来，但总觉得差了点味儿。他还没有信心在听众对"艰深晦涩的东西"警铃大作到充耳不闻之前顺利讲完。篇幅加长个二十倍，可能还拿得出手一点，可谁又有耐心读完他的生硬文字呢。

土浦光量子计算机中心背靠国家、企业和六所大学。两台光量子计算机和一台大型传统计算机于去年安装到位，正式投入运作。光量子计算机本身也是由几家公司合资成立的"惊异科技"（Mirabilis Technology）制造的。谷歌和 IBM 这样的美国巨头都是独立研发的，但日本企业的家底不够厚。所幸光量子计算机还是个新领域，并非不可能靠合资研发追赶上技术进步的步伐。

因为暑假期间缺人打杂，土浦光量子计算机中心发布了兼职招聘启事，但报名的并不多。确切地说是"没人肯去"。以研究人员的身份赴任也就罢了，可这毕竟只是一份无法直接参与光量子计算机操作的兼职，去的还是不论怎么说都算不上大城市的乡下地方，确实是既无法满足自尊，又积累不了什么经验。不过最终每年总会有那么几个人报名，好比登志夫这种适应环境比较慢的人。哪怕只是打打杂，能积累一些"实地"经验也是不亏的。上一任兼职杂工的学姐倒不属于这种情况，但她本身也是个异类（呃，天知道这个领域有没有不是异类的人才），是那种什么都要见识一下、体验一番的类型。那位学姐撂了挑子，于是暑假的后半段就让还没敲定专业方向的登志夫顶上了。

匆忙的安排令他略感心累，但以后要是真想从事跟光量子计算机有关的工作，去有实物的环境体验一下当然再好不过。由于登志夫未满十八岁，手续稍微有点复杂，但也不是什么解决不了的问题。关键是登志夫本人去土浦的意愿很强。假如让他去个别的什么地方，搞不好他已经推掉了，但土浦不然，他还是很愿意去的。

土浦也算是登志夫唯一有"回忆"的地方了。他有很多"记忆"。而且和记忆力一般般的人相比，他的记忆

68

还是相当多的——单论"记忆"的话。父母一直都很重视他，对他的教育格外上心，从这会层面来说给他留下了许多值得感激的记忆。而目前的状况也足以证明他的表现还不赖，也取得了足够的成绩回报这份恩情。除了寻常的亲子记忆，还有一些称得上特别的记忆。比如在父母的陪同下出远门参加神童大会或数理化竞赛，还出过几次国。这些确实是特别的记忆。然而在他看来，只有一件事可以被明确地称为"回忆"。

登志夫认为，回忆和寻常的记忆是两码事。他也无法给出严密的定义，但回忆总体上应该是带有心理色彩的记忆。而他唯一的回忆，就是在土浦见到的那艘飞艇，和那个与自己年纪相仿、被人唤作"Natsuki"的女孩。回忆伴随着心理层面的情感波动。他只会对那段回忆心动。说得再准确些，是只有那段回忆才能让他切身体会到，自己也有一颗温热鲜活的心。

他并没有忘记过那段回忆。只是人们常会把特别珍贵的东西藏在最隐秘的地方，久而久之就找不到了。那段回忆也一样，被深深埋藏在了他那颗小而顽固的心里最倔强的角落。每每打开回忆的盖子，都会有股搅乱心田却又教人怀念的香气扑面而来，一发不可收拾。那时的天空是不是蓝色的？有没有暗红色的镶边？天上是不是几乎没有云彩，也没有月亮？暮蝉有没有在叫？自己为什么会在外婆的葬礼之后来到公园？有没有人叫她"Natsuki"？她身上的藏青色连衣裙，胸口仅有的两颗人造珍珠的饰扣。雪白的衣领。童花头。直视着他的那双眼睛。对了，那双眼睛。说不定，那是他有生以来第一次觉得某个东西很美的瞬间。当他指着那艘飞艇，读出它的名字，并骄傲地告诉她时，心中的喜悦溢于言表。

每次回忆起来，内心深处都会涌出刺痒的奇妙感觉，仿佛是获得了一种新的知觉。这种感觉是愉悦的，但同时也伴随着自己处理不了的海量信息汹涌灌入的焦虑。

经常揭开盖子，香气便会逐渐消散。所以他将这段回忆小心翼翼地封存在心底，一碰不碰，甚至不让它接触一丝一毫的光线，生怕多漏出去一个分子。

他想起了小时候——嗯，差不多就是在土浦收获那段回忆的时候——收到的那盒德国产的六色蜜蜡黏土。真想立即用手掌捂热，再反复揉搓，调出各种各样的颜色，捏成小鸟或小汽车。可与此同时，他又生出了一股强烈的冲动，想把它原封不动地保存下来，永远都不碰。于是他将黏土放进了玩具箱，好几天都没拆封。可一旦捏起来，他便迅速沉迷其中，将当初的念头忘了个一干二净。一眨眼的工夫，黏土就不成原样了（倒也没什么问题，毕竟这就是益智玩具的正当用途）。后来，他突然想起了那股"宁可不去触碰，也要永久保存"的心绪，便难过得厉害，仿佛被人狠狠捉弄了一番。怪不得别人，只能怪自己。无论当初选择哪一边，到头来都免不了要伤心。

登志夫的记忆中有许多类似的片段。他总是既想永远保持某个东西的原样，又想按自己的喜好改造一番，用到过瘾。但东西的损耗是在所难免的。即便仅限于他的有生之年，也几乎没有什么东西可以完好无损地保存下来。这种变化让他焦虑，未知的事物始终未知也让他焦虑。

焦虑到他自己都不知道自己想说什么的时候，便又把这些念头盖住。

所谓的普通人有多少让人心动到痛苦的回忆呢？他们能够承受这样的重压吗？

对登志夫而言，土浦的回忆是无比特别而不堪承受的，更是独一无二的。


"嗯……要不你先帮忙洗个碗吧？抱歉啊，委屈你在最先进的地方干这种活。"

林田梨华的丈夫——惊异科技的合同工林田直树用打从心底里过意不去的口气说道，目光都略显躲闪。他平时是个家庭煮夫，干些创作类的工作，不定期来中心给主任打打下手。身材偏瘦，戴着银框眼镜，头发蓬乱，白发略多。镜片后的眼睛倒像个顽皮的小男孩。

登志夫倒是不介意洗碗。或者说，他本就有这份觉悟，清楚自己来土浦就是干这些杂活的。

"……说是最近状态不太好，好多事情都卡住了。"

直树抬起右手大拇指，朝身后随意一指。后面是敞开着房门的曾经的新娘休息室——现在的光量子计算机控制室。镶木桌上放着两台笔记本电脑和一台台式电脑，仅此而已。只见林田梨华和四名工作人员在里面谈得热火朝天。

"啊？状态不好？您是说梨华姐吗？"

用"梨华姐"称呼领导是不是不太合适啊？可是为了区分林田夫妇，大家都是这么喊的。在这个场合用人家的全名反而更奇怪吧。

"哦，不是不是……"

"啊，我是不是不该这么称呼主任？"

"不不不，称呼是完全没问题的，我巴不得你们这么喊。我说的不是她，而是它们。"

难道是全体工作人员的身体都出了状况？但登志夫克制住了自己，没有慌忙作答。

"它们……？"

"嗯，说是动不动就停机，还不听使唤。卡珊德拉和赫勒诺斯好像都不太稳定，不过卡珊德拉要更严重一点，也查不出原因，总之就是不太妙。"

"卡珊德拉"和"赫勒诺斯"是两台光量子计算机的

昵称。卡珊德拉是规模更大的通用机，赫勒诺斯则是深耕量子计算机特性的"量子退火①机"，比卡珊德拉略小。光量子计算机的优势就在于无须极低温和真空环境，对设备的要求不高，也比较节能。

给两台计算机起名的时候，大家踊跃提议。信长和兰丸②、伊织和阿伦③、球球和波奇……直到将大的那台命名为"村正④"的方案出台时，众人却为另一台该叫什么吵翻了天，看来寄托了太多感情的名字反而容易引发冲突。面对五花八门的方案，梨华最终决定从希腊神话里选两个名字。如此一来，谁都不会过分移情，外国科研工作者也比较好记。卡珊德拉和赫勒诺斯是特洛伊王室的一对龙凤胎，被阿波罗赐予了预言能力。说得再准确些，是被施加了名为预言的诅咒。

两台计算机时不时出状况——

登志夫想起了前些天与戴夫和梁勇的视频电话。不祥的预感涌上心头。

"啊！对哦……碗还是我洗吧，你也进去呗。"

---

①量子退火（Quantum Annealing）：利用量子隧穿与涨落效应的优化算法，通过超导等量子系统实现，用于高效求解组合优化问题的全局最优解。
②织田信长与丰臣秀吉、德川家康并称"战国三杰"，森兰丸是其侍童。
③森鸥外的《阿公阿婆》的主人公，一对非常恩爱但多年不能团聚的夫妻。
④最有名的日本刀之一，人称妖刀。

"啊？可我去了也帮不上什么忙啊……"

"有什么关系嘛，听听看也无妨。"

"可我总不能白拿钱不干活吧……"

"没事的，本来也没什么活可干，他们也没聊什么不能让打杂的听到的东西。再说了，你进去听听好歹能学到点东西嘛。一会儿还得做大阪烧，我总归是要去厨房的。"

足以撑起好几间宴会厅的大厨房倒没有完全荒废，直树会窝在角落里做些他擅长的"面食①"。他搬来了做大阪烧跟章鱼小丸子的铁板，每周至少做上两回。照理说，"面食"泛指小麦粉做的吃食，文字烧②跟可丽饼应该也可以包括在内，但在直树看来，"面食"似乎还有一重文化层面的定义。

"好啦，去吧去吧。"

直树轻轻抓住登志夫的双肩，转动他的身体，又在背上拍了一下，将他送去了新娘休息室。

土浦光量子计算机中心的兼职从这周三正式开始，但登志夫几乎无事可做。刚上岗的那几天，他的工作仅限于管理扫地机器人（其实正经的管理工作有专业的服务商负

---

①面食（粉もん）：关西方言，泛指用面粉做的吃食。大阪烧和章鱼小丸子都是起源于关西的经典"粉もん"。

②文字烧：发祥于东京月岛、盛行于关东地方的铁板烧小吃。将蔬菜肉类置于铁板上，再淋上面糊煎至凝固。其形式类似于大阪烧，但口感更为浓稠。

责，他基本只需要看着）、简单的打扫擦灰、查看会员网站（也只是看看而已）和采买。而且那周就出去采买了一次。楼里有饮料自动售货机，大家也更倾向于自己去麦当劳、星巴克、河内药房（说是药妆店，其实跟超市差不多）和山新（规模相当大的家居中心）买东西。领导说不忙的时候可以随便自习，但登志夫不擅长利用碎片时间，所以开会的时候他都会去旁听一下，维护设备的时候也在边上看着。

虽说光量子计算机最近是有点不稳定，但大体还算正常。因为它们通常情况下是可以正常运行的，就是有时候会突然出点问题。光量子计算机本就不同于传统计算机，不是只计算一次就完事了。登志夫很难跟非专业人士解释清楚，哪怕换一个很会解释的人来，听众听到这儿就懒得深入了解了。科普节目往往也是用"这是量子计算机的神奇特性之一"草草带过。

量子计算机的解来自多次计算结果的集合。然而，卡珊德拉和赫勒诺斯时常跟受了某种蛊惑似的，无法导出真正有意义的解，一段时间过后又突然恢复正常。就像被什么东西蛊惑了一般。

登志夫一进新娘休息室，大家便理所当然地给他找了个位置。奈何休息室里他们坐的那种人体工学椅不够多，留给他的就只有铺着白布的猫脚椅了，那些猫脚椅只能用

"路易 × 世风"或者"维多利亚风"来形容。椅面的布料看着倒是高档，但已严重泛黄。

"卓柏卡布拉① 也挺有意思的，不过比起 UMA②，我还是更偏爱 UFO。"

"UFO 啊。嗯，最近美国空军也承认了一些目击事件，还公开了视频。近来这种事还挺多的。"

"是啊，听说金泽那边三天两头就有。"

"那边是不是还有个 UFO 博物馆啊？"

"搞不好是那些本就对那方面感兴趣的人老盯着天上看，所以更容易觉得自己'看到了什么'。"

"石川县本就是个天气事件频发的地方，经常打雷的。"

这是在谈什么啊？登志夫花了一分多钟才意识到大家在闲聊。

"日本海一侧的 UFO 目击事件不是更多吗？"

"东京才多吧？"

"人口基数摆在那儿。"

"日本海一侧也包括青森吧？到底是有'金字塔③'和

---

①美洲部分地区民间传说中的吸血怪物，字面意为"吸羊者"，长得一半像蝙蝠，一半像袋鼠，喜欢袭击小型家禽和牲畜。
②传说中可能存在，但在生物学层面尚未确认的不明生物。
③此处指的是"大石神金字塔"，位于青森县三户郡新乡村的巨石群。

'基督之墓①'的地方。"

"打扰一下……"趁着大家都忙着笑没空说话，登志夫小心翼翼地插嘴道，"请问光量子计算机怎么样了？"

刹那间，房中鸦雀无声。是不是说错话了？是不是多管闲事了？

"嗯……这个嘛……"梨华抓着轮椅扶手调整了一下姿势，然后双手举过头顶，"眼下还一点办法都没有，所以才跑来这儿瞎聊的。"

"要不我去把直树哥也叫来？还有……呃……对不起，我还没记全大家的名字……比如那位……呃……"

梨华为首的科研工作者们又沉默了片刻。

"抱歉抱歉，这也不是什么严肃的讨论会啦。正经的话题都聊得差不多了，说实话，连闲聊的话题都快见底了。该核对的都核对过了，该检查的也都检查过了。"

"听说卡珊德拉和赫勒诺斯的状态都不太好，具体是怎么个不好法呢？"

"直树跟你说了？老毛病了，时不时出一些故障。其实去年上线运行以后，偶尔也会出现这种情况。但光量子计算机本就是一项还不成熟的技术，出点意外也很正常，

---

①基督之墓同样位于青森县三户郡新乡村，当地传说称耶稣没有被钉死在十字架上，而是逃亡到了日本，一直活到106岁，最后也葬在日本，但世界上所有的基督教派别均否认该传说。

所以以往的异常还算在可以接受的范围内。可是随着时间推移，出故障的频率越来越高了，从上个月开始，情况就有点失控了。"

"我联想到了一个故事，"一位研究员模仿欧洲人一样竖起右手食指，"好像是《我，机器人》<sup>①</sup>里的，说六台附带人工智能的采矿辅助机器人平时能正常工作，但偶尔会集体停工，做些奇怪的动作。因为……哎呀，碰到脑子处理不了的难题时，人不是会像弹钢琴那样，下意识用手指敲击桌子吗？那群机器人就陷入了类似的状态。"

大家七嘴八舌道：

"那篇不是《机器人的其他故事》<sup>②</sup>里的吗？"

"阿西莫夫还有其他机器人短篇集吧？"

"不是啦，应该就是《我，机器人》里的。"

艾萨克·阿西莫夫登志夫还是知道的，20世纪最伟大的科幻作家之一。不过登志夫没看过他的作品。不光是阿西莫夫，登志夫几乎就没看过几本小说——他不爱看这种体裁。

"那群机器人的问题是怎么解决的呢？"

这样算加入对话了吗？

"呃……我记得故事临近结局的真相是六台太多了，

---

①美国作家艾萨克·阿西莫夫出版于1950年的科幻小说短篇集。
②阿西莫夫出版于1964年的科幻小说短篇集。

减少到五台后就一切正常了。"

"可是喂给卡珊德拉和赫勒诺斯的信息量也没有那么多啊，目前的设置是上限的 75%，实际运行期间也没有超过。"

"单看发生异常时的数据……怎么说呢，感觉就像是一大波噪声数据涌了进来。"

梨华指着自己面前的几张纸说道。纸上都是一排排的数字。过了几秒，登志夫才意识到这话几乎是说给他听的。也是哦。在场的除了他，应该都看过这份数据了。只不过，人眼其实无法分辨这些数字究竟是噪声数据的真实样貌，还是单纯的随机数。

"不过嘛，这东西看了也是白搭。"

说着，梨华用手掌拍了拍那摞纸。大家又叹起了气，各自看向不同的方向。

"有没有可能是黑客攻击啊？"

话说出口，登志夫才意识到自己问了个非常愚蠢的问题。用脚指头想都知道他们早就探讨过这种可能性了。再说了，光量子计算机跟普通计算机完全不同，不依赖某种操作系统，也没有常驻的应用程序，而是纯粹的计算"过程"。

"联网的龟龟设了相当严密的防火墙，可一点儿异常都没有。"

79

"龟龟"指的是中心的大型传统计算机，大名叫"龟城"，但大家都习惯喊这个俗名。光量子计算机的名字出自希腊神话的王子和公主，相较之下总觉得对龟龟不大公平，可光量子计算机才是中心的主角，待遇不同也是在所难免。

"没有任何入侵的迹象，也没有被攻击过的痕迹。而且我们分析过这些莫名其妙的数据，发现它们什么都不是，真的只是随机数而已。"

"也就是说，是光量子计算机内部产生了奇怪的噪声……"

"差不多吧。"

众人再次叹气。

"带回去留作纪念吧。"

梨华边说边把那摞纸塞到登志夫手里。登志夫分不清她是开玩笑还是认真的，只好乖乖接着。饶是他再迟钝，也察觉到了大家的注意力还集中在自己身上。在"想要派上用场"的念头驱使下，他分享了"LIGO暂时停机"的消息。尽管在场的研究员搞不好早就知道了，但是在这种场合，"提一嘴以防万一"总归是没错的。

坐在台式机前的研究员动了动鼠标。

"啊！还真是……KAGRA和VIRGO也停了。"

笔记本跟前的研究员也说道：

"NASA 的新宇宙望远镜的数据……好像也都是噪声。"

就在这时，直树招呼大家去吃刚出锅的大阪烧。

那天，中心决定暂时停用卡珊德拉和赫勒诺斯。还不到五点，登志夫就被告知"你可以回去了"。星期四的傍晚，不早也不晚。在如此尴尬的时间段被突然"放逐"，登志夫也无处可去。

回家前，登志夫又在中心逛了一圈。

中心内部的空间多得超乎想象。这也是理所当然，毕竟这里有好几间可容纳几百人的宴会厅和服务这些宴会厅的后勤工作区，外加这座等比例复制的山寨大教堂。如今教堂里就只放了些变压器和电源设备。

据说以前还有人租教堂拍 MV 和电视剧。第一眼看过去，确实会给人留下非常华丽的印象。但来过两三次后，山寨感就越发扎眼了。仍被搁置在教堂深处的圣坛、圣经架和圣坛上方的彩色玻璃花窗貌似是从欧洲采购的真古董，地板的用料也相当考究。然而，谁都不会特意去摸的墙壁就只是贴着墙纸的胶合板。最深处十字架后面的那堵墙明明在最显眼的位置，却没有用壁画装点，只有单调的蓝色墙面。登志夫推测，这或许是为了在举行结婚仪式时突出盛装的新娘。

网上说这座婚礼会场曾一度非常抢手，收费高昂且一席难求。至于它为何破产，登志夫没能在网上找到答案。

最大的宴会厅里搭了一间乍看像大号活动板房的机房，里面放着大型传统计算机。采用"大房子套小房子"的结构，大概是为了提高制冷效率。机房入口有一道带生物识别装置的门。登志夫当然没有进门的权限。就算有，他也不会动开门的心思。天知道能不能从里面解锁。别说是整个人进屋了，他都不想把头伸进去。倒也没有别的理由，就是怕。

本该被地毯覆盖的地面铺上了防静电瓷砖，各处嵌有走线用的铝板。但改造过的就只有地面，墙壁和天花板仍是宴会厅的模样。两层高的天花板看似由拱形结构和列柱支撑，其实徒有其表，"大理石"墙壁也不过是壁纸罢了。水晶吊灯都被拆除了，只剩下了挂钩。天花板上装了专注实用性的 LED 灯，却保留了天使的图案。拱形窗户拉着厚重的帷幕窗帘，但靠近天花板的地方有几扇普通的方形推拉窗，连登志夫这种不懂浪漫的人看了都颇感扫兴。

光量子计算机的主体也放在那间宴会厅里。不知道光量子计算机为何物的人可能会把它想象成一个开着冷气的大号玻璃箱，如同金色吊灯似的悬挂在天花板上。然而，光量子计算机的外观跟普通的服务器相差无几，卡珊德拉和赫勒诺斯也不例外。登志夫在实验室里见过光量子计算机的内部结构，不过是把几个跟智能手机差不多大的扁平

82

盒子接在了一起。盒子里也不过是些线路和芯片，外加若干光学装置。在这间机房配置扫地机器人一事不知为何被暂时搁置了，眼下只能派人轮流进来拖地。

登志夫早已把那些数据——那摞印满了数字，拿着也没用的纸规规矩矩收进了斜挎包。就在这时，他突发奇想，掏出纸来细细打量，甚至有种下一秒就要开窍的预感。他当然不是那种随便看两眼就能破解暗号的天才，但这也许就是所谓的"直觉"吧。就跟拼拼图似的，只要稍微调整一下视角，答案便会涌现出来——就是那种"啊，就快想出来了，马上就要想出来了，潜意识里已经想明白了"的感觉。只可惜，登志夫就是找不准那个"视角"。

他要是能在这个紧要关头为数据分析做点贡献……换作虚构作品，这定会是一个圆满结局。可惜现实并没有那么美好。

登志夫的目光在打印纸和两台光量子计算机之间游走了几个来回。片刻后，他又把纸放回了包里。走吧，再耗下去也无济于事。可这个念头刚冒出来，诡异的感觉便骤然袭来，仿佛陌生的地方逐渐变成了熟悉的场所。有种这里是自己熟知了几年甚至几十年的地方。可他甚至都没有"几十年"的过往。

要是真有那一天就好了。希望研究光量子计算机的地方能够成为自己真正的归宿。希望自己能在这里发光发热，好歹派上一点用场。

不然，他都不确定这样的自己还有没有存在的价值。


骑车下班的路上出了件怪事。明明是沿着没有岔口的大直道骑的，可是骑着骑着，登志夫竟发现自己走反了。

虽说他在散步方面天赋不佳，但论起方向感，他可从没遇到过比自己还好的人。


周五又提早下班了。登志夫决定再去那家药房看看。倒也没什么特别理由。一周去三次是有点奇怪，但"想参观那间展厅"是个不错的借口。从展品的老旧程度来看（连明治时代的药瓶都有），齐柏林号来土浦的时候，药房应该就已经在那儿了。"人"肯定是换过的，不过那位老太太要真是八十多岁的话，她的父母搞不好是亲眼见过飞艇的。可要是有人问"那又怎么样？"，登志夫也答不上来。

暑热尚未散去的停车场里有一辆挂着轻型车牌照的蓝色小车。登志夫尽可能把车停在角落里，免得挡了人家的路。他总觉得头盔碍事，于是便干脆扣在了车座上。头盔也是租来的。要是在东京，他绝不会这么一扣了之，也没人能保证在土浦就一定不会被人偷。奈何他在中心的中庭被蚊子咬了，左上臂周边变得格外敏感，以至于平日里不怎么烦心的事情眼下也让他纠结个没完，只觉得随身物品碍事得要命。他甚至一度想把斜挎包也撂下，不过到头来还是没这个胆量。

为药品服务的冷气裹住了登志夫。门口的右手边有位年轻的女药剂师正将一袋药递给驼背的老爷爷。药品的海报和形形色色的提示牌映入眼帘。深处的配药室飘出微弱的糖衣片味儿。看向左手边的展厅，只见穿着优雅的深莓色长袖衬衫的老太太正与一位抱着购物袋的中年女性面对面坐在那里，相谈甚欢。

"哎呀，欢迎光临！"

老太太显然已经记住登志夫了，立即打了声招呼。对面的中年女性一边说着"抱歉，耽误了您这么久"，一边起身要走。其实登志夫也没什么要紧事，完全不介意她们接着聊，却又想不出一句在这种场合挽留的客套话。就在他手足无措的时候，人家走了出去。发动汽车的声响传来。登志夫诚惶诚恐，老太太却微微一笑：

"抱歉啊，不过你来得正好。她人挺好的，只是一聊起来就没完……"

"可……我好像打搅到你们了……对不起。"

登志夫语无伦次，好不容易才挤出这么一句话来。

"哎哟，你这胳膊……快别抓了。稍等一下哦。"

展厅中央有一张杂乱的桌子。老太太边说边从桌上的竹篮里拿出一支陌生牌子的黄色小药膏，挤出一点抹在了登志夫的左臂上。

"这是非激素类药膏里最管用的。"

"谢谢。啊，我自己来。"

在皮肤敏感时被人触碰着实不太舒服。但他也不想用自己的烦躁去回应老太太的好意。

"屋子里都一塌糊涂了……昨晚不是地震了嘛，可能是摇晃的方向不太凑巧，好多东西都给震下来了。"

老太太径直往里走，似是想当然地认定登志夫会跟来。而登志夫也想当然地跟了上去。昨晚确实地震了，土浦的震级达到了四级（幸好光量子计算机没事）。虽有显示震源在茨城外海的数据，但媒体没有第一时间报道。电视台插播新闻的时候也只给出了估测的震源。据说是因为仪器没有测出明确的震源。而且出故障的观测仪器恐怕不止一台，这会儿气象厅和东京大学地震研究所怕是正忙得不可开交。

"幸好没什么重物掉下来，可屋里都乱得不成样子了……"

展厅深处的左手边有一块铺着暗绿色瓷砖的换鞋区，通往一扇疑似便门的小门。换鞋区后面还有房间。也就是说，进门往右走是展厅，往左走则是里屋。这扇门可以说是物理意义上的小，登志夫搞不好都得稍稍弯腰才走得进。门上端呈拱形，镶着十片玻璃，颇有昭和时代的韵味。

老太太脱了凉拖，走进铺着地毯的里屋，略显吃力地弯腰捡起落在脚边的折纸作品。登志夫愣了一会儿才回过神，跟着脱鞋进屋，帮她一起收拾。

"我们时不时会在这儿搞点面向老人家的活动，一起用树果做首饰啦，用手工纸折娃娃啦……"

难怪展厅各处摆着一些看着跟药房的历史并无关联的手工艺品。

"作品原本都是放在箱子里的，这下可好，撒了一地。"

确实如老太太所说，散落在灰色地毯上的又岂止折纸作品。每一件看着都是手工制作的，技艺虽称不上精湛，但都用足了心思。右手边的窗前随意堆放着几个纸箱和空零食盒。顶上的几个盒子被震倒了，里面的东西全都掉了出来。

"这里是……阅览室吗？"

登志夫把折纸作品放进老太太递来的盒子里，抬头环顾四周。这间屋子比标准的六帖房间略细长一些，两条短边各有一扇普通的推拉窗，深处的长边则是一排靠墙的书架。书架共有八层，下面两层是带斜面的展示架，就跟书店的货架似的。越往低处走，面向小朋友的书就越多。放在高处的书似乎就不完全是针对小读者的了。每一本都褪了色，像是已经在书架上待了好几十年。

"这里以前是当儿童图书室用的。当年孩子多，又没什么课后托管班。现在不是都讲究什么……第三空间嘛？当时也没想那么多，就是想弄个地方给孩子们放松放松。其实就是我自己想办啦。以前可热闹了，书也是大家捐的。"

"真好啊……要是我小时候也有这样一个地方，肯定天天赖着不走。"

"哎哟，这话我爱听。现在有少年宫和课后托管班，也用不着这种地方了。反倒是我们这些老头老太需要个歇脚的地方。"

登志夫一时不知该说什么才好。

"扯远了，抱歉抱歉，你来店里有什么事呀？"

老太太突然回过神来，如此问道。

"倒也没什么事，就是今天下班早……所以……嗯……"

登志夫一时语塞。老太太既不催促，也没专心等他。只见她从装折纸作品的盒子里取出一只黄色的纸鹤，又放回原处，缓缓盖上盖子。在内心深处束着他的某种东西渐渐松开。

"我就是想再逛逛那间展厅……嗯……请问这家药房是明治时代开张的吗？"

"是啊，明治二十八年。不过我是昭和八年生的，老家在东京，昭和三十三年才嫁到了土浦，所以不太清楚当时的情况。"

就算老太太是土生土长的土浦人，她这代人也不可能了解如此久远的往事。登志夫听不出她是不是在开玩笑，只得机械地附和"那倒也是"，然后又问：

"您是昭和八年生的啊……那您的公婆是不是见过齐柏林号呢？"

"啊？什么？"

"嗯……很久很久以前，不是有一艘飞艇来过土浦吗？"

齐柏林号……应该没有坠毁吧。

"哦，你说齐柏林啊。嗯，我爸妈也在银座看到了。"

"银座？您说的是……东京的银座吧？"

"对啊，说是在降落土浦之前，特意在东京上空飞了一圈。"

这倒是头一回听说。

"那飞艇可大了，没想到那么大的东西能在天上飞，大家都很惊讶。据说有两个牛久大佛①那么长呢。看到那么个庞然大物在天上飞，是个人都会吓一跳的吧。"

牛久大佛带底座是 120 米，而齐柏林号的全长是236.6 米。确实是"两个大佛那么长"。

"想想还怪有意思的，这种事永远都是：要么就不来，一来就扎堆——前些天也有个男孩子打电话来打听本子上

---

① 位于茨城县牛久市的世界第三高佛像，也是茨城县最高的建筑物。

提到的飞艇的事儿。"

老太太说得云里雾里，让人摸不着头脑。

"啊？这又是怎么回事？"

"办儿童图书室的时候，我会在小矮桌上放本大学笔记本，让大家随便写写画画。年纪小的普遍不感兴趣，初中生倒是经常写，就跟给电台投稿似的。当年有个孩子说自己看到了一艘很大的飞艇，还画在了本子上，我也有点印象，就是记不清具体是谁了。联系我的那个男孩子……呃，都是大学生了，叫人家'男孩子'是不是不太合适呀……他说他想看看那本本子。"

登志夫还是一头雾水。

"嗯，我一开始也有点犹豫，不知道那种东西算不算个人隐私，可毕竟都过去好几十年了呀。往本子上写真实名字的孩子倒也不是没有，但大多数人都用了笔名或绰号，地址之类的隐私信息也不会写的，拿给人家看看应该也不碍事吧。

"今天是……星期五？哦，那他应该快来了。本子在换鞋区对面的那堆东西里，可我一把年纪，实在是收拾不动了，能不能请你帮个忙呀？你来得可太是时候了。"

登志夫总算是一点点反应了过来。大概是这么一回事——当年有个孩子在儿童图书室的留言本上写下了自己看到大飞艇的经历，有个大学生对此很感兴趣。

"他说他今天有课，下课了再从水户赶过来，所以不会太早来的。不过都傍晚了，估计也快到了吧。"

暑假期间的课八成就是什么特别的讲座。老太太嘴上说自己无意"发掘"，却还是把手伸向了换鞋区和展厅之间那个被用作走廊的小房间墙边的杂物——其中不乏贴着"霞浦自然保护协会"标签的箱子和文件夹。哪能让老人家"发掘"如此沉重的杂物堆。"我来吧！"登志夫急忙过去帮忙，把斜挎包撂在了有书架的那间屋子。

不知不觉中，窗外阴了下来。不，不仅仅是"阴了下来"，而是下起了倾盆大雨。分明是一场游击式暴雨。

刹那间，登志夫似乎看见有个人伫立在雨中，他吓了一跳。但走到窗边往外一瞧，又发觉是自己眼花了，把药房的招牌错当成了人影。但心里有个说不清道不明的疙瘩，也许情绪本就是捉摸不透的吧，麻烦得很，还是忘了的好。

"谢谢你啊，真是帮大忙了。有个十二三本吧，应该不到十五本。大概就在这附近……"

老太太随意一指的角落里堆满了文件夹、笔记本、书籍和大号的纸张，像极了学术会议上用来展示的海报。登志夫依次取下压在上面的纸张，打开箱子翻找了一番，还真找出了几本写着"稻见文库"的国誉牌 Campus 笔记本。值得庆幸的是，本子上有编号。登志夫埋头"发掘"时，老太太像是累着了，回到了展厅。紧接着便传来了折叠椅的嘎吱声。太好了……老太太歇着，他也能松口气。

万幸的是，最开始"出土"的本子上标着的"16"瞬间就推翻了"应该不到十五本"的说法，这本只用掉了前四分之一，后面都空着。只要当年的小朋友们没有大手大脚的坏习惯，这十有八九就是最后一本了。换句话说，只要再挖出十五本就行。工作量看似不小，不过杂物堆看着像是整理过的，大部分本子都集中在一处。

最后的留言底下的日期是"1991年3月"。字迹偏圆润，一看就是女生写的，内容和初中毕业有关。莫非儿童图书室就是这一年关闭的，还是在本子上留言的习惯逐渐消失了？可是初高中生上网应该是很久很久以后的事情。本想问问老太太图书室是什么时候关的，可是一看到展厅角落里的瘦小背影，他就有点开不了口了。他自认不是个擅长察言观色的人，但还是想相信自己的直觉。

"抱歉我来晚了，我是前些天打电话联系过您的小野——"

展厅和药房门口的铃铛响了，一个年轻的声音传了过来。音量不算大，听着却很是清朗。

登志夫探头望向展厅，只见一位青年一边收起湿透了的透明塑料伞，一边走了进来。他小心翼翼地把伞插进已经插有几把伞的伞架，然后掏出一条小毛巾，擦起了自己的背包。

"你就是那个小野……小野什么来着？"

"小野悦郎。前些天给您打过电话的……"

"等你好久啦。本子正拜托这位青年找着呢。"

登志夫捧着十六本新鲜"出土"的本子待在了展厅那张凌乱的桌子跟前——无处可放。老太太说可以放在传单上，于是他就照办了。都是些本地合唱团的招新广告和市政府健康咨询窗口的宣传单。

自称小野的青年个子不算高，头发剪得很短，头型偏小，骨相不错，配上凹凸有致的五官，直教人联想到古希腊雕像。深绿色的T恤衫配旧牛仔裤，脚上的运动鞋看着相对新一点。年纪应该跟登志夫差不多。他对送来本子的登志夫恭恭敬敬鞠了个躬，又对老太太鞠躬致谢。

本子的数量似乎让小野吃了一惊，不过他很快便从背包里掏出了一个看着很结实的环保袋，轻手轻脚地将本子分批装了进去。他边装边道歉，说今天时间紧张，来不及好好答谢二位了，说完再次跟老太太和登志夫连连鞠躬。老太太则摆了摆手，说本子是孩子们的宝贵记录，只要事后原样还回来就行。

"啊……呃，请留步！"

就在小野走出药房，门即将关闭的刹那，登志夫鼓足勇气，抓住门把手追了出去。雨几乎停了。夕阳从雨云和地平线之间探出头来，把小野的 T 恤衫染成了奇怪的颜色。

"我叫北田登志夫，是东京来的大学生，最近在这边打工。听说您在调查飞艇的事情，呃……"

小野撑着伞，回头说道：

"哦，老太太都告诉你啦？当然啦，十有八九是传闻或都市传说，不过我对这方面稍微有点兴趣——"

"呃，其实，我也……我也看见过。"

"看见过？"

"看见过……齐柏林号。"

小野欲言又止，倒吸一口气。短短数秒的沉默后，他自言自语般地喃喃道：

"真的假的……"

"我自己也不太敢相信……可既然那些、那些本子里提到了，那就说明还有别人见过吧？"

"没错。抱歉哦，今天没时间细聊了。你要是不介意的话，咱们加个 LINE① ？"

"好的！"

登志夫掏出胸前口袋里的手机，跟小野交换了联系方式。

心怦怦直跳。

---

① LINE：即时通信 APP，类似于微信。

成功加上好友后，小野说了声"回头再联系"，便往樱町那边去了。

心跳仍未平复。

他完全不记得自己是什么时候、怎么回的短租房，晚饭吃了什么。

当晚，登志夫在梦中惊醒。

平日里的梦都是一睁眼就迅速从指缝间溜走消散，只留下些许奇怪场景的片段、身体不听使唤的挫败感和只言片语。那晚的梦却要更鲜活一些，在登志夫的记忆中留下了更多的细节。即使如此，还是拼凑不出完整到足以跟人描述清楚的情节。

铺满晚霞的天上，飘浮着巨大的流线型物体。那是……对，那就是齐柏林号。没错，就是它。它悬浮在登志夫的头顶……不对，能看见地面，所以我在飞艇的上空？嗯……可是……不对。我抬头望着天空，喊了一声"那是齐柏林号！"……小孩子的声音？那真是我吗？

要不了多久，齐柏林号就会在霞浦的海军基地上空起火失事……？不，不可能。它完成了环球飞行。应该是完成了的。可……我怎么会觉得它坠毁了呢？这段记忆是怎么来的？

醒来之后，登志夫也分辨不出那只是一个梦，还是某种记忆。

在龟城公园目击到的齐柏林号会在不久后起火坠毁……为什么？登志夫的内心深处一直都有这段违背史实却伴随着确信的记忆。"见过近百年前的飞艇"就够离谱的了，"认定飞艇会坠毁"就更是莫名其妙了。

登志夫在实在不算舒适的床上翻了个身，夕阳、飞艇、云层、闪闪发光的什么东西、地平线、水、小小的人造珍珠饰扣。然后是……

登志夫伸手去够那本该在梦境另一头的记忆，却怎么都够不到。眼看着它微弱地闪烁着，化作薄薄的海市蜃楼，消逝在寂静的夜色之中。

# 5. 发给夏纪的电子邮件

只要她一开口，原本听起来像"○○ × ×"的声音就变成了"Do you know who said that?"，"□□△△"则变成了"I couldn't help laughing"。多么不可思议啊。昔日的歌手大叔还唱起了"I can't help falling in love with you"!

I can't help falling in love with you.

情不自禁爱上你。

这句话从她嘴里说了出来。

大家跟我念!

练发音嘛，跟读当然是难免的。

同学们已经大致习惯了外教课的节奏，略显欢腾地念出这句有点肉麻的台词。I, can't, help……夏纪却稍稍低下了头，只做了口型。因为她难为情。不知为何，羞耻感突然涌上心头，让她无论如何都说不出口。格蕾丝老师对害羞的同学说，不好意思就对啦，这说明大家真的理解了这句话。

格蕾丝老师每次出现在教室都是一身美国范儿十足的穿搭。水洗色的牛仔裤、胸部轮廓毕露的紧身 T 恤衫、大大的金耳环……还有浓得直教人怀疑她是不是当沐浴露用的甜美香水。但似乎没有一位同学对此感到不快。看表情就知道了。反正夏纪就是知道。

I can't help falling in love with you.

I can't help falling in love with you.

I can't help falling in love with you.

练到最后，夏纪也稍微出了点声。某种东西从背后奔涌而出，将她整个吞没。那是一股温热的、五彩斑斓的、令人兴奋的洪流。夏纪顺着那股洪流漂向远方。老师最后一次让大家跟读时，她鼓起勇气，说出了口。

运动队同学们的跑步声和打球的呼喊声，吹奏乐队成员的自主练习声，八成是从龙崎机场飞来的塞斯纳①飞机的螺旋桨声，还有临近正午节节攀升的气温，都透过敞开的教室窗户传了进来，与夏纪她们磕磕绊绊的发音练习交织在一起。后来，夏纪心血来潮，上网查了一下塞斯纳飞机。那东西居然是靠一台小小的螺旋桨推进的，好厉害啊！

真厉害。

---

①美国堪萨斯州威奇托的飞机制造商，主要生产小型通用航空飞机，因此"塞斯纳"在日语中泛指轻型机。

真的很厉害。

这到底是怎么回事？

垂在前排同学肩头的中长发是亮晶晶的。误入教室种类不明的小飞虫是亮晶晶的。一个日语单词都没有的讲义也是亮晶晶的。落在铅笔盒上的阳光、直逼三十度的温度计、仿佛下一秒就要罢工的破旧风扇……一切的一切都那么光彩夺目。

夏纪用左手轻轻抓住桌子的边缘。似乎不抓住点什么，就会漂向更遥远的、完全出乎意料的地方。那感觉就好像……日子原本过得安安稳稳，可突然有一天，四周的墙壁朝外轰然倒塌，教人突然意识到，原来自己一直都待在一间狭小的屋子里。本以为自己好好待在"外面"，殊不知那是狭窄的"室内"。就是这么一种感觉。倒塌的墙壁外面，是超乎想象的辽阔美景。就好像一条鱼游着游着游进了海里，这才意识到自己原来一直都待在水族馆的水缸里……咦，这不还是一回事吗。

她不禁想起了中考结束后去过的水族馆。看着那些漂亮的鱼，夏纪忽然觉得喘不上气，差点晕过去。呃，倒也没有真的晕过去，可胸口确实闷得要命。据说鱼也是有领地意识的，只要水缸比它们的领地大出许多，它们就不会感到压抑。话虽如此，夏纪还是不由得感到憋闷。汪洋大海中的领地和水缸里的领地能一样吗？也许自己这些年一直都只是水缸里的鱼。冷不丁被放进海里，就被它的广阔震撼得差点晕厥了。可是……哎……该怎么形容呢……哎，我在瞎想什么呢？

唉……仿佛中了魔法一般。

仿佛比前一阵子的诡异既视感还要、还要、还要不可思议。

岂止是撕开了世界的开口啊，分明是世界的全面决堤。世界的巨大惯性质量汹涌而来，生生压倒了夏纪。

在惊人的滔天洪流中，全靠一样东西堪堪维持着夏纪与现实的联系。

正是那股香水味。

格蕾丝老师用的香水对日本人来说有些甜过头了，但夏纪一点都不觉得难闻。嗯，同学们大概也都是这么想的。不仅不难闻，还是引人入梦的神奇香味。我用是肯定不合适的。可我好想知道那到底是什么香水哦。这个问题要怎么用英语表达呢？问格蕾丝老师……好像不太合适。可到头来还是要问老师那是什么香水的，不都一样吗？我的英语水平还不足以问出这种双球冰激凌似的问题。啊？高中生还问不出来是很成问题的？还是说，在我们这种水平的学校还算正常？感觉思路越来越乱了。问"你用哪种香水"，是该用 what 吗？不对，是 which 吧。是 Which parfume[①] 吧。比如 Which parfume do you use？这么说可以吗？是不是哪里说错了？哎呀，错了就让老师帮忙纠正嘛。格蕾丝老师经常鼓励我们，说错一点都不丢人，就该大着胆子说。所以我要是这么问了，老师应该会挑出语法错误，顺便回答一下。可这种情况下用 use 合适吗？不会冒犯到老师吧？换成 like 之类的是不是更好？哎呀，管它呢，问了再说，不要紧的……可是……可就是问不出口啊！

不知为何，夏纪有点心虚。女孩子对香水感兴趣也没什么不正常的，可就是有点……

有点什么呢？

事后夏纪一查字典，才意识到自己连单词都拼错了，"香水"的正确拼法是 perfume。口头发音不太标准倒还好糊弄，可关键的问题不在这儿……

不在这儿。

在第二堂课的最后，格蕾丝老师掏出一部数码相机跟大家拍了合照。令夏纪略感惊诧的是相机竟然还是日本产的。为了让每个人都能入镜，她招呼几个同学轮流按了快门，然后点了两个离得最近的同学——隔壁班的石桥同学和夏纪——当值日生打扫教室，其实也不用干什么，擦掉

---

①这里的"香水"拼写有误，后文会解释。

几行板书就行了。格蕾丝老师还利用这段时间悄悄跟两位值日生分别拍了双人合照。被老师点名的那一刻，夏纪只觉得自己全身的毛孔都张开了，本就热得出汗的身上冒出了更多的汗，把她自己都吓到了。这是……这是高兴吗？为什么这么高兴呢？照理说，被分配到这种额外的任务应该会觉得麻烦才对啊。心怦怦乱跳。握着黑板擦的手都险些因汗水打滑。两位同学不过是擦干净了黑板，格蕾丝老师就给予了夸张的表扬。毛孔再次张开。不知为何，脑海中突然响起了那个叫普雷斯利①的昔日歌手的歌声。

上第三堂课的时候，格蕾丝老师把打印好的合照发给了大家。不能让别人瞧见的双人合照则在放学时悄悄塞给了石桥同学和夏纪。话说有位去美国留过学的英语老师提过，说美国人其实很擅长察言观色和私下沟通，看来确实如此。

可能是用了数码相机的缘故吧，格蕾丝老师和夏纪的合照上毫不意外地出现了一些噪点。


最终，夏纪在自家那本老旧厚重的参考书（上面写着母亲的名字）里找到了例句——"What perfume are you wearing?"原来香水对应的动词是"wear"，跟穿衣服、佩

---

①美国摇滚乐歌手，中文昵称"猫王"。

戴饰品一样。她也不知道这个意外得来的标准答案给她带来的是高兴还是失望。或许用自己构思的问法去请教格蕾丝老师会更好一些，哪怕语法有错。至于为什么会这么想，她自己也说不上来。这种感觉究竟是怎么回事呢。

外教课每周三节，总共就上两周。课程已经过半了。下周一是法定假日，所以外教课安排在了周二、周三和周四。

周五下午，夏纪来到了社团活动室。

明明放着暑假，可她好像每天都在往学校跑。不过这也没办法，不去学校就用不了电脑。她跟母亲似乎达成了某种默契，上外教课的日子都得在午饭前回家，所以来不及去活动室用电脑。去社团活动室又不是什么坏事，她本可以光明正大地出门，父母对此也是无所谓的态度，但夏纪就是有种难言的心虚，这跟香水问题的心虚还不太一样，而是总觉得自己在做什么见不得光的事情。或许是"互联网"这个理论上连接着全世界、尚有许多未解之谜的渠道使然。对一个乡下小地方的高中生而言，突然与世界相连就跟背着父母和陌生人说话似的，想不心虚都难。

吃晚饭时，夏纪故作随意地跟父母宣传了一下"学电脑有利于日后的升学就业"理论。打着"跟朋友出去玩"的旗号跟男朋友约会，大概也是这么个套路吧。尽管她并没有这方面的经验。

不过周五下午，夏纪还是来到了电脑跟前。

电脑社没有独立的活动室。占卜同好会都不是社团，却也分到了跟别家共享的活动室，这么一想还挺不公平的，不过电脑社本就是比夏纪大三届的学姐们创办的新兴社团，接下来是会发展壮大还是消失不见都未可知，待遇差点也是在所难免。其实电脑社刚成立的时候人就不多，但为了迎接即将到来的计算机时代，同时也出于教育层面的一些考量，大家还是把它搞成了正式的社团而非同好会。然而传到夏纪这一届时，电脑社已无异于风中残烛。有位男老师曾说，"咱们学校毕竟是女高，电脑社招不到人也很正常吧。"夏纪不同意。谁说女孩子就一定不爱钻研电脑了呢？要是大家都知道电脑原来这么有意思，肯定能多招到几个人的。

教学楼后面有一栋木质结构双层小楼，楼内的空气里都带着点霉味，文科社团的活动室就集中在那里。一楼的一部分已被舞蹈社抢占，其余的就都是如假包换的室内社团了，好比文学社、书法社、话剧社、摄影社……二楼的一半则是学生会的办公室。该怎么形容呢？就是光彩夺目、成绩优异而且个个都很漂亮的全校之星待的地方。文科社团的成员大多比较内向，更衬托出了学生会办公室的与众不同。说实话，夏纪也觉得那是一个分外耀眼，难以靠近的世界。奈何电脑社的大本营偏偏就安在了学生会办公室的一角。

说得再准确些，其实是"跟学生会办公室相连的约莫三帖的杂物间兼复印室角落里的一张桌子"。不过对夏纪来说，缩在角落里反而好。这样就不用被迫跟那些日常谈资是外校男友和贵族私立大学的大明星打交道了。本以为学校一放假，学生会也会跟着放假，可惜事与愿违，办公室里有三个高二的，都跟夏纪不同班。

要是她们无视夏纪的存在，甚至在背后偷偷嘲笑她的不起眼，夏纪反倒还能坚守"我不属于她们那个圈子"的信念。谁知她们竟主动跟夏纪亲切交谈起来，仿佛她也是学生会的一员，甚至还分了她足足四颗号称是从夏威夷带回来的巧克力。看来她们中的某一位已经跟家人还是谁去夏威夷旅游过了。出乎意料的是大家聊得还挺愉快，但夏纪还是在气氛变味前抽身了。她可不想赖着不走，被贴上"厚脸皮"的标签。

但随即又感到惭愧起来，原来自己无形之中竟在内心深处搜罗着鄙视大明星们的理由啊。

夏纪抖擞精神，坐在了电脑跟前。虽然在人际交往层面自己还是只菜鸟，但对着电脑的时候，她有种明显在"做自己"的感觉，会稍微自信那么一点点。尽管总也甩不掉怪怪的心虚。

她拽了拽滑落的袜子，趁着没人注意把手伸进衬衫扶了扶文胸，然后打开了电脑的电源。明明坐着会客室淘汰下来的折叠椅，却怀着端端正正跪在地上的心态。过了一会儿，Windows 21 的蓝色界面出现在了显示屏上。她又等了约莫三分钟，静候操作系统架起人类和电脑之间的桥梁。

电脑是学校的公物，所以没设密码。拥有一台自己的电脑是夏纪的梦想——到时候，她就能在这个环节输入密码了。

不过壁纸是夏纪自己挑的，是一张五颜六色的热气球漫天飞舞的照片，出自广濑老师带来的电脑杂志附赠的 CD。CD！散发着七彩虹光的银色圆盘里装的不是音乐，而是电脑用的数据，这让夏纪听到了未来的脚步声。21 世纪真是太棒了！她相信总有一天，大家都能用上更小巧的、一手就能握住的高科技装置，能装下几十台、几百台电脑里的信息……真希望这样一个时代能在自己的有生之年来临……

夏纪一边啃着来自夏威夷——那可是美国！是格蕾丝老师的祖国！虽然不是同一个州——的坚果巧克力，一边双击 Internet Explorer 的图标，迈入互联网的世界。先逛Yahoo!、Nifty 之类的门户网站，再去收藏夹里的报社新闻网站。用电脑的时候，她会下意识地先做些正经的事情。总觉得有个"老大哥①"之类的东西蹲在互联网的某个角

---

① 老大哥（Big Brother）：乔治·奥威尔在其反乌托邦小说《一九八四》中塑造的人物形象。

落盯着她的一举一动，一做不正经的事情，就会被捉个现行。

　　樱岛和鸟岛的火山喷发，这条今天早上的电视节目也说了。英国、法国和西班牙观测到了极光。一艘油轮在大西洋上神秘消失。南美发生了大地震……夏纪轻轻关闭了令人痛心的新闻窗口，不敢看死伤和失踪的人数。逃避现实是不好，可一个生活在日本乡下的高中生又能做什么呢？她在脑海中计算起了这个月还能支配的零花钱。爸妈发话了，给龙一捧场的交通费可以报销，只要不吃冰激凌，饮料也不买瓶装的，喝家里煮的大麦茶克服克服，说不定能捐出一千块……不，两千块也行。

　　看看宇宙相关的新闻好了，这总不算是逃避现实吧。夏纪打开了月球"西方基地"的日语页面。头条新闻是"连续两周观测到引力异常"。据说人造引力装置可用于观测引力，而观测区域内似乎出现了某种巨大的扭曲。又是一条让人害怕的新闻。然而，月面天文台拍摄的一张张动人的太空照片却让夏纪心旌摇曳。虽然照片都做了夸张的美式处理，但在月球背面尽量不受太阳影响的时段拍摄的细腻天体照片勾起了让人焦急、向往和难以名状的动力，仿佛世界的开口就隐藏在照片的某处，即将为她揭开好奇许久的谜底。

　　打住打住……夏纪关闭了 Internet Explorer 的窗口。情绪受到了全方位的冲击，光是这样就已经心力交瘁。差点就把时间都浪费在网上冲浪上了。今天还得设置好收发电子邮件的软件 Outlook 呢。

顾名思义，电子邮件就是"电子的邮件"，是一种在互联网上发来发去的无纸信件。用户有各自的电子邮件地址，而电子邮件就是在这些地址间传递的。收发电子邮件的应用程序被称为"邮件客户端"。夏纪的地址是电脑社的，谁都能看到发送到这个地址的电子邮件，但这也不是什么问题。毕竟夏纪也不认识什么可以私底下发电子邮件交流的人。

设置邮件客户端花了点时间，中间还毫无意外地死了一次机，好在最后终于搞定了。POP 服务器和 SMTP 服务器要填服务商的 @ 符号后面的部分，服务器的端口号则要照着服务商寄给学校的文件填。POP 是"邮局协议"（Post Office Protocol），就是用来接收电子邮件的通信协议。SMTP 是……呃……是什么来着？简单……对了，是简单邮件传输协议（Simple Mail Transfer Protocol），这是用来发送电子邮件的通信协议。其他选项先保留默认设置好了。这么设置一下，电子邮件应该……就算是开通了。

可到了测试电子邮件能否正常发送的环节，夏纪便不得不再次面对邮件无人可发的现实。也没人会发邮件给她。

最先发明电子邮件的人是怎么测试的呢？不过这种东

西肯定不是一个人单独完成的，必然是团队的成果。既然有队友，那就应该是在团队内部测试的吧。可第一批收到电子邮件的用户又是怎么做的呢？

在大学或公司应该不难找到用电子邮件的人。可是像夏纪这样没法在线下——大家好像都是这么说的。一用这种词，就会有种自己也成了"那个世界"的一员的感觉——找到同伴的人该怎么办呢？当然啦，可以互发电子邮件的朋友总能交到的。可她现在就想测试一下，一刻都不想等。

就在这时，灵光乍现。

有了！我肯定是个天才！发给自己不就行了！

……不过话说回来，刚设置好邮件客户端的人大概都会用这个法子吧。

算了。天才也好，傻瓜也罢，试了再说。

夏纪点击了"创建新邮件"的图标。屏幕上出现了一封空白的邮件。她的第一封电子邮件。心跳加速。她在"收件人"一栏输入了自己的地址——准确地说，是电脑社的地址。她一直用着父亲淘汰下来的文字处理机，所以用键盘不成问题。不过实际打字的时候还是得看着键盘。电子邮件需要填写主题。就写"测试1"好了。

都做到这一步了，夏纪的手却停了下来。

"自己给自己写信"着实教人害臊。正文也写成简简单单的"测试1"就好了。即便没人会看到,她还是有点怪难为情的。

管它呢。反正就只是测试一下。发了再说。


　　主题 测试1
　　正文 测试1。


点了!

几秒钟后,代表"收到电子邮件"的两声通知音响起。夏纪慌忙调低了电脑的音量。

收到了!


　　主题 测试1
　　正文 测试1。


不错不错。

真好玩。

"测试2"和"测试3"也都正常收到了,只是每次的耗时略有不同。从第二封邮件开始,夏纪就不用再手动输入地址,直接用"回复"功能就搞定了。毫无疑问,电子邮件已经开通了。理论上她已经可以向全世界的所有电子邮件用户发送邮件了。

测试 4。

不行，再这么发下去也太没意思了。

夏纪发了会儿呆。学生会办公室的同学们都走了。楼下的话剧社好像在排练什么台词。操场和网球场都在教学楼的另一边，但也能感受到同学们挥洒的活力。

我在干什么啊……

夏威夷巧克力就剩最后一颗了。夏纪依依不舍地咬碎浓香的坚果。对了……她忽然想起了帆布托特包里的那瓶乌龙茶，掏出来抿了一小口，以免冲淡巧克力的香味。正咂摸着的时候，屏幕保护程序启动了，五彩斑斓的管子在屏幕上蜿蜒爬行。其实是无所谓的，只是一看到屏幕保护程序，就难免会生出"停了太久会被催促"的感觉，教她沉不下心来。


主题　开通电子邮件了

正文　Toshio：


都说了只有我自己能看到啦，不要紧的。不就是给虚构的朋友写信嘛，谁还没干过呀。

第三堂外教课结束后，夏纪在回家前绕道去了趟中城町的药房后面。不知为何，她总觉得有人在看自己，但她这次没敢贴着窗户往里看。所幸屋里很亮，站在几步之遥的地方也能看个大概。里面看着像仓库。唯一可以确定的是，Toshio已经不在那里了。不过她本也没指望再见到他就是了。

夏纪继续写她的电子邮件。

从今天起，我可以发电子邮件啦。邮箱地址是社团共用的，但现在电脑社就我一个。所以只要发邮件到这个地址，我就能收到啦。

——夏纪

点击发送。

"万一被人看见了怎么办"的念头并没有完全消失，不过等邮件回来了，她大可把发出的邮件和收到的邮件统统丢进垃圾箱，然后再点击"清空"就是了。

自不用说，这封电子邮件也在几秒钟后出现在了夏纪的收件箱。一想到随时都能删，她便越发起劲了，又紧赶着写了一封新邮件。

主题 话说前些天

正文 Toshio：

前些天你是不是去过中城町药房的后面？就是那个看着像仓库的地方。是不是还喊了我一声？如果是我眼花了，那就当我没说过吧，抱歉哦。

——夏纪

　　如果这是一封真能送到对方手里的邮件，她肯定不会写出这般跟自言自语没什么两样的内容。可是没关系呀，这就是自言自语嘛。

　　发送。

　　邮件回来了。

　　主题　关于英语外教课

　　正文　暑假期间，学校给我们安排了英语外教课。我觉得自己好像能听懂一点点英语了。真的就一点点。外教课可有意思了。格蕾丝老师真的很……

　　夏纪删掉了最后那句话。被"老大哥"盯着的感觉挥之不去，实在写不下去。太难为情了。

——夏纪

　　发送。虎头蛇尾，但也无所谓了。

　　邮件回来了。

主题 关于飞艇

正文 Toshio：上幼儿园的时候，我们是不是一起在龟城公园见过齐柏林飞艇啊？我觉得说出来也没人信的，所以谁都没告诉。你应该还记得吧？

——夏纪


发送。

这封回来得有点慢。听说服务器比较忙的时候偶尔会出现这种情况。夏纪起身去了趟厕所，回来的时候，催促感十足的屏幕保护程序还没有启动，她不由得松了口气。一边想着还不如干脆把屏幕保护程序的启动时间设得更长一点呢，一边打开了 Outlook 的收件箱。

咦？

邮件没有回来。

一想到那封自言自语的邮件可能发给了某个陌生人，夏纪心头一惊，像是胃袋被人紧紧攥了一下。别慌别慌，我是直接"回复"的，收件人肯定是自己，错不了的。夏纪喝了几大口乌龙茶，故意狠狠叹了口气，双手轻拍自己的脸颊，盯着只有七封邮件的收件箱。她使劲盯着，仿佛只要盯得够久，就能看到本该出现的邮件。

但这无疑是白费力气。发出去了八封，却只收到了七封。

眼看着都过去七分多钟了。周围也突然变得热起来。

夏纪战战兢兢地按照和之前完全一样的步骤，发送了"测试5"和"测试6"。

回来了。两封邮件都在几秒钟后原封不动地回来了。

　　主题　关于前几天看到的

　　正文　Toshio：实话告诉你，前几天我好像又在龟城公园看见齐柏林飞艇了，但我死活想不起来到底是什么时候看见的，又是怎么看见的，这感觉别提有多奇怪了。你呢？后来有没有见过？

　　　　　　　　　　　　　　　　　　——夏纪

发送。

这封邮件没有回来。有教学楼挡着，午后的阳光无法直射进来，但这栋楼里一台电风扇都没有，热得吃不消。今天搞不好快三十度了。明明置身于滚滚热气之中，夏纪却两手冰凉，全身的血液仿佛都在倒流。

她愣在原地，就跟被冻住了似的。又等了几分钟，邮件还是没有回来。关闭 Outlook，重启电脑。焦躁地熬过操作系统启动的几分钟，再次打开 Outlook，动作跟做贼似的战战兢兢。

邮件……

回来了！

然而定睛一看，主题前面竟多了个"Re:"。那是收件人直接回复邮件时自动添加的字符，代表"回复"。

　　主题 Re: 关于飞艇

　　正文　夏纪：原来你的名字写成"夏纪"啊。没错，我们确实一起看到了齐柏林号。在我上幼儿园的时候，在龟城公园，当时家里刚办完外婆的葬礼。我谁都没告诉。但我确确实实看见了。可是就那一次，之后就再也没见过了。你前几天又看见了？要是能听你讲讲当时的情形就好了。

　　　　　　　　　　　　　　　　　　——登志夫

夏纪差点就要按下电脑的电源键强制关机了，所幸在最后关头克制住了自己。她紧闭双眼，低下了头。因为瞳孔地震，头晕目眩。感官都被吓到麻木了。折叠椅嘎吱作响的声音也让她的心脏缩成一团。越发冰凉的双手瑟瑟发抖。

待到眼睛稍稍平静下来，再缓缓睁开。光线亮得扎眼。大概是因为刚才一直都闭着眼睛，瞳孔都放大了一点点。

回复给她的邮件就躺在收件箱里。清清楚楚，明明白白。双手的颤抖蔓延到了胸口，连横膈膜都在抖。夏纪下意识站了起来，咬牙熬过动作过快造成的眩晕感，用手帕擦了擦额头上的汗，然后绕过复印机、誊印机之类的设备，在狭小的复印室里来回踱步，忐忑不安。接着又喝了口乌龙茶，摇了摇头。波波头的发梢擦过两颊。

不可能。难道那封邮件是我编的，然后我还把这事给忘了？毕竟人有时候会把自己遭遇的尴尬从记忆中抹去的。哎……我干了什么来着？硬编出了一封 Toshio 发来的回信？不不不，还是换个好听点的说法吧，那叫"创作"。吟诗作赋……有点过了吧。

可是。

夏纪又闭上了眼睛。最后的署名——分明是"登志夫"。而且是三个汉字。那也是我编出来的？一切都是我编出来的人物设定？天哪，太难为情了，我到底在干什么啊？

可是……

那真是我编出来的吗？源自内心深处的微弱疑问，以震耳欲聋的音量响彻脑海。

说不通啊。

夏纪再次下定决心，两眼盯着屏幕，胸口的热血瞬间涌上头顶，随即退去。那封回复邮件还在，真的还在。重读了一遍、两遍、三遍。

我没写过这种东西啊！

思绪停滞了。非停不可。不然还能想什么呢？还能想出点什么呢？

夏纪不知道自己盯着那段简短的文字看了多久。思绪的停滞感传遍全身，重启的气力逐渐恢复。最近的怪事实在是太多了。这么说的可不止我一个，周围的亲朋好友就不用说了，全世界都在嚷嚷着"哪里不对劲"。说不定真有可能……不对啊，说不通啊。可万一呢？也许那封邮件碰巧发错了，而收件人碰巧是个叫"登志夫"的人，这种可能性也不是绝对、绝对不存在。据说电子邮件偶尔也会出故障的。哪怕直接用"回复"功能，邮件也可能会因为服务器的一点小故障被"吞掉"。去筑波大学听讲座的时候，负责讲解电子邮件的大学生姐姐也举了个例子，说有个朋友发给她的邮件竟拖了两个月才被投递到她的邮箱。收到陌生人误发的邮件，却发现邮件里包含了对收件人来说非常重大的消息……放眼世界，这种事例也不是没有。嗯，已经有点都市传说的意思了。

别慌。所以邮件恰好被误发给了一个叫"登志夫"的人也是有可能的……

问题是，那个"登志夫"在邮件里写得清清楚楚——"我们确实一起看到了齐柏林号。在我上幼儿园的时候，在龟城公园，当时家里刚办完外婆的葬礼。"莫非这位碰巧误收了邮件的"登志夫"小时候也有过"看到齐柏林飞艇"的奇异经历？而且还认识一个叫"Natsuki"的人？

多么荒谬。简直荒谬到家。

冷静！先冷静一下。总之，今天就先到此为止吧。现在马上。关电脑回家，明天上午再来活动室。夏纪关闭了邮件客户端，怀着正襟危坐的心态按部就班地关机断电。

可就在这时，夏纪突然意识到了什么，不禁倒吸一口冷气。她立刻启动了刚刚关掉的电脑。这跟重启是一样的，应该不要紧吧？在等待操作系统启动的几分钟里，她焦躁不安地用双手拍打着自己的大腿。快点！再快点！刚才好像看到了什么不对劲的东西。说什么都得再看一眼。还想看看那封邮件的属性。再看一眼。快啊！

正要关闭客户端的时候，她似乎看到了那封邮件的发送日期。好像是 8 月 11 日。她分明看到了"8/11"这个日期。没错，她确实看到了。看到了！可今天明明是 8 月 6 日啊。

怎么回事？越来越奇怪了。快点，快让我打开邮件客户端啊！快！

在屏幕上反复翻转的沙漏光标一消失，夏纪就立刻重启了 Outlook。

主题为"Re：关于飞艇"的回复不见了。

# 6. 登志夫与曼德拉效应

登志夫犹豫了一整个周五，终于在傍晚时分用 LINE 给小野发了条信息。换作平时，他都是等对方联系自己的，这一回却鼓足了勇气主动出击。因为他满脑子都是留言本里的齐柏林号目击记录。他倒也不觉得小野把自己给忘了，但这种情况……肯定、大概、多半还是主动问一下比较好吧。

他就发了一句话——"方便找个时间聊一聊留言本里提到的飞艇吗？"这样的措辞应该不至于给人留下责备、要求的印象。他没用"可否择日拜访"之类的说法，以免显得虚情假意，惺惺作态。

小野很快就回复了，说周日下午都可以，晚上也行。然后发来了一家叫"阿川"的居酒屋的定位信息。登志夫起初还以为是"去居酒屋聊"的意思，小野却说那是他寄住的地方，还补充了一句"几点来都行，但考虑到地方有点特殊，最好别太晚"。

从谷歌地图上看，那一带有好几个餐饮店的图标，虽也算不上太"多"。不过在餐饮店本就稀稀拉拉的土浦，应该已经算比较热闹的区域了。停车场的图标也不少。登志夫不太明白小野说的"地方有点特殊"是什么意思，也许是太晚去的话，"阿川"就要开门营业了，到时可能会有点不方便。

周六和周日基本都用来看积压的论文了。还是看论文的时候最自在。然而，这种自在是一把双刃剑。安于其中，就会跟社会脱节。登志夫忽然想起了高考刚结束的时候。他去了一座位于东京都内的水族馆，险些被庞大的信息量和人群压得当场晕倒。虽然最后并没有真的晕倒，但看着那些漂亮的鱼儿时，仍有无法言喻的焦虑和忧郁汹涌而来。考试本身并不会让他痛苦，只是过度习惯沉迷于学习的状态让他生出了恐惧——再这么下去，我肯定会变成家里蹲的。

恍然回神时，已经五点多了。周日的下午五点。周日。对了，今天是周日。登志夫赶忙往没看完的论文上贴浮签，然后抓起斜挎包和头盔。走到玄关时，才意识到衣服都没换。于是又着急忙慌地换上衬衫和牛仔裤，开门走向滚滚暑气。没走两步，他又担心起了那边有没有停自行车的地方，于是干脆撂下了头盔。反正走着去也不远。

小野寄住的樱町位于土浦市老城区——说是老城区，

其实也没留下什么有历史价值的建筑，放眼望去都是普通民宅和小楼——的南侧。那一带是沿樱川发展起来的，名字大概也是由此而来。共有四个街区，面积相当大。

相较于土浦的平均水平，"阿川"所在的第二街区算是个餐饮店相当集中的地方了。

登志夫跟着手机导航走啊走。拐过一个街角时，一栋三层小楼映入眼帘。高处挂着一块牌子——"樱町女子高中"。

"学校……？这儿有学校吗？"

谷歌地图上并没有学校的图标。一时间，地图和现实的偏差让他一头雾水，好在凑近一看，他就明白了个中缘由。

被边上的建筑挡住的部分渐渐显露。墙上画着几幅所谓的二次元萌图，尽是些过分强调胸部和臀部的少女画像。都有些被晒褪色了，而且画得本就不算好。楼门口则贴着三次元女性的照片。

哦……

原来"地方有点特殊"是这个意思。

登志夫拐进了一条不宽不窄的路。两边各有好几家贴满了被精修过的女性照片的店铺。不过——也许用不着特意补充——没有多到像歌舞伎町的照片那样，上下左右挤得满满当当的地步。这边的店铺是零星分布在普通民宅、低层商务楼和停车场之间的。"制服诱惑""按摩"……看这类招牌的数量，每栋楼里大概就那么一家。周围也几乎没有四层以上的建筑。作为红灯区，这里的天空显得异常开阔。

走着走着，"阿川"突兀地出现了眼前。略微褪色的蓝色塑料雨棚下面挂个红灯笼，灯笼外面罩着个灰扑扑的透明塑料袋。推拉门前挂着一条绳子。登志夫事后查了一下，才知道这东西叫"绳门帘"。房子本身很小，只有三层，看着相当老旧，却是用钢筋搭建的。推拉门开着一条缝，还挂着一块牌子，上面有三个毛笔字——"午休中"。门后有点动静，像是在备菜。

该不该从这里进去啊？拜访这种"店面兼住家"的地方时，到底该怎么进呢？后面应该有家里人用的出入口，可一上来就走后门是不是不太合适啊？私下找人能走店门吗？更何况人家还挂着"午休中"的牌子。就在这时，只听见"哗啦啦"一声，推拉门开了。许是里面的人看见了在门帘跟前转来转去的剪影。微胖的中年女性走出来说道：

"抱歉啊，还得等个十分钟。要不您进屋等吧。"

八成是把登志夫错当成了客人。

"不，呃，我是……呃，小野悦郎先生的……"

自称"朋友"合适吗？说"熟人"也怪怪的。区区一个"熟人"会特意来住处找人吗？是不是应该好好解释一下来意啊？

"哦，是悦郎的朋友吧？他在楼上呢。"

老板娘模样的中年女性露出爽快的微笑，随意往里一指便回了屋，大概是要给登志夫带路。登志夫提心吊胆地跟了进去。就在这时，吧台后面有个面相凶悍的大个子抬起了头。

"悦郎的朋友来了。"

老板娘都还没问过登志夫的名字，说话的口气却仿佛他们早就认识。吧台后的大个子笑了笑，说了声"欢迎光临"。两人的气场很像，莫非这位就是老板？老板娘打开最里面的一道推拉门，又跟登志夫说了一声"他在楼上呢"，然后就回到了店里。

这显然是"你个儿上去吧"的意思。店家的毫无防备让登志夫颇感惊讶，不过吧台后面的老板本尊也许就是这家店的"安保措施"。正常人怕是不会有胆量对这家店动什么手脚的。当然，真正的危险往往来自不那么正常的人。所幸登志夫看到门框下有一双眼熟的运动鞋，正是前些天小野穿过的那双。

被孤零零丢进别人家里确实教人发慌，可事到如今也没法回头了。登志夫只得对此刻仍不知身在何处的小野轻轻道了声"打扰了"，一步步爬上楼梯。就在这时，小野从楼梯上方探出了头。

"随便坐吧。抱歉哦，坐垫有点薄。"

小野递来一张着实很薄的坐垫，口吻比上次见面时更显随意。他住三楼对着大马路的房间，是个比较大的六帖间，不是常规的关东间<sup>①</sup> 尺寸。两座老旧的木制书架上塞满了书。窗边摆着日式房间专用的矮脚电脑架，上面有台式机。边上只有小号的电视和冰箱，一看就是不讲究的小男生住的地方。空调倒还挺新。不知道衣物都放在哪里。也许走廊尽头的塑料衣柜是他在用。房间里有股微弱的沙司味。

登志夫差点一本正经跪坐在坐垫上，但在关键时刻改了主意，跟小野一样盘腿而坐。

小野穿着运动裤和黑色 T 恤衫，显得非常休闲。他一边问登志夫要喝点什么，一边打开冰箱。

"大麦茶可以吗？还有发泡酒<sup>②</sup> 哦。"

"呃，啊，我……我虽然是大学生，但才 17 岁，因为小时候跳过级，所以……"

"这样啊。下次碰到这种情况直接说'我不太会喝酒'

---

①日本住宅以柱心到柱心为"1 间"，"关东间"按 1 间 =6 尺（约 181.2cm）设计，关西地区通用的"京间"则是 1 间 =6 尺 5 寸（约 197cm），同样规格（×帖）的关东间会比京间小。
②因日本酒税法衍生出的一种酒，风味类似于啤酒，但大麦含量不符合日本酒税法对啤酒的定义，因此适用更低的税率。

就好啦。"

小野笑着递给登志夫一瓶大麦茶。登志夫含糊地低了低头，接了过来，一口气喝了半瓶，这才意识到自己口渴得厉害。

小野告诉登志夫，这里是他寄住的亲戚家。他的老家在茨城县西部的古河市，毗邻茨城县和栃木县的交界处，靠近渡良濑泄洪区。父母是土浦人，所以亲戚基本都住在土浦周边。他就读于茨城大学人文社会学院，今年大三，每天往返于土浦和水户之间。两头跑虽然辛苦，但住在亲戚家能省下不少房租……见小野对无异于初见的自己如此敞开心扉，登志夫不禁有些困惑。后来他才意识到，这或许是针对他刚才提到的跳级一事的"回礼"。

"本子我都看过了。1982 年 8 月 20 日确实有一篇关于飞艇的留言，写得跟日记似的，用的是当时在女孩子群体里很流行的圆体字。旁边的配图倒是偏严肃的剧画① 风格。"

小野找出封面上用油性笔写着"10"的本子，打开贴有蓝色浮签的那一页给登志夫看。配图占了页面的三分之二。概括成"剧画风格"倒也没错，但看着也像为人踏实的初中生在美术课上画出来的作品。

配图确实勾勒出了大型硬式飞艇的特征。画面中的并

---

① 日本漫画家辰巳嘉裕所创的名词，指画风比主流漫画更写实、符号化程度较低的作品。

不是在 21 世纪初还有人拿来打广告的那种浑圆可爱的软式飞艇。它有长长的、流线型的多边形气囊，吊舱仿佛是嵌进去的。

凭空画的硬式飞艇恐怕不会是这样。登志夫的第一印象是，这是只有亲眼见过的人才画得出来的东西。作者构图时似乎很是纠结，周围的简笔楼房和树木用了正侧面的视角，飞艇却带着奇怪的透视感，在上空由远及近。

文字不过寥寥数语。看不惯圆体字的话还挺难辨认的，登志夫费了一番力气才解读出来，但也只花了几分钟。

昨天上完钢琴课回家的时候，看到了不得了的东西。这是齐柏林飞艇吧？不过周围一个人也没有，天知道其他人有没有看到？晚上打电话问了小雅、小千和小玉，可她们都说没看到。爸爸妈妈也不知道。真是不可思议。那飞船好大好大，特别酷。是只属于我的秘密吗？看到的记得告诉我一声！

气囊上没写船名，只有一个清晰明了的数字——127。

127。登志夫和小野相视无言。

三位数的数字比文字更容易记住。画这幅画的女生——虽然没署名，但是根据文字给人的印象大胆揣测一下，九成九是个女生——确实看到了那艘飞艇。

"但还不能轻易下结论。"

小野用右手食指点了点那个"127"，仿佛是在核对一般。

"以前土浦每年都会办'土浦七夕祭'的。据说在1985年筑波科学博览会之前的那次七夕祭上，有很多模仿齐柏林飞艇的装饰品。当年的七夕祭规模盛大，现在的'闪亮祭'根本没法与之相比。毕竟是盛行于经济高速增长期和泡沫经济时期之间的事情，倒也不难理解。大概是想跟仙台的七夕祭一较高下吧。

"仙台的七夕祭会在大街上挂很多带飘带的装饰，不知道你见过没有。仙台的装饰走的是端庄优雅的路线，土浦的则要更花哨夸张一点。商店会搞些以自家商品为原型的装饰，还要带上科博会的吉祥物，花头还挺多的。

"YouTube 上能找到一些 80 年代的七夕祭影像资料，还真是挺震撼的，花里胡哨得让人脑壳疼。当年的装饰里好像有不少齐柏林号的模型。有些老照片拍到了，有的甚至在船体上标注了'LZ127'。也许留言的女生本就知道齐柏林飞艇长什么样，潜意识里还记得船体上的编号。"

小野唤醒了休眠状态的电脑，点开 YouTube 的视频，全屏播放。看来他早有准备，就等着放给登志夫看了。

登志夫都看呆了。红、蓝、黄绿、金、金属粉、荧光橙……在分辨率低得可怜的画面中，颜色艳俗的飘带挂饰、灯笼、塑料花、旋转的观光船模型、写着"喜迎七夕祭"大字的大碗、科博会的标志和吉祥物（后来查了才知道那东西叫"宇宙星丸"）、彩球、星星……商品名应接不暇。穿着花衬衫和浴衣的人结伴成群，带着悠闲的表情，穿行于饰品之间。

这样的活动怕是真能让人"脑壳疼"。单看视频都头晕目眩。

小野许是察觉到了登志夫游走的眼神，暂停了视频。

"只可惜这段视频没有拍到齐柏林飞艇的装饰。有几个还挺像的，但画质太差，不好判断。不过我爸妈都是七零后，我昨晚打电话问过，他们都说有印象。楼下店里的伯父伯母也找了几张老照片给我看，只不过他们很纳闷我怎么会对这种事感兴趣。"

小野像是突然想起了什么，把手伸进身后的文件盒里，掏出了几袋小零食，随手放在两人之间的榻榻米上。登志夫就喜欢这种随性的招待。那是他在过于短暂的孩提时代没能体验到的，洋溢着乡愁和少年稚气的随性。

两人各自随手拿起一袋，大大咧咧地吃了起来。

"为了迎接科博会，土浦自好几年前就开始拿齐柏林飞艇做文章了。现在大家不都是这么搞活动振兴地方经济的嘛。连七夕祭放的《河童舞曲》都提到了科博会和齐柏林飞艇，还是找演歌歌星水前寺清子唱的呢。想当年，演艺圈离普通民众还是很远的，地方政府请这个级别的大咖可是稀罕事。"

"那你为什么对齐柏林号感兴趣啊？"

"也是碰巧。事情得从我女朋友说起……呃，应该算前女友吧。去年她大学毕业，去了很远的地方工作，于是我们就分手了。就在商量要不要分手的那段时间，她突然讲起了小时候的一段神奇经历，说小学四年级的那年暑假，她在阿见看到了齐柏林飞艇，可愣是没人信她。"

"阿见？请问阿见是……？"

"哦，抱歉抱歉，那是个地名。'阿弥陀佛'的'阿'，'看见'的'见'。就是茨城县的阿见町，跟土浦挨着的，就在南边。那里有自卫队的驻地，还有茨城大学的农学院。以前的驻地还要更大一点，都到土浦范围内了，日本帝国海军航空队也在那儿。"

"齐柏林号就停靠在那儿吧？"

"对。后来林德伯格夫妇[1]也开着单翼水上飞机来过。"

"还有这回事？！"

"嗯，不过重点不在这儿。考虑到阿见的性质，'在那里看到过齐柏林飞艇'不还是有点可信度的嘛。只可惜后来出了点事，分手的时候闹得挺尴尬的，所以现在我也不

---

[1]美国著名飞行员查尔斯·奥古斯都·林德伯格与妻子安妮·默洛·林德伯格。

好通过学长打听她的下落，再联系她本人求证了。"

登志夫明白，这是个不方便冒昧打听的话题。

"然后呢……我妈本以为我们会结婚的，所以总得跟她说一声。一直拖到秋天，我才在电话里跟她说了分手的事情。当时气氛也挺尴尬的，聊着聊着就跑题了，我顺势提了一嘴齐柏林飞艇的事。结果我妈说，她上小学的时候翻过稻见文库的留言本，有人也提过一件类似的事情。"

小野发现手里的零食袋已经空了，便把袋子扔进了套着便利店购物袋的垃圾桶，还把垃圾桶挪到了两人一伸手都能够到的位置，这样登志夫一会儿扔起来也方便。

"'稻见文库'是个私立的儿童图书室，类似于今天的课后托管班，但网上查不到什么资料，我也觉得事情都过去那么多年了，记录肯定都不在了，所以就没追查下去。但这种都市传说性质的传播现象本就在我的研究范围内，考虑到日后要写的毕业论文，我就漫不经心地查了查齐柏林的目击报告，也不确定以后能不能用上。结果最近为别的课题做田野调查的时候，我碰巧打听到那家药房的药剂师原来是搞本地自然保护运动的，这才找到了稻见文库。

"你说你是东京来的，可我看你跟店里的人混得很熟啊，难道是那位药剂师的亲戚？"

"不不不，我只是去那里配过药，顺便逛了一下展厅，然后就莫名其妙帮人家干起了活。"

"这样啊。不愧是具有领导风范的运动发起人。"

"言归正传。关于齐柏林飞艇的目击记录,目前我一共在网上找到了十三例,本地传闻和口述的经历有七例。网上的帖子搞不好都是一个地方抄来的,本地传闻和网上的记录是否同源也不好确定。所以算上我前女友说的和稻见文库的留言本,能作数的大概是九例。其中有五例的目击地点是很明确的,全都集中在土浦到阿见一带。"

"你呢?你是什么时候看到的?在哪里看到的?"

登志夫被小野的突然发问搞得手足无措。对哦,我也是亲历者之一。

他又喝了口大麦茶,谨慎地叙述起来:

"我是……上幼儿园的时候。我生在东京,但我妈的老家在土浦。那天家里刚办完外婆的葬礼。也不知怎么的,我跑去了龟城公园,然后就……"

"龟城公园啊……果然是在土浦。"

登志夫不打算提夏纪。那是珍贵的回忆。珍贵到无法也不该与他人分享。

小野问他记不记得确切的日期。登志夫回忆起外婆是2008年8月17日去世的,葬礼应该就安排在一两天后。

"呃……那时候我有点小聪明,认得字母,也看过一些关于交通工具历史的书,知道齐柏林号这个东西,所以一眼就认出来了。可再聪明也终究是个小屁孩,不会去琢磨失事了的飞艇怎么还在天上飞，满脑子都想着'哦，那是齐柏林号'。"

"等等！失事？你说的是齐柏林号吗？不会是跟兴登堡号搞混了吧？"

对哦。齐柏林号并没有失事坠毁。

"没错，问题就出在这儿——不瞒你说，临时决定来土浦打工以后，我在网上随手查了查土浦这个地方，才发现齐柏林号不仅没有坠毁，还圆满完成了环球之旅。不知道为什么，我原本一直都以为齐柏林号爆炸失事了。我知道兴登堡号在纽约爆炸了，也看过相关的视频。可我潜意识里一直都认定齐柏林号也在土浦坠毁了。"

"真要命，不止你一个……"

什么叫"不止你一个"？难道除了登志夫，还有其他人误以为齐柏林号坠毁了？

"这个说法都快变成网上的一个梗了。一边说'掉下来的明明是兴登堡号啊'，另一边说'齐柏林号跟兴登堡号都坠毁了'，复制粘贴，没完没了。说不定你也在无意中看到或听到了这些说法，受到了潜移默化的影响。"

"不会的。上了小学五年级，家里才允许我用电脑和平板联网，但是在那之前，我就已经有了'齐柏林号坠毁'的认知。那时的我并没有接触到网上那些良莠不齐的信息，获取信息的来源都是正经的百科全书软件和历史书。'齐柏林号坠毁'应该也是从正规的书籍和软件得来的知识。"

"难道是曼德拉效应……"

小野自言自语，捧起胳膊。

"曼德拉效应？你是说南非共和国的前总统纳尔逊·曼德拉？"

"对，这件事也带了点都市传说的色彩——纳尔逊·曼德拉因为反对种族隔离运动，在 20 世纪 60 年代被当时的白人政府逮捕，坐了足足 27 年的牢，后来当上了南非总统，2013 年去世。但在 2010 年前后，网上有很多人说自己记忆中的曼德拉'早在 80 年代就死在了狱中'，于是就有了指代'大批人共同拥有与事实不符的记忆'的网络俚语'曼德拉效应'，后来慢慢演变成了一种调侃。日本也出过类似的事情，比如接连有人声称自己看到过还健在的明星的讣告啦，说《天空之城》《千与千寻》之类的经典作品有另一个版本的结局，跟电视上放的不一样啦……你应该也听说过的吧。"

"哦，这种调侃在网上确实挺多的。小林亚星① 跟穆罕默德·阿里去世的时候，网上有很多人跳出来说'我很久以前就见过他们的讣告啊'。"

①小林亚星（1932—2021）：著名作曲家，创作了许多国民级广告歌。

"没错，就是那种现象。关于讣告的传闻还比较好澄清，当事人要是还在世，出面解释一下就行了。关于动画的传闻就很难根除了，无论制作方怎么否认，都有各个年龄段的人一口咬定'我确实看过另一个版本'。其实纳尔逊·曼德拉是当过大国总统的人，还拿过诺贝尔和平奖，稍微想想就知道他不可能死在80年代。可不知为何，声称见过那份讣告的人还是一波接着一波。

"曼德拉效应都变成都市传说界的经典老梗了。在《X档案》第十一季里，专走阴阳搞笑路线的编剧达林·摩根也拿来用了一下。这说明至少在《X档案》的观众圈子里，曼德拉效应已经是尽人皆知的常识了。"

登志夫没记错的话，《X档案》应该是20世纪末的一部美剧。首播的时候，他俩都还没出生。以UFO和阴谋论为主线，涉及种种超自然现象。登志夫没看过这部剧，但它就跟《家有仙妻》和《东京爱情故事》一样，是理应有所了解的文化常识之一。

"还跟得上吗？可别当我是个疯子啊。"

"怎么会呢，应该还跟得上吧。我现在知道齐柏林号并没有坠毁，也知道这是常识……不，是事实。可是……怎么说呢……在感觉的层面，我还是觉得很别扭。就好像突然有个陌生人跑出来说'我是你高中阶段的最后一任班主任'，就是这么别扭。"

"嗯……"

小野思索着拿起了另一袋零食，却没有打开，而是放回了榻榻米上。

"收跳级生的大学我倒是能猜出来，不过你学的是文科还是理科？"

"理科，打算报工学系。"

"那你对多元宇宙论和时间跃迁之类的假说有什么看法？"

"嗯……我觉得可能性是有的，只是还没被完全证实，说白了就是无法完全推翻这些假设吧。我也知道这个回答有点模棱两可。"

"确实是个万金油答案。"

"不过近年的研究动向就是这样的。越是走在量子力学领域最前沿的人，言论就越是激进。"

"量子啊……我也上过一些面向文科生的通识课，好比几乎不用公式的'粒子物理学入门'。说是光子和中微子这样的基本粒子的性质是通过观测确定的，知道速度的话，就无法确定位置，知道位置的话，速度就不确定了，是吧？"

"差不多。最前沿的科研工作者的观点都很极端，但每个人的极端都表现得不太一样。有人认为所有的基本粒子都可以算作振动的弦①，也有人说世界就是这些弦的集合体的膜状物。还有人说，时间、空间甚至引力都可以被视作量子。圈量子重力论②最先进的公式里甚至没有代表时间的变量和常量。"

"引力也是量子啊……听着都头疼。都研究到这个地步了？"

"还不知道，我听过的最让人头疼的说法是……呃，你听说过'普朗克时间'吗？"

"好像在课上听过……是什么来着？"

"它是量子层面的最小时间单位，是某个数乘以10的负44次方，短得不能再短了。可是有人认为，每过一个普朗克时间，都会产生一个新的多元宇宙……他还说在这个前提下，计算是成立的。"

"……"

"其实，时间这个东西似乎本就是不可靠的。狭义相对论和广义相对论让人们意识到，时空的状态是会随着引力和运动速度变化的。很多人都知道黑洞周围的空间会扭

---

①弦理论用一段段"能量弦线"作为最基本单位以说明宇宙里所有微观粒子如电子、夸克、中微子都由这一维的"能量线"所组成。换而言之，弦论主张"弦"以不同的振动模式对应到自然界的各种基本粒子。
②圈量子重力论（Loop Quantum Gravity, LQG），由阿贝·阿希提卡、李·斯莫林、卡洛·罗韦利等人发展出来的量子引力理论，与弦理论同是当今将重力量子化最成功的理论。

曲，就跟一颗非常重的球放在橡胶膜上造成的凹陷似的，但扭曲的其实是'时空'。也就是说，除了空间，时间也会受到同样的影响。哦，这一点也通过那个光速飞船的思想实验①为大家熟知了。就是所谓的'浦岛效应②'。引力的影响也是有可能引发浦岛效应的。

"但这个假设仅限于宏观物体。换成光子或电子这样的量子级物体呢？每个量子的位置和运动都是不确定的，不能说它们是一个确定的量子，好比电子就是电子，τ中微子③就是τ中微子，时间就是时间，每个量子的性质只取决于它们之间的关系，这一理论得到了越来越多的支持。换句话说，量子的性质建立在关系上，也只有两者的性质才能决定它们之间的关系。到底是先有关系还是先有性质，目前还没有定论。原因中包含着结果，结果中包含着原因……啊。"

说得太起劲了，没刹住。登志夫顿时不知所措，陷入沉默。一旁的小野却没有阴阳怪气，更没有埋三怨四。

"这都是佛教的范畴了。佛教中的因果就不是先有因

①指关于狭义相对论的"双生子佯谬"——假设一对双胞胎兄弟，一个登上接近光速的飞船作长时间的太空旅行，而另一个留在地球。结果当旅行者回到地球后，他发现自己比留在地球的兄弟更年轻。
②越接近光速，时间的流动就会变得越慢的现象。得名于日本传说中的人物浦岛太郎。
③τ中微子（Tau neutrino），基本粒子中微子的一类，不带电荷，符号为Nτ；与τ子一起共同组成了第三代轻子，因此称作τ中微子。

才有果，而是因中本就有果，果中本就有因。万事万物都不是分别独立的性质，而是建立在这种关系——也就是缘起之上的。"

小野的冷静回应将登志夫拉回了现实。

"抱歉，我的意思是，呃，我是想说……了解过那些最前沿的观点之后，我就觉得自己还是更适合工学，而不是理论物理学了。"

"适合搞理论物理学的人怕是无限接近于零吧。"

"是啊。"

小野把零食袋子推到一旁，伸直双腿，双手撑在身后的榻榻米上。登志夫也趁机调整了两条腿的上下位置。

"可就算量子层面真的存在时间跃迁之类的现象，我也不认为齐柏林号这样的庞然大物会出现在我们这个时代。哪怕套用多元宇宙论，假设真有无数个平行宇宙存在，认定我们只和特定的世界进行有意义的接触也是很不自然的。当然啦，这只是我个人的感觉罢了。认真研究多元宇宙的人好像也没考虑过这方面的逻辑是不是对得上。"

不知不觉间，店里的喧闹声透过楼梯传了上来。两人心不在焉地听着，发了会儿呆。登志夫又喝了一口大麦茶。

"我还有个不着边际的幻想……你知道一部叫《黑客帝国》的电影吗？"

"知道是知道。细节不太清楚，但大致的情节还是了解的。"

"就跟那部电影似的……网上也常有人说，也许我们认知中的世界只是电脑上的虚拟现实，而我们都只是程序，要么就是被培养出来的大脑。就算真是那样，我们也没法证明。时不时还会有别的虚拟现实世界的噪声数据混进我们的虚拟现实世界……挺中二的就是了。"

"我上初中的时候也有过这个念头，还担惊受怕了好一阵子。不过，有位科研工作者说过这么一番话——生成、储存和运用信息都是需要能量的。要维持一个《黑客帝国》那样的世界，需要的信息能量肯定会超过地球的质量。"

"真的假的？！"

"呃，靠不靠谱我就不知道了……"

小野收回了撑在身后的手，叹了口气，再次盘起双腿。

"说不定觉得这里有个世界的只有我一个？模拟出一个只够骗我一个人的世界还是可以的吧？"

"那我呢？站在我的视角看，我也无法确信自己以外的世界不是模拟出来的。我甚至不敢确定自己的身体和潜意识是真实的。"

"那就意味着，也许只有你的大脑是真实的，而包括我在内的世界都是虚拟现实。我可能也是虚拟世界的一部分，只是个按照程序告诉你'我真实存在'的工具人。"

"别说了……我越听越慌了。"

经典科幻小说里的画面忽然浮现在登志夫的脑海里。自己的大脑漂浮在颜色鲜艳得吓人的培养液中，上面插满了电极。穿着复古白大褂的科学家们正忙着将打孔纸卡送入接着开盘磁带的大型计算机。登志夫的大脑做着光量子计算机的梦。就在这时，齐柏林号的噪声混入其中……

登志夫突然有点内急（肯定是大麦茶喝多了），于是借用了二楼的厕所。上厕所也是一个冷静头脑的好方法。回到小野房间时，小野正用左胳膊肘靠着电脑架，恍恍惚惚地看着空调，似乎在想什么心事。

对了——一出厕所，登志夫就冷不丁想起了一桩要问的事情。虽然他觉得等待着自己的多半是拒绝，可还是战战兢兢地开了口。万一小野问起理由，他都不知道该怎么解释。

"呃……能不能让我看看稻见文库的其他本子啊？"

"行啊，没问题。"

小野一口答应。这栋房子里的人还真是都没什么戒心。

"我还巴不得你帮忙还回去呢。因为我明天得回一趟老家。照理说盂兰盆节回去就行了，可我爸伤到了腰……"

在这种场合说"那可真是太不走运了"是不是有点唐突？说"节哀顺变"就更不合适了。就在登志夫纠结该怎么接话的时候，小野一挥右手，笑着说道：

"这话确实让人不好接对吧。不过无所谓啦。所以你要是能帮我跑一趟，那就再好不过了。"

话音未落，小野就收拾起了刚才拿出来的那一本和堆在电脑架下方的其余留言本，然后将它们塞进一个登志夫没见过的黄色环保袋，递了过来。

"袋子就不用还了。家里多得都堆不下了。"

"好的，我改天去还。"

"那就拜托啦，多谢。"

登志夫捧着环保袋告辞时，街上已经有不少行人了，不过离红灯区应有的"热闹"还是有那么点距离。看到人群中有几位穿着号衣①的男士，登志夫才想起这周末就是"土浦闪亮祭"。还有伴奏的乐声从远处隐隐飘来。

但无论怎样，当年的飘带挂饰都已销声匿迹。


回家路上，登志夫顺便去了趟便利店，买了晚饭和明天的早饭。挑着挑着，他忽然觉得心里有个疙瘩。刚刚好

---

①衣领、后背印有徽章或商号的日式短外衣。

像看到了什么要紧的东西。这家店确实是第一次来，却也只是一家再普通不过的7—11。莫非是扫到了什么新品？也许吧。可区区几件新品怎么会让他怎忘成这样？

登志夫走出店门，停在透过玻璃墙透出的光线中，回头望去。杂志的封面，杯面，饮料？不，都不是。那个东西应该在离自己更近的地方。目光钻进了小野给的环保袋。难道是刚买的盒饭？他拿出盒饭，细细打量。明明是买过好几次的鲑鱼便当，再寻常不过。

盒饭下面就是那堆本子。

最上面那本标着"14"。封面上有一枚大大的超级马力欧贴纸。

对了！就是它——

在登志夫的脑海中，一个想法逐渐清晰起来。

# 7. 夏纪与神秘物理学家

"哇！小夏你这是怎么了……？"

一看到夏纪，小薰便忧心忡忡地问道。还是被看出来了啊……

"啊？我看起来有那么奇怪吗？"

"倒也算不上奇怪……"

"可能就是脸上有那么点疲惫感吧。"

小薰含糊其词，亚里沙则面露忧色，点着头说道。

我就知道……夏纪把帆布托特包撂在塑料长椅上，坐在了小薰的对面、亚里沙的旁边。

小薰一手拍着夏纪的肩膀，一手拍着亚里沙的肩膀：

"好啦，今天我请客！节前家里事多，我帮着干活攒了点零花钱。奶昔、汉堡都随你们点。不过考虑到卡路里，我友情建议你们别同时点这两样。"

"好耶！谢谢女神！"

三人走向点餐柜台。夏纪要了好久没吃的香蕉奶昔，亚里沙点了苹果派和冰红茶，小薰则要了薯条和雪顶咖啡。东西上齐后，她们便回到了用亚里沙的教材包占好的角落位置。香蕉奶昔浓郁刻意的甜香略显孩子气，喝着怪难为情的，但夏纪就好这口。

从土浦站出发，步行五分钟就是一家名叫"活力城"的购物中心。而购物中心二楼，手工材料店对面的"汉堡冠军"就是三人的校外根据地。购物中心与旁边的西友超市以天桥相连，替家长跑腿的时候顺便过来坐坐也很方便。离车站稍远一点的地方有家本地百货商场"小纲屋"，那里有一家更大的麦当劳，座位也更充足，照理说更适合她们聚会聊天。但她们三个还是更偏爱汉堡冠军的吃食。加上那家麦当劳的大玻璃窗正对着大马路，而且因为面积够大，地段也好，碰到二高的同学是常有的事。而聚会聊天的地方肯定是越隐秘越好的。此外汉堡冠军用来炸薯条的油也很廉价，但那股油味刚好能营造出与自己家截然不同的接地气氛围，正合她们的心意。

"说说呗，到底出什么事了？话说外教课已经上到第二周了吧？明天是最后一节？"

"后天才是最后一节，周四嘛。昨天本来要上的，但刚好撞上了法定假日。"

"对哦。暑假期间的法定假日可太容易被遗忘了。上外教课有那么累吗？"

"倒也不是累啦……不过接触纯正的英语确实是挺费神的。"

跟格蕾丝老师学的话，当然得另当别论。

"今天下课的时候，老师还悄悄问我'Are you okay?'呢。"

这一问反倒让她乐开了花。

"我只要稍微有点累，黑眼圈就会很明显，考试周也会这样子。"

夏纪故意用双手食指按着眼睛下面，做了个鬼脸。

"也就一点点啦，不明显的，没事。"

亚里沙轻轻点头，连声宽慰。

"待会儿去趟取手屋① 吧，推荐一款便宜又好用的遮瑕膏给你。在学校用也不会被老师说的。"

"龙一你真好！老话怎么说的来着？这就叫出门靠朋友吧。"

"可你是怎么累成这样的啊？当然啦，你要是不想说，那我就不问了。"

"不是不想说，而是特别想说，只是解释起来有点复杂。事情要从上周说起。我收到了一封不太对劲的电子邮件……"

---

① 取手屋：真实存在于土浦市的化妆品店，迄今已有五十多年的历史。

夏纪简要解释了一下电子邮件是怎么回事，说她明明在给自己发邮件，发着发着却收到了一封奇怪的回信。重启电脑以后，回信就消失了。不过她暂时没有提登志夫的名字。

小薰和亚里沙面面相觑。亚里沙穿着水蓝色的无袖连衣裙，小薰则是穿了印着摇滚乐队的 T 恤衫，搭配修身黑色牛仔裤，时髦得各有千秋。相较之下，住在不远处的站前商店街的夏纪便打扮得有些过于居家了。橙色的 T 恤衫和米白色的裙子都是穿旧了的便宜货。凉拖也是出门倒垃圾穿的那种。

"电子邮件啊……那是只存在于电脑里的东西吧？不像普通的信件那样是纸质的，看得见摸得着，但确实是存在的？既存在又不存在？"

"被小薰这么一说就更玄乎了。"

"但电子邮件确实会占用电脑的数据容量，是以电子数据的形式存在的。"

"电子数据啊……凭我们小夏的本事，摧毁一点点电子数据应该不在话下吧？"

"要是真把电脑搞坏了也就罢了，可那封邮件里的话都是读得通的吧？都写了什么呢？"

"嗯……当时我匆匆瞥了一眼就吓得关掉了，所以记不全，但里面提到了只有我才知道的事情。好比小时候，外婆的葬礼刚办完那天，我去龟城公园玩过的事。"

"听着像青梅竹马？"

"既然刚参加过白事……也许是亲戚？"

的确，无论是邮件的内容，还是记忆中的情景，都强烈指向了某位亲戚。上周末全家一起吃西瓜的时候，父母说他们会在盂兰盆节期间出趟门，还要在外过夜。县北的亲戚家是新盆，他们一定得去，但列车班次不太凑巧，当天赶不回来。夏纪趁机打听了一下与她年纪相仿的亲戚。然而，父母报出来的都是些夏纪熟知的名字，包括关系较远的亲戚总共也没几个。

"神秘的亲戚啊……话说小夏家的墓就在我们家的寺里吧？那不就是龟城公园边上吗？很多人家办白事的时候都会放小孩子去公园玩的，觉得让他们参加火化和落葬的环节不太好。"

茨城县南部的习惯是火化落葬一天搞定。要不是小薰科普，夏纪和亚里沙都不知道别的地方不是这样的。如果是先火化，过几天再落葬，年纪小的孩子和带孩子的大人完全可以先行离开，不跟大部队去火葬场。可要是火化后立马落葬，就得在结束前找个地方安顿孩子了。

"在葬礼后去过龟城公园"的记忆本身并没有什么奇怪的。其实吃西瓜的时候，夏纪还问了问外婆葬礼之后的事情。父母告诉她，那天确实安排了两个大人带着几个孩子去龟城公园玩。但夏纪没有直接问"我们家的亲戚里有没有一个叫登志夫的孩子",因为她潜意识里不想让任何人知道。这个名字就好像她心里的一座秘密基地,不是什么见不得光的秘密,可就是不想让别人知道。莫名其妙的。

父母列举亲戚家的孩子时,从头到尾都没提过"登志夫"这个名字。

"所以你重启电脑以后,那封电子邮件就不见了?"

"最近真是哪儿哪儿都不对劲……"

"不是连引力都扭曲了嘛。月球基地的新闻你们都看到了吧?"

"看到了,说是引力装置差点就出了事故,怪吓人的。"

"可小夏的事应该跟引力没什么关系吧。"

夏纪咬着香蕉奶昔的吸管,用鼻子叹了口气。香蕉和牛奶的甜香冲过鼻腔。

"嗯……可我是越琢磨就越没把握了。我真的看到了那封邮件吗……"

"但是在你的记忆里,它确实是存在的吧?"

被小薰这么一追问,夏纪反而更不敢断言了。

"也许是吧……我现在也不敢确定了。"

"可你确实记得自己看到过,那就意味着它已经在你的阿赖耶识里了呀。"

"阿、阿赖耶识?"

149

夏纪和亚里沙异口同声地反问道。

小薰就这个专业术语滔滔不绝地解释起来。到底是有家学渊源的，那叫一个游刃有余。

"大乘佛教认为，人的意识有好几个层面。最表面的叫'前五识'，分别是眼识、耳识、鼻识、舌识和身识，几乎跟我们平时说的五感是对应的。而感知这五识的就是'意识'。这个概念跟我们平时说的'意识'差不多，就是自我的意识。

"但在比意识更深的地方，还有一种叫'末那识'的东西。它是自我幻想的源头，也是欲望和执念的出处。'阿赖耶识'比'末那识'还要深，你们理解成现代人说的'潜意识'就好了。那地方就跟仓库似的，几乎可以永久保存这个人所经历过的、听过的、见过的、想过的一切。'阿赖耶'在梵文里是'仓库'的意思。都知道喜马拉雅山脉吧？其实原本的念法是'himālaya'，直译过来就是'冰的仓库'。此阿赖耶就是彼阿赖耶。比末那识更浅的意识随着人的转世就会变化或消失，只有阿赖耶识是不受转世影响的，每一世获得的信息、经验和思考都会被收藏在那里。你要是在某一世做了坏事，那些不好的东西也会一直攒在阿赖耶识里，越攒越多，到了下一世也无法摆脱。所以说法讲经的时候都会劝诫大家不要做坏事，免得把不好的东西收进'仓库'里。

"至于那封电子邮件在物理层面是不是存在过，我也不得而知，但至少在小夏的阿赖耶识里，它确实是'存在'的。跟别人信不信、拿不拿得出证据都没关系。

"实际上就连'存在'也并没有某种绝对的实体，而是建立在世间万物的相互关系上的，就是所谓的'缘起'。都听过'因果关系'这个词吧？其实佛教术语里的'因果'，跟大家常说的'因果关系'是不太一样的……嗯，差得还挺多。我们平时提到因果关系的时候，强调的是事情的先后顺序，不是吗？总归是先有某种原因，再出现某种结果。但佛教里的因果强调的是因中本就包含了果，而果就是因。所以小夏纠结那封神秘的电子邮件，也不是它存在的结果。你跟邮件本身之间本就有'缘起'，两件事是不分先后主次的。

"不过我对佛教的理解也没有那么深刻啦，拜托你们睁一只眼闭一只眼，不要太计较细节哦！"

夏纪和亚里沙又一次面面相觑。虽然没能完全参透，但要是事情真像小薰说的那样，那刚才的对话就会同样被收藏在夏纪最底层的潜意识中，永远存在下去。只是不知道能不能再想起来就是了。

"嗯，在小夏的心里，那封电子邮件就是真实存在的，根本用不着我们相信。"

亚里沙的结语让夏纪笃定了不少。嗯，那封邮件确实存在过。只为夏纪存在过。此时此刻，也依然存在于她心里。就算小薰和亚里沙一个字也不信，它对夏纪也是有意义的。

呼……

夏纪喝下最后一口香蕉奶昔。糟糕，不知不觉喝光了。本想多品味一会儿的。

不过夏纪很庆幸自己跟小伙伴们分享了心里的小疙瘩。尽管疙瘩没能完全消解，但至少变得更积极、更具体了一点点。而这份细小的笃定为夏纪带来了些微的喜悦，恰似摸到了世界开口的一角。

去取手屋买了遮瑕膏，夏纪挥别好友，踏上归途。她家就在大和町的站前商店街，没几步路。

走着走着，那股被人盯着的感觉又来了，搞得她回头看了两三回。不少人选择在下午的这个时段出门采购，车站周边的人流量自是不小，夏纪身后就有好几个人。这倒是不稀奇的……问题是，她最近常有一种奇怪的感觉。"有人在看我"。她不认为自己是那种特别细腻敏感的人，不过上了高中以后，她确实隐约察觉到自己总能敏锐地感知到来自他人的视线。如果那不是错觉的话，就意味着的确"最近老有人盯着我看"。

周三——土浦的商店大多是这天休息。车站周边的个体商户几乎都不营业。虽是明亮的夏日白昼，"放眼望去店都关着"的景象还是会给人以夜静更阑的印象。夏纪的家就在站前商店街里。带屋顶的沿街店面租给了一家叫"川良"的店，专卖霞浦特色佃煮①。"川良"一休息，便有种放了年假而非暑假的错觉。气温明明很高，目光所及之处却分外清冷。尽管透过商店街拱顶的缝隙落在人行道黯淡的黄粉瓷砖上的，无疑就是暑假的阳光。整体看来有种难以名状的参差感。这大概是长在商店街的人才懂的感觉吧。

明天就是最后一节外教课了。尽管英语听力没有在短短的五天内实现质的飞跃，但夏纪至少不再把英语当成在课堂上、新闻里和带字幕的外国电影中打交道的费解"科目"了。她切身体会到了英语是和日语一样的"语言"，是可以用来日常交流、调笑抱怨、东拉西扯的。班上有几位同学的发音进步神速，连格蕾丝老师都吓了一跳。说实话，夏纪还是有点不甘心的——但我已经跟以前不太一样了。在电脑世界里，这叫"版本升级"。她暗自嘀咕着。

翌日从学校回家的时候，夏纪又察觉到了他人的视线。

而且今天不光有视线，还有脚步声。站前商店街行人

---

①佃煮：用糖和酱油烹煮而成的家常菜。

寥寥。那串脚步声分明就在夏纪身后。算不上沉重，也不是蹑手蹑脚的那种，就是正常走路的动静。该不该回头看看？可万一人家就是个普通的路人，不就显得我太拿自己当回事了吗，多糗啊。

走到离家不远的"共荣堂书店"的卷帘门前，夏纪不知不觉放慢了脚步。如果后面是个要去车站的普通路人，那就肯定会超过自己。红灯变绿灯，两辆车驶过边上的马路，暂时盖过了脚步声。待到车走远时，脚步声已然近在咫尺。

"抱歉，请问——"

男人畏畏缩缩的声音叫住了夏纪。

夏纪吓得倒吸一口凉气，同时下意识地回过头去。事已至此，装作没听见怕是行不通了——毕竟连头都回了。

只见离她五六步远的地方站着一位白人青年。

左七右三，服服帖帖的淡金色头发。一本正经、方方正正的银边眼镜。平平无奇的灰色夏季西装。苔绿色领带上点缀着细小的抽象图案，还用时下已经不太常见的领带夹规规矩矩地固定住了。长相也普通到了极点。在美国警匪片里，铁定是个开场三分钟就被卷进命案的受害者。

可现在不是胡思乱想的时候！人家开口叫住了我，那肯定是有什么事。

"请问您有没有见过这个人？"

青年用无懈可击的日语问道，同时从西装的内口袋掏出一张照片。尺寸比日本的常规照片略大一点。话说格蕾丝老师送她的照片也是一样的尺寸——又跑题了。

照片上是位白人中年男性。有着看起来很结实的头盖骨、大大的黑框眼镜、棱角分明的轮廓、乌黑的胡须……给人的印象几乎无异于"熊"。而且还不是小巧的亚洲黑熊，而是棕熊。照片只拍到了脖子以上的部分，但直觉告诉夏纪，这人肯定肩宽体壮，骨架粗大，肌肉结实，体力充沛，饭量大，步子大，嗓门也大。

这么惹眼的人，怎么就找不着了呢？

"对不起，我没见过。"

青年那双略带灰调的绿眼睛恳切地看着夏纪。

都说了我没见过啊。不然绝对能在 0.03 秒之内想起来。这样一个人，怎么可能注意不到。

"我真没见过，抱歉啊。"

"哦……多谢……"

青年耷拉着肩膀，轻轻叹了口气。

"他是来筑波参加国际会议的物理学家，列夫·奇托夫博士。搞不好是在车站走岔了。要么就是……嗯……这附近有没有什么他可能去的地方呢……"

我哪儿知道长得跟熊一样的物理学家会去什么地方？这完全超纲了啊。

不会是去了某家量大管饱的烤下水店吧？不会的，人家可是物理学家……共荣堂书店？可毕竟是外国人啊，虽然还不知道是哪国的。再说了，今天整条商店街都不开门。眼前的共荣堂书店还拉着卷帘门呢。

"一点头绪都没有……"

"也是哦，对不起，太难为您了。我还是去车站等下一班特快列车吧。不过……"

青年收好照片，把左手提着的皮质公文包换到右手，似乎还有话要说。

"我想找个凉快一点的地方坐着等，喝点冷饮什么的，请问这附近有合适的咖啡馆吗？"

也难怪人家有此一问。放眼望去，愣是看不见一家开着门的店。

这位青年怎么看都不像是从天热的地方来的。此刻的高温，或许再加上找人，让他的脸看上去的确颇显憔悴，甚至教人有点担心这家伙是不是下一秒就要晕倒了。

车站周边倒是有周三照常营业的快餐店，还有几家商店街的街坊们常去的咖啡馆也在周三开着。小纲屋的麦当劳也不例外。可是把本就惹眼的外国人带去初高中生叽叽喳喳的汉堡店或爱八卦的本地妈妈桑开大会的咖啡馆，总觉得不太合适。

这时，夏纪想到了丸井百货顶楼的"山水餐厅"。那家店周三也是开门的。它是所谓的大众食堂，绝不算高档，但在土浦本地人的心目中，它有那么一点点特别。无论是招待亲戚，还是稍显正式的阖家聚餐，它都是必选项之一。于是夏纪走过"川良"的门口，穿过百货店（虽然叫"百货店"，但其实是若干家小商店的集合体）门口的斑马线，把青年带去了丸井百货。

至少，丸井百货比那些只装了小型商用空调的咖啡馆凉快多了。挺好。到店后夏纪本想就此告别那位青年，谁知对方提出想请她喝杯东西。跟陌生人面对面吃吃喝喝，总觉得不太自在。不过夏纪还是答应了。因为她觉得有必要提升一下自己的涉外经验值——这也是为了格蕾丝老师。人家好歹会说日语，多了解一些外国（虽然还不知道是哪国）的事情，开阔一下眼界，总归、肯定、大概是有好处的吧。

夏纪起初还担心山水餐厅会不会人满为患，毕竟周边的餐饮店都没开门，所幸人并不多。也许是因为周三的人流量本来就小。人要是很多的话，穿校服的女生跟外国人走在一起是一定会被盯着看的，可人要是太少，又会分外扎眼。这个密度倒是刚刚好。青年为夏纪点了奶油苏打，自己则要了冰咖啡，他似乎还蛮熟悉日本餐饮店的菜单，点餐过后，他递来一张字特别多的名片。

"我叫维亚切斯拉夫·斯维亚托斯拉夫维奇·普列奥

布拉任斯基 - 贝斯苏梅尔特涅夫，来自苏维埃联邦科学院，是奇托夫博士的秘书。"

啊？

你说啥？

原来他是苏联人啊？这倒是无所谓。问题在于这串不等夏纪开阔眼界，就挡住了她的去路的神秘咒语。博士的名字明明很短，秘书的名字却长得离谱，这究竟……

"呃，呃……"

"叫我斯拉瓦就行了。哪怕是在苏联，也有很多人记不全我的名字呢。"

青年露出略显得意的笑容。

"哦，好、好的……那个……呃……我叫藤泽夏纪。呃……藤泽是 Family Name（姓），夏纪是 First Name（名）。"

这可是格蕾丝老师刚花了大力气教给她们的——虽然都是初中课本上的知识点。

"原来您姓藤泽啊……藤泽……虽说'藤泽'这个姓氏在日本不算罕见，但好像也不是满大街都是。您不会是筑波宇航学院秘书长的亲戚吧？"

"咦？您认识我爸……父亲吗？"

见夏纪吃了一惊，斯拉瓦再次掏出名片夹，取出一张名片递给她看。还真是父亲在工作中使用的宇航员培训学院的名片。

"昨天我和苏联大使馆的几位职员一起去学院参观了一下，当时接待我们的就是藤泽千久先生。没想到夏纪小姐真是他的千金呀……"

不知不觉中，对方改了称呼。不过夏纪本就更喜欢别人喊她的名字而非姓氏，所以也没放在心上。

夏纪的父亲是宇航员培训学院的秘书长。听说他以前好像也是想当宇航员的。筑波的毕业生大多会入职轨道站或月面基地，最精锐的一小撮则会被派驻火星。还记得有一次，父亲在亲戚的婚礼上喝醉了酒，回到家时抓着还在上小学的夏纪直嚷嚷"爸爸也好想去火星看看啊"。

两人自然而然聊起了夏纪的电脑社，聊起了宇航学院，还有奇托夫博士要参加的那个国际会议。斯拉瓦似乎比夏纪还熟悉科学领域的日语专业术语。

"夏纪小姐以后也打算去太空发展吗？"

"啊？我吗？呃……可我身高不够，成绩也没好到能考进宇航学院的地步……"

最关键的还是英语啊，英语。虽然夏纪已经在狠抓英语了，奈何道阻且长。她要去月面基地的话，那肯定是进美国主导的"西方基地"。包括日本在内的美国盟友参与了基地的建设和运营。而这座基地的公用语言正是英语。

"我也不觉得自己能一夜暴富，有钱去太空旅游……"

"那可不一定哦。在我们国家，大家都觉得普通人也能去太空的时代很快就要到来了。"

夏纪不置可否。抱歉啦。可我对苏联一直都有"爱喊假大空口号"的印象。也许是偏见吧，可是听到这种话，心里还是免不了犯嘀咕。

"日本和美国也经常提这个，只不过……我实在不觉得能在自己的有生之年看到这一天。"

"那就得仰仗奇托夫博士为首的科学家和夏纪小姐这般前途无量的年轻人了。"

"咦？您不是科学家吗？"

"我上学的时候是想投身量子力学的，只可惜不是那块料。毕竟量子力学是本世纪初才好不容易甩掉了'异端科学'标签的领域，着实不是一条好走的路。现在我已经离开了科研的第一线，专注于秘书的工作。对了，听说令尊以前也参与过哈奇森装置的研究。"

"啊……我好像听他提过。他连这个都告诉您啦？"

"我请教了几个关于学院的问题，聊着聊着就聊到了。虽然我曾在研究的道路上遭遇挫折，但现在我能深刻体会到，还是管理工作更适合自己。令尊也是从科研岗转的管理岗，现在也干得很顺手，所以我们有很多共鸣。"

夏纪知道父亲的老家在东京，原本在那边从事科研工作。但她从未想过，父亲早年也许经历过挫折和内心的挣扎。

"我听说……他是因为跟我母亲结了婚……"

呃……这种事，外国人听得懂吗？

"当了上门女婿，所以才跳槽去了筑波。"

"这个我也有所耳闻。令尊还说他以前研究过哈奇森人造引力装置呢。夏纪小姐知道哈奇森装置是怎么问世的吗？"

"啊，呃，嗯……"

夏纪心头一紧。哈奇森装置的诞生和月面基地的开发史一样，不算"世界史"，而是"现代社会"的高频考点。是个人都应该知道，也算是常识了。夏纪对此事的了解仅限于课本上的知识，对细节知之甚少，连相关的人名和年份都不能脱口而出。

"呃……20 世纪 80 年代，有个叫约翰·哈奇森的人发明了一种人造引力装置[①]……是、是啊？我记得他好像是加拿大人……至于原理什么的，说实话，我也不太清楚。"

"知道'约翰·哈奇森'这个名字和他的国籍就很厉害了。没错。1979 年，温哥华的业余物理学家约翰·哈奇森偶然目击到了金属碎片在实验装置周围四处飞散的现象，由此开发出了可以操控引力的哈奇森装置。碰巧弄出这么一个装置还真是挺神奇的，我也很好奇他当时到底

---

[①]此处指的是哈奇森效应（Hutchison Effect），在真实世界是著名的伪科学，号称可以通过操纵电磁场调节引力，让物体悬浮在空中。

在做什么实验。

"1988 年在加拿大首都渥太华举办的新能源技术研讨会让他的装置一举成名。在那场研讨会上，哈奇森装置的原型机引发了种种现象，还有人用摄像机记录了下来。

"但由于装置缺乏稳定性，在专家面前做的重现性实验也不太顺利，那套装置被打上了伪科学的标签。然而与此同时，他遭到了美国军方和航天局的单方面调查，连装置都被他们破坏了好几次。于是在 1990 年底，哈奇森通过驻加拿大的苏联大使馆流亡到了我们国家。

"1993 年，哈奇森与苏联科学家一起研制出了哈奇森人造引力装置。也是在那一年，苏联终于启动了月面基地的开发工程。虽然起步比美国晚了五年，但苏联的基地从一开始就配备了哈奇森装置。

"夏纪小姐知不知道月球的引力有多大？"

这么简单的问题，没到"发烧友"级别的普通太空爱好者都该秒答！

"应该是地球的六分之一吧。"

"没错，真厉害。"

顺便一提，火星的引力大约是地球的三分之一。

"有一点引力总比完全失重强，但长期暴露在低引力环境下，会对人体造成各种负面影响。苏联从一开始就将哈奇森装置纳入了月面基地的开发计划，由此实现的引力

162

相当于地球的 85% 左右。美国航空航天局也在 1994 年研发出了类似的装置。几年后，西方基地也用上了哈奇森装置。但他们的技术极有可能建立在美国抢在哈奇森流亡前进行的非法且不人道的调查之上，着实令人遗憾。

"可惜约翰·哈奇森本人在 1995 年获得列宁勋章后不久，就和四名同事遭遇了一起实验中的辐射暴露事故，不治身亡。不过哈奇森装置早已成为美苏双方的空间站和月面基地的标准装备。虽然我不敢苟同美国的强硬手段，但是哈奇森装置被全人类和平利用总归是一桩好事。"

哦……说到这儿夏纪想起来了。《亚特兰蒂斯》好像提过，说哈奇森可能不是主动逃去苏联，而是被苏联绑回去的。当然，她可不会在这个时候主动提起，自找没趣。

"看来夏纪小姐对科学相当感兴趣啊。那您知不知道，在实验阶段非常不稳定，规模也很小的哈奇森效应为什么能发展成大规模的人造引力装置呢？"

"啊？好……好像是因为苏联用了某种特殊的合金，叫什么来着……"

好像在科学杂志上读到过。那种合金叫什么来着？就跟第一架登月舱的呼号、首任火星探测船船长的名字一样，她只记了个大概。

"雅各布列夫合金。"

"啊！对对对，就是它！"

模糊的记忆在肯定中逐渐清晰。

"雅各布列夫合金称得上战后苏联最大的发明了。"

记忆被一环接一环地拽了出来。不过《亚特兰蒂斯》的说法是，合金其实是苏联间谍活动的成果，最先问世的是美国的某某合金。不过嘛，这当然只是《亚特兰蒂斯》的一面之词……

斯拉瓦微微一笑，像是大致猜出了她的心思。

"不过美国和我们苏联用来增强哈奇森效应的合金有着同一个源头。而且这个源头跟土浦有关，这事您知道吗？"

"啊……？！"

闻所未闻。

斯拉瓦若有所思地看向窗外的蓝天。夏纪家周围的商店街房屋都不高，最多不过三层，而他们此刻所在的山水餐厅在六层，视野很开阔。西边有一团蓬松的积雨云，预示着傍晚的雷阵雨。

"1929 年，一艘超大型飞艇从德国飞往日本，开启了一场环游世界之旅。这件事您肯定是知道的吧？"

心脏骤然缩紧。为什么？怎么偏偏在这个时候提起了齐柏林飞艇？"糟糕"的念头一闪而过，奈何为时已晚。脸上肯定写满了不必要的惊愕。

"呃、呃……您说的应该是齐柏林号吧……？"

夏纪只得以装傻粉饰。不过说真的，为什么会在这个节骨眼上提起齐柏林飞艇的事啊？就算是碰巧也太诡异了。

"没错。您应该也知道，齐柏林号在着陆操作期间爆炸起火了吧？"

"嗯……只是本地人都不太愿意提这件事，所以我们这一代人其实了解得不多。"

"原来如此，那确实是一起惨痛的事故，对本地居民来说也是一段痛苦的回忆吧。"

"不过我很好奇那件事跟哈奇森装置有什么关系。"

"那就得从齐柏林号说起了。

"齐柏林号刚建成的时候，齐柏林飞艇公司的一把手是雨果·埃克纳博士。他接替了1917年去世的斐迪南·冯·齐柏林伯爵，担任了齐柏林号的航行总指挥官。而且在1929年的环球飞行期间，他亲自登上了齐柏林号，来到了土浦。"

也就是说……那位埃克纳博士是在土浦去世的。

"埃克纳博士继承了齐柏林伯爵的遗志，毕生致力于硬式飞艇的研发和应用。他在德国国内外广招赞助商，建造了运载能力强的大型飞艇，大力发展基于飞艇的邮政业务。而且他拥有高尚的品格和坚定的意志。他领导的齐柏林飞艇公司致力于雇用在第一次世界大战中失去手足的伤残军人。他痛恨反犹主义，对于在齐柏林号时期影响力直线上升的纳粹党也是深恶痛绝。即便是在希特勒掌权的20世纪30年代之后，他也从未向纳粹妥协，因此失去了在公司的正式职位。如果他既没有纯正的德国血统，又不是公众人物，怕是早就一命呜呼了。"

斯拉瓦停顿了几秒钟，似乎是在审度这番话有没有渗入夏纪的心脾。

"1929年夏天，埃克纳博士在美国赞助商的帮助下启动了齐柏林号的环球航行计划。顺便一提，美国在那年10月爆发了一场蔓延全球的经济危机，人称'大萧条'。如果齐柏林号的航行计划再晚上几个月，恐怕就无法实现了。"

不过……要是真没飞成，齐柏林号就不会在土浦坠毁了。

"对了，夏纪小姐，你知道纳粹旗下的祖先遗产学会①吗？"

"不知道。"夏纪下意识开口道：骗你的。其实我知道。这个名字对《亚特兰蒂斯》的读者来说真是再熟悉不过了。

"不知道也很正常，毕竟不是高中生考点嘛。"斯拉瓦

① 1935年至1945年的纳粹国家智库，主要用于研究和宣传希特勒及纳粹党种族主义教条。

打趣道。

其实是怕"知道祖先遗产学会的女高中生"显得太不合群，所以夏纪才脱口装了傻。

"祖先遗产学会是纳粹创办的官方学术调查机构，旨在证明特定民族的优越性。只不过，它研究的东西实在称不上'研究'，说白了就是个搞伪科学的地方。隶属学会的部门共有 51 个之多，涵盖了人文科学和自然科学的方方面面。"

嗯，还有个专门研究神秘学的部门呢。

"虽然学会是在 1935 年正式创办的，但考古学和军事方面的研究启动得很早，在纳粹党还是一个好不容易争取到了几个国会席位的小党派时就已经开始了。"

神秘学部门也是如此。

"为什么突然提这些呢？因为这些事和埃克纳博士有着千丝万缕的联系。

"在开发硬式飞艇的骨架材料时，埃克纳博士尝试了各种各样的金属，还在公司内部开展了一些机密研究。在此过程中，他发现某种金属会在电磁的作用下稍稍变轻。当年的部分档案已经解密了，所以告诉您也无妨——其实我们国家的外交机关早在 1929 年春天就已经掌握了这一情报。"

外交机关……其实是克格勃<sup>①</sup>吧。

"纳粹也打探到了消息。博士似乎有意将研发基地转移到美国。种种迹象显示，他彻底关停了公司内部的研发基地，并销毁了所有记录，决定只带少量的样品去美国。当时齐柏林飞艇公司已经在开展国际邮政业务了，照理说往外国寄个样本是不成问题的，奈何公司的一举一动都被纳粹冲锋队盯得死死的。我们国家的报告显示，博士是在启程前往日本的最后关头弄出了一份样品，亲自带着它踏上了旅程。

"硬式飞艇是借助灌有氢气的气囊飞行的，因此对重量的限制比现在的飞机更为严格。乘客都要称体重的，每人的行李份额只有 20 公斤，多出 1 克都不行。机组人员和埃克纳博士本人当然也不能破例。博士用了一个非常隐蔽的法子，将样品成功带上了飞艇。

"夏纪小姐，如果您需要随身携带 6 克重的金属样品，还不能引人注目，您会怎么做呢？"

"嗯……做成硬币？要么就是饰品，我也就只能想到这些了。"

"脑筋转得真快呀，一下子就猜对了。"

呃，爱看动漫的人大概都能立刻想到吧。

---

① 1954 年 3 月 13 日—1991 年 11 月 6 日存在的苏联情报机构，全称"国家安全委员会"，在当时被公认为全球效率最高的情报机关。

"没错——埃克纳博士戴在左手小指上的，乍看是枚传统的印章戒指，其实是金属的样品。"

也就是说，苏联连这种细节都打探出来了。

"其实那份样品还是半成品。但齐柏林号爆炸时，样品发生了特殊的化学反应，生成了雅各布列夫合金的雏形。而苏联和美国在此基础上各自研发出来的，就是让今天的哈奇森装置成为可能的技术。"

样品的克数和戒指的形状都说得特别具体，样品到底发生了啥化学反应，又是怎么得到了样本却草草带过。中间怕是有不少不方便透露的插曲吧。

"所以我一直都想来土浦看看……而且……"

斯拉瓦略过了不少关键环节，投来"还想再说点什么"的目光。搞得夏纪莫名尴尬，移开了视线。

这、这气氛算怎么回事……就在夏纪被难以形容的慌张笼罩时，天花板上的日光灯闪了一下，随即熄灭。平平无奇的背景音乐也停了。"停电了？……"稀稀拉拉的顾客议论纷纷，穿着藏青色连衣裙和白围裙的女服务员们脸上的职业性微笑也变成了惊讶。

糟糕，又闯祸了？这便是夏纪的第一反应。谁让我跟机器犯冲呢。可我也控制不了啊……夏纪这样想着，不由得耸了耸肩膀。几乎与此同时，日光灯重新亮起，平平无奇的背景音乐也回来了。

能不能别盯着我看啊……夏纪还有点介意刚才的停电，她环顾四周，故意避开斯拉瓦的视线。就好像，自己跟机器犯冲这事儿被他看透了似的。

不止。不知怎地，她甚至有种周围所有人都注意到了的错觉。或许这就是所谓的被害妄想吧。随后，斯拉瓦突然表示"特快列车还有七分钟就到站了"，跟夏纪道了别，匆匆赶往车站。夏纪总觉得哪里不对，回家后一查常磐线的时刻表才意识到问题的所在——他们聊太久了。聊天期间还来过一趟特快列车。如果奇托夫博士真是坐特快列车来的土浦，照理说斯拉瓦早就该去车站候着了。

就好像……他是专程来跟夏纪聊天的……不，不好说，搞不好他还有别的目的，比如"让某人看到我们在聊天"。难道他是克格勃的间谍，有人想要他的命？跟我在一起，对方就不会动手……不对啊，要真是这样，他怎么会独自去车站呢？

肯定有什么"隐情"——夏纪无从知晓的"隐情"。

因为回家晚了，夏纪被妈妈数落了一通。她只得用"回家路上跟朋友聊得忘了时间"搪塞过去。"聊得忘了时间"倒是真的，只是"朋友"这个词得打个问号。不过，不是都说世界一家亲嘛，人类皆是兄弟姐妹。斯拉瓦先生也算是广义上的"朋友"吧。

哎等等！要是连斯拉瓦先生都能算作"朋友"，那格蕾丝老师呢？岂止是朋友啊，老师跟我可是比朋友更加更加亲密的关系了。

那晚的夏纪本以为自己会越想越兴奋，难以入眠……谁知一下子就睡着了。其实从傍晚开始，就有难以抵挡的困意阵阵袭来。

都超过三十天了。算算日子，应该快到生理期了。

# 8. 登志夫的元宇宙

"像素画？"

小长假后的周二。林田梨华的神情略显惊讶，眼神辗转在登志夫和他递来的 U 盘之间。

登志夫将 U 盘放在了镶木桌上。在那张号称产自意大利的桌子的衬托下，普普通通的方形黑色 U 盘都显得高档了。梨华穿着米白色的上衣，用来抵御空调冷气的毯子盖到脚面，毯子也是白乎乎的，在这样一间旧教堂式的屋子里，看着还真有点像新娘。

"像素画啊……"

"是的。说得再准确些，是一幅用数字画的画。"

"稍微豪华点的 AA[①] 是吧，就跟用字符画《蒙娜丽莎》似的。"

梨华一点就通。

---

① ASCII 艺术（ASCII Art 缩写）：利用电脑字符绘制图像的艺术，在弹幕中也有广泛的应用。颜文字就是一种简化的、更容易使用的大众化 ASCII 艺术。

"没错。我尝试了各种参数，最后发现按 1500×1500 配置您上周给我的数据，好像就能看到些有意义的形状了。"

"嗯？我给的是纸吧？你该不会是把那些数字手动输入电脑了吧？还是 OCR<sup>①</sup> 了一下？"

"我没有扫描设备，是手动输入的。不过也就两万字左右，虽然花了点时间，但也没什么问题。"

"小长假那三天也是有人值班的啊。你怎么不说一声呢，发你现成的多好……"

还真是。但他昨天压根儿没想到还有这个法子，他完全沉浸在了自己的灵感中，甚至忘记了中心的存在。

梨华将登志夫的 U 盘插入一台笔记本电脑，象征性地扫了下毒，然后读取了数据。

"啊……确实能看出个鼻头，还有……嗯……按你的思路看，还真是挺像耳朵的。"

"是的，很像切成条的照片。"

"嗯……那就调调看吧。"

直树和几名研究员围了过来。处理步骤非常简单，结果几乎在按下回车键的同时便出现在了屏幕上。

哇——在场的所有人不由得惊呼起来。

---

①光学字符识别（Optical Character Recognition，OCR）：对包含文本内容的图像或视频进行处理和识别，并提取其中所包含的文字及排版信息的技术。

登志夫的心脏狠狠"咯噔"了一下。

"还真是女孩子的脸哎！"

没错。

出现在屏幕上的，分明是一张波波头女生的脸，看着也就十几岁的样子。

"厉害啊！"

"没想到谜底这么简单。"

"亏你能发现。"

"牛啊！"

大家七嘴八舌地发表着感想。被夸奖总是让登志夫浑身不自在。仿佛自己用不正当手段得了好处一样，心里很是过意不去。

"其实，呃，我也不过是碰巧看到了老游戏的角色图，那张图就是彩色的像素画，于是就想到了。"

"对哦，最早的《马力欧》和《最终幻想》都是用像素画的。"

"我这样的老阿姨就是从像素版《最终幻想》玩起的。"

"时代的眼泪！"

大家再次各抒己见，然后重新打量起屏幕上的那幅画。

"可这到底是谁啊？"

直树提了一个问了也是白搭的问题。

是 Natsuki！

在画面显示出来的刹那，登志夫便生出了这个念头。

错不了，这就是 Natsuki。不是小时候的她，十有八九是她"现在"的模样。如果她跟自己一般大，应该在上高中。登志夫感到心跳加速，血压飙升。幸好他平时就不是个情绪外露的人，大概不会有人察觉到他的慌乱。

看着既像简化过的照片，又像是直接画的。就是个"普通"的女生。虽然登志夫对"普通"女生并没有多么深刻的理解，也没有资格指点江山，可是乍一看，这幅画确实会给人以"普通"的印象。

"还有，撇开'这是谁'的问题不谈，为什么这幅画会以噪声的形式插进来呢？"

梨华将用完的 U 盘还给登志夫，打印出那幅像素画，然后又仔细端详了一番。缩印让面部特征变得更清晰了。一时间，房中鸦雀无声。

"你们觉得这是画还是照片？"

"不会是虚拟形象（Avatar）吧？"直树回答道，"元宇宙里用的那种。"

元宇宙（メタバース）里的虚拟形象——其实"元宇

宙（メタヴァース）①"才是准确的写法，但登志夫不想刻意纠正，免得别人说他"装"。元宇宙是互联网上的三维空间。用户可以将被称为"虚拟形象"的 3D 角色用作自己的分身。通过电脑或智能手机的屏幕看二维画面倒也不是不行，不过搭配 3D 眼镜和接在手上的触控设备，就能在一定程度上体验到近似于现实的立体空间了。

科幻作品中的元宇宙高度逼真，还有具备触觉的 3D 虚拟形象大杀四方。只可惜现阶段还没有发展出那样的技术。不过市面上已经出现了支持数百人同时参与的游戏，还有用户可以自行创建虚拟空间的服务。"当红艺人举办的元宇宙演唱会"之类的活动也在逐渐增加。针对元宇宙的投资也十分火热，未来极有可能实现爆发性的增长。

"虚拟形象啊……原来如此。看着不太像 MMO②的角色就是了。可就算是虚拟形象，这眼睛的大小，还有面部的轮廓也太现实了吧？虚拟形象不是都会稍微……怎么说呢，不是都会稍微美化一下的吗？谁会特意搞这么一个普普通通的虚拟形象啊？"

梨华戳着打印出来的图像对直树说道。

"也是。据说欧美用户大多会用和现实中的自己比较

---

① "v"的发音在日语中的标准写法是"ヴァ"，但近年为了便利，直接用"バ"的情况比较多。
② 即大型多人在线游戏（Massively Multiplayer Online Game，MMD）。

接近的虚拟形象，日本用户则更偏爱跟自己不同的形象。不过我感觉用这种看着很写实的女高中生形象的大叔怕是也不少呢。"

"披着女高中生皮囊的大叔黑客把自己的虚拟形象数据塞进了量子计算机？……嗯……听着怪怪的，不过作为一种彰显黑客能力的方式，倒也不是完全说不通。"

"要真是这样，是不是只要在元宇宙里抓到这个虚拟形象，就能顺藤摸瓜揪出幕后黑手了啊？"

有人提了这么一嘴。沉默再次降临。

"现在有几个封闭式元宇宙平台来着？"

梨华如此问道。直树思索片刻。

所谓的"封闭式元宇宙"，就是仅限于某家公司提供的服务范围内的元宇宙。A公司的元宇宙和B公司的元宇宙是互不相通的，因此用户在元宇宙A里使用元宇宙A的虚拟形象，在元宇宙B里则使用元宇宙B的虚拟形象，而且也只能在各自对应的元宇宙里活动。现在还不存在的开放式元宇宙则是打通多个运营主体的元宇宙，让用户可以用同一个虚拟形象自由出入所有的元宇宙，就跟互联网似的。在封闭式元宇宙的前提下，提供服务的A公司一旦破产，或者服务器之类的硬件一旦遭到某种形式的破坏，元宇宙A就会随之消亡。若能实现开放式元宇宙，运营主体的衰落就不至于导致元宇宙本身的消亡，最多就是大家可以去的地方、能享受到的服务会受到一点影响。

"嗯……日本国内大概有四五十个吧？加上外国的……天知道有多少。"

听到直树的回答，梨华点了点头。

"Fortnite[1]都有好几千万的用户了。当然，很多用户会注册好几个元宇宙。没人统计过在某个元宇宙里有虚拟形象的人总共有多少吧？就算有统计数据，肯定也是一天一个样。要从那么多虚拟形象里揪出那一个，怎么想都是大海捞针啊？"

"这要真是个虚拟形象，那就应该是某种原创设计，而不是用现成的配件拼出来的。能做到这种程度的人至少不会是多数派。"

"可是全球的虚拟形象应该是数以亿计。要是加过好友，还能提前约定见面地点，可我们连它在哪个元宇宙都不知道，从何找起啊。再说了，它到底是不是虚拟形象都还不确定呢。"

"如坠云海啊。只不过这个'云'是云服务的云。"

梨华和直树同时叹了口气。

"如果把封闭式元宇宙打通，变成开放式元宇宙，是不是会好找一点啊？"

---

[1] 《堡垒之夜（Fortnite）》：由 Epic Games 开发的在线游戏，上线后迅速发展成社交和大牌音乐家举办虚拟音乐会的在线空间。

一位研究员问道。梨华右手托腮，摆出一副在超市采买时拿不定主意的苦恼神态。

"如果是开放式元宇宙的话，有不止一个虚拟形象的人就相应少了，因为不用在各个元宇宙里重新创建虚拟形象，反复登录，理论上是会好找一些。可这终究只是理论层面的推断。如果一个开放式元宇宙里有数以亿计的虚拟形象，我可一点都不觉得好找。"

"这么说来，虚拟形象少的封闭式元宇宙或许还更好找一点。"

直树半开玩笑地回应某位同事的问题。大家又七嘴八舌地讨论起来。

"要是能黑进封闭式元宇宙，打造出只有自己可以像置身开放式元宇宙那样随意行动的状态，不就能省很多事了吗。"

"这要是部科幻电影，开放式元宇宙怕是早就已经自发形成了，互联网上都冒出另一个'世界'了。"

"哦，电脑里的小世界？就跟《电子世界争霸战》①似的？"

"《电子世界争霸战》！那都是多少年前的片子了！"

"说不定是某个人的脑子连上了元宇宙。"

---

① 《电子世界争霸战（Tron）》：1982年的美国科幻动作冒险片。

"就跟《黑客帝国》那样？"

"啊这……差得有点远。"

"《黑客帝国》也是电影吗？我对老电影不太熟……"

"抱歉抱歉，那都是我们这些老家伙看的东西了。"

"呃……我有个不成熟的想法……"

登志夫小心翼翼地插嘴道。这个时候开口合适吗？

所有人的目光齐刷刷投向了他。登志夫的心顿时就悬了起来。

"信息的往来必然会留下痕迹。"

有人嘟囔道："啊？什么痕迹？"怕是没选对时候。可话已说出口，也来不及收回了。

"无论这张图像是虚拟形象还是某种 AA，既然它出现在了这里，那就一定存在相应的'路径'。而那条'路径'上应该是有某种痕迹的。可能不像案发现场的脚印那么清晰吧，但蛛丝马迹总归是有的。"

有人嘀咕道，"案发现场的脚印也不总是清晰的吧。"

"我们要做的，就是顺着蛛丝马迹查下去。这也算逆向工程①的一种吧。网上有……或者说'有过'大量被删除的帖子、因为硬件问题消失的信息、停用的服务器、莫名原因消失的各种数据……多到人和机器都无法完全掌握。

①逆向工程：对目标进行逆向分析及研究，从而演绎并得出其处理流程、组织结构、功能性能规格等设计要素。

但它们并非是凭空消失的，总会在某处留下那么一点点痕迹。在替换服务器的过程中，会留下交换信息的痕迹。就算原帖被删除了，也会在那里留下备份或回帖，还有针对回帖的回帖，它们对看过、听说过的人产生的潜意识层面的影响，以及在这种影响下发到网上的信息……从某种角度看，我们可以把这些理解成模糊而松散的大数据。

"日常生活中也有类似的例子，不是吗？比如，挪开一件在架子上放了很久的纪念品，就会出现一块没有积灰、形状和底座一样的痕迹。跟痕迹完全吻合的摆件是有限的，家里的物件也是有限的，能放在那儿的东西就更有限了。不断缩小范围，独一无二的信息就会浮现出来。被填埋的河道留下的护栏。把施工时掀开的人行道地砖铺回去时留下的划痕。被拆除的楼房后面的大树年轮。这都是隐秘的痕迹。顺着这些痕迹查下去，也许就能对埋起来的东西有个大概的了解了。"

沉默。

"哦……有道理。把那些模糊的信息扔给卡珊德拉、赫勒诺斯和龟龟，说不定还真能查到什么。"

梨华打破了沉默。

"咱们家的'双胞胎'前天就断网了。如今没人在用，算力足够。只要我们想，随时都能用。"

又是一阵沉默。这沉默究竟代表了什么？

"剩下的问题就是派谁去了。"

直树随口说道。不，大概是专门解释给登志夫听的。

"我去。"

决心比脱口而出的话慢了一拍。

说什么都不想让别人去。

毕竟有可能找到 Natsuki。

"我在 Fortnite 和 Promenade<sup>①</sup> 都有账号，VR 控制器和游戏键盘用得也还算熟练。虽然没打过团战……但一个人打排位赛时拿到过不错的名次。其实我私底下一直在研究开放元宇宙的代码，只是自己的电脑配置不够，没有实际运行过。"

一口气说到了这儿。就是不想让别人去。

不想让任何人去。

谁都不行。

"可是，不光要在元宇宙里走动，还得同时操控电脑吧？感觉这项任务很考验多任务处理能力啊……"

梨华一副难以启齿的样子。登志夫心中了然。她是在怀疑，登志夫这样的人能否胜任这种多线程任务。

"不，这其实是一项任务，我应付得来的。要是让我一边找一边跟谁说话，那就有点困难了。"

--------

①虚构的元宇宙平台。

众人交换着眼神。梨华再次摆出逛超市选择困难症的姿势，然后点了点头。

"好。这种事确实是派年轻人出马更合适些。不过……"梨华吞吞吐吐。

"说干就干未免也太仓促了。而且可能会有点法律风险……给我一天时间吧，让我们讨论一下。"

"是要跟我讨论吗？还需要讨论什么？您直说好了。"

"不不不，是跟他们讨论。"

梨华轻轻张开双臂，含糊地示意中心的工作人员。

"哎，你带 VR 眼镜了没？"

直树带着莫名的兴奋问道。

"没，留在东京了。而且我的眼镜也不是很贵的那种，性能一般般。"

"好，那就用我的吧。我那个还是挺硬核的，明天就拿来。"

大家都发表了意见，但没有反对或质疑的声音。

嗯，很好。

不想让别人去，谁都不行。

好想见见 Natsuki。

想了好久了。

天知道事情会发展成什么样子。但登志夫相信，只要沿着这条若隐若现的小径找过去，就一定能见到 Natsuki。

一定能见到的。不，是非见到不可。


网上确实有不少人说自己目击到了齐柏林号，但那些帖子都没有惊心动魄的反转。也许还有更多，只是当事人没看清船体上印着的"齐柏林伯爵号"，或是没意识到那是一艘飞艇，所以没被登志夫搜到。他们的叙述都没有像模像样的结尾，想到哪儿写到哪儿。不过这种漫无目的的笔触反而更显真实，更能给人以"绝非虚构"的印象。接着，登志夫凭借自己的记忆力锁定了一个事实：齐柏林号被目击到的日子，恰好都是发生全球性异象的日子。好比震源不明且规模相对较大的地震、连是否跟太阳活动相关都不确定的类磁暴现象、莫名其妙的大规模通信故障……就好像，两者之间存在某种关联似的……

登志夫想到这里，决定暂时搁置这个问题。当务之急，是确定元宇宙里有没有关于 Natsuki 的线索。


陶哲轩（Terence Tao）的事例是登志夫上了初中以后才听说的。他是一位澳籍华裔数学家，十三岁时成为史上最年轻的国际数学奥林匹克金牌得主，二十四岁就当上了加州大学洛杉矶分校的正教授，三十一岁时荣获菲尔兹奖①，被誉为天才中的天才。格林 - 陶定理②、弱哥德巴赫猜想③、英国皇家学会奖章、克雷研究奖④……四十五六岁时，他取得的成就和获得的奖项就已是不胜枚举。据说他九岁就开始上大学的数学课了，但父母没有让他在其他科目上跳级，一律上"普通"班。所以他虽然是数学领域的"神童"，却能过上"普通"的社会生活，不至于被同龄人孤立。

登志夫比谁都清楚，自己的天资是远不及陶哲轩的。然而，他还是无法与同自己年纪相仿的人谈笑风生。大学的老师和同学们对他一视同仁，但他能感觉到，自己在他们之中倍显稚嫩，阅历不足。是的，他感觉得到。他自认是个相对迟钝的人，唯独在这方面"足够敏感"，教人无所适从。

"二十岁一过就泯然众人了"——这句话，登志夫已

---

①菲尔兹奖（Fields Medal）：正式名称为国际数学联盟杰出贡献奖，年轻数学家的最高荣誉，和阿贝尔奖均被称为数学界的诺贝尔奖。
②格林 - 陶定理（Green-Tao theorem）：本·格林和陶哲轩于 2004 年证明的一个关于质数组成的等差数列存在性定理。
③弱哥德巴赫猜想（Goldbach's weak conjecture）：任一大于 5 的奇数都可以表示为三个素数之和。如果"强"哥德巴赫猜想（大于 4 的偶数都可表示为两个奇素数之和，再加上 3 就可以使大于 7 的奇数表示为三个奇素数之和）成立，便可以推出此猜想，故这一猜想被称为"弱哥德巴赫猜想"。
④克雷研究奖（Clay Research Awards）：全球最具影响力的数学研究机构之一克雷数学研究所（Clay Mathematics Institute）设立的奖项，以表彰在数学领域取得突破性成就者。

经听过无数遍了。有背着他的议论，也有当面的半开玩笑。离二十岁还有三年。他早已心如止水。

还记得有一次，登志夫在教授的研究室里见到了一位年轻的纯文学作家，据说上大学的时候是物理专业的。作家如是说——"人们根本不想读'卓越'的文学作品，只想看好读又好懂的东西。只要故事情节通俗易懂，人物的行为都能用惯常的思维去理解，然后时不时抛出几句一眼就能看明白的格言警句，就称得上完美的作品了。"

厌恶感油然而生。倒不是因为他的傲慢。且不论他说得对不对，毕竟登志夫不怎么看小说。之所以厌恶，其实是因为这番话触及了登志夫的自卑本质——我没有"卓越"到大家理解不了的地步，却也不是对大家胃口的那种人。

登志夫至今也没搞清楚自己想成为什么样的人，应该成为什么样的人。唯一确定的是，他想成为一个"有用"的人。成天把这种想法挂在嘴边，难免会引发"无用之人难道就不配存在了吗"的争论，所以他从未和任何人深入探讨过这个话题。不过升学的时候，他会给出极具优等生色彩的回答——如果我真有某种天赋，那我一定会努力成为一个对社会有用的人。

怎么样才算"有用"呢？目前的想法是在光量子计算机领域做点贡献。要是没那个本事呢？若能以死拯救世界，他也定会毫不犹豫地献出生命……脑海中甚至有过这种中二的念头。

"试试看。垫片是刚换的。"

周三这天，直树递来一副印着陌生商标的白色 VR 眼镜。登志夫留意到，直树穿着的白色 T 恤上也印着同款商标。

"看起来不错嘛，戴着比我还合适。这副眼镜是欧标的，我这种大脑袋戴着有点紧。你的脸可真小啊。"

登志夫不知这话该怎么接，只得默默调节绑带。贴合度确实不错，眼周的垫片也比他自己那副便宜货要高档得多，触感柔软。

显示在眼前的是热门元宇宙平台"Cluster①"中的"私密房间"，就是只有自己的虚拟形象待着的地方。直树的虚拟形象是个穿着奶白色连衣裙的女生。

画质绝佳。眼镜也很轻巧。

"这是哪个牌子的啊？"

"瑞士的新牌子，知道的人应该还不多。"

"哎，等等，这是什么？"

登志夫感觉到左手被套上了什么东西。

"哦，是个手套型的触控器。"

---

① 日本最大的元宇宙平台。

"我还是第一次用这样的设备，好高级啊。"

"能不高级吗，我可是花掉了十四位福泽老师[1]呢。"

那可真是价格不菲。

登志夫伸长胳膊，调整触控器的设置。

"这款手套还没法感知元宇宙里的触觉，不过这不是手套性能的问题，而是元宇宙的技术还没发展到那个水平。像这样——"

直树把登志夫的双手拽到胃部所在的高度，合拢对齐。

"固定在某个位置，就能当键盘用了。我来帮你设置，你找一下自己最舒服的高度。"

登志夫按他说的设好手的位置，指尖便有了摸到键盘的触感。眼镜画面的手边也出现了虚拟键盘。他立刻就意识到，这种键盘比元宇宙会议中显示的小键盘方便易用。

"想隐藏键盘盲打也行。"

"我可能更习惯盲打。"

按直树说的一番操作后，键盘就从画面中消失了。接着，他们又做了些其他方面的设置。

"我先用'Promenade'的虚拟形象进去。目前还不能确定那张图像是不是元宇宙的虚拟形象，所以元宇宙之外

---

[1] 福泽老师：代指日币，旧版一万日元大钞的头像人物是明治时期的启蒙思想家、教育家福泽谕吉。2024年开始发行的新版万元大钞的头像是涩泽荣一。

的网络空间我也会找找看的。"

登志夫进入了名为"Promenade"的元宇宙平台，调用了自己的虚拟形象。那是个白衬衫配深靛蓝色牛仔裤的寻常青年，毫无特点，看起来和他平时的打扮没什么两样。

"说到底啊，"那位纯文学作家还说，"人和人之间还是只能隔开。有眼光的跟有眼光的玩，没眼光的跟没眼光的混。就跟美国从前的白人专用公园似的。说得再好听点就是'分区'。分开了，大众就不用担心被少数有眼光的人鄙视了。"

真不舒服。怎么听怎么不爽。

后来教授悄悄告诉他，大作家还得去便利店打工补贴家用。

为此稍感畅快的自己也让他生厌。

怎么就莫名其妙想起这些了？

"怎么了？"

被直树这么一问，登志夫吓了一大跳。

"紧张啦？"

"呃……嗯，是有点……"

"哦，对了，要不要放点音乐？我爱听流行电音，橘梦乐团①啦，让-米歇尔·雅尔②啦。"

"呃……"

"都随你啦。反正是虚拟的，累了大不了就把眼镜一摘。放轻松。"

"好的。"

"还有什么需要吗？别客气，尽管说。"

"呃，就是……边上有人，总觉得有点……"

"明白了。'我织布的时候别拉开这道门③'嘛，我懂。戴着眼镜和触控器动来动去的样子，在外人看来是有点滑稽的。"

直树一发话，大家就都出去了。关门的声响传来。

登志夫摘下眼镜，确定房间里就剩他一个了，这才重新戴上。

Promenade 的入口是一个叫"画廊"的地方，由中央的圆形广场和通往四方的通道组成。广场看起来大得可怕，也许是元宇宙常见的奇怪透视效果导致的。感觉也就比棒球场的内野稍微小一点（不过一个不打棒球的人用这种比喻也全无说服力）。

---

①橘梦乐团（Tangerine Dream）：成立于1967年，德国电子音乐先驱团体。
②让-米歇尔·安德烈·雅尔（Jean-Michel André Jarre 1948—）：法国电子音乐艺术家，世界上最早实验电子音乐和数字音乐（数码音乐）的艺术家。
③此处指的是日本民间传说"白鹤报恩"，来报救命之恩的白鹤变成姑娘为恩人织布，但不许恩人偷看。

浅抹茶色的地板上耸立着十二根暗朱红色的圆柱，挑高的天花板足有三层楼（而且是层高偏高的那种楼）那么高。柱头装饰的上面便是穹顶。透过阿拉伯纹样的……那该叫什么呢，镂空花格？总之，能透过精致的阿拉伯纹样看到蓝天。现实中大概还造不出这样的穹顶，如此细腻的阿拉伯花格不可能支撑天花板的重量。然而在这里，一切皆可实现。这就是元宇宙。Welcome to the Machine……这是谁的歌来着[①]？

　　圆柱之间的墙壁是偏深的象牙色，浓淡略有差异。整体走西式路线，但地板、墙壁的色调和天空的颜色又透着隐约的日式韵味。四面墙上开着通道的入口，其余八面墙中的几面挂着近期将要举办的大型演唱会的预告。登志夫的目光被不由自主地吸引了过去，不过还没看到什么感兴趣的活动。

　　每次来到这里，都觉得空气中有股甜甜的气味，神似焦糖或奶黄酱。当然，这年头的元宇宙还不具备这种功能。是他的感观抽风了。觉得"抽风"不好听的话……呃，算了，现在可不是纠结这些的时候。

　　广场四处设有白色的长椅状物体，中央耸立着"Promenade"标志的立体雕塑。碍事归碍事，可要是没有这个东西，广

---

①英国摇滚乐队平克·弗洛伊德（Pink Floyd）在 1975 年发布专辑中的第二首歌。

场又会显得太空了。放眼望去，到处都是外形各异的虚拟形象，以身材高挑的俊男靓女居多。也难怪，是个人都喜欢那样的。有些虚拟形象衣着考究，八成是花钱买了皮肤。

登志夫操作虚拟键盘，将电脑画面叠加在了视野的左上角，然后稍微用了点黑客的手段，收集起了"Promenade"的数据。没从"Fortnite"开始显然是明智的——那边的代码比较难搞。

扫视四通八达的通道，一览对应的代码。每条通道都很长，却也并非没有止境。两侧各有十几个没有门的入口，通向各个"热门工作室"。人们能在那些工作室里看到NFT艺术①、CG表演、原创音乐和出神入化的Vocaloid②技巧。只有三种人会出现在通道上：本来就很火的艺术家，在机缘巧合下突然爆红的人（这种红往往是昙花一现）和被随机选中的幸运儿。不走通道，也能借助"Promenade"的"随便逛逛"功能从列表中选择感兴趣的工作室，一间接一间地跳转。

登志夫选了一条通道。可就在刚要抬脚迈步的刹那，

① NFT艺术：数字艺术品与区块链技术结合之后的产物，即将数字艺术品上链，铸造成独一无二的权证。
② Vocaloid：日本乐器制造商雅马哈公司开发的电子音乐制作语音合成软件，输入音调和歌词，就可以合成为仿人类声音的歌声。

有个猫耳少女停在了他跟前，少女主动搭话，仿佛早就预料到了他会怎么动。

"你好呀！"

明亮而柔和的声线，跟动画片里的角色似的。也只有专业的声优才能发出如此动听的声音了。要么就是用软件处理过的。

"在散步吗？要不要一起逛逛？"

登志夫玩不惯没有战斗元素的元宇宙，这便是最主要的原因。他自己是不表演的，所以在元宇宙里难免有些漫无目的。除非是去看某个艺术家的 VR 表演。尽管只在各个工作室闲逛的用户也不在少数。可偏偏有些人是跑来这里交朋友的，好比眼前的这位。登志夫每次登录都会被人搭讪，不太有机会在"Promenade"里慢慢悠悠地瞎逛。

"呃……我……"

"我想一个人待着。"就这么简单的一句话。

"我……"

其实真不想被人打扰，大可一言不发地走开。只要不理不睬，对方自然就明白了，不会多纠缠。可登志夫怕惹人家不开心，怕冒犯人家，很难做到视而不见。他在线下构思了不少借口，奈何关键时刻就是说不出口。研究室的小伙伴都让他别放在心上，可他还是难以决断。

"我……"

支支吾吾时，猫耳少女已经转身离开了。说实话，这是他求之不得的结局。可是没好好聊上几句就被对方丢下，心里又难免难过。要知道，先不讲礼貌的明明是他自己。

有位副教授传授过经验，说他一进这种漫步型元宇宙平台就跑个不停。"只要跑起来，就不会有人搭讪了。"从没在元宇宙里被人搭过讪的也大有人在。

登志夫的虚拟形象有那么大的吸引力吗？不应该啊。"Promenade"中的他不过是个用免费部件拼出来的平凡纸片人。可他用男生的虚拟形象登录，就会被"女生"搭讪。用女生的虚拟形象登录，就有"男生"上来搭话。以机器人或者动物的形象示人时，又会被各种奇形怪状的虚拟生物缠上。需要重申的是，登志夫的虚拟形象并没有什么特别吸引人的地方。没有一个部件是花钱买的，全都是免费用户能用的基础部件，跟搭话的用户并无区别，不过是芸芸众生中的一个。就这他们为什么还要找我？登志夫百思不得其解。

每次搭讪都以登志夫的结巴开场，以对方的无视告终。

登志夫姑且选了一条通道，边走边积累数据。

他决定尝试一个酝酿了很久，但因为道德层面的抵触一直都没有用过的程序。现在回想起来，都觉得当初的抵触有点不可思议。归根结底，他不过是因为别人说"不行"才觉得"不行"的。也许自己根本就没有什么真正的伦理观念。

想见到 Natsuki。

只此一念。

只要能见到她，他什么都愿意做。

登志夫运行了提前准备好的隐形程序。片刻前，又有个女性的虚拟形象端着两杯咖啡走了过来，还将其中一杯递给他，趁机开口搭话。但登志夫的隐形技能比她快了一拍。从她（先不讨论那究竟是不是"她"）的角度看，登志夫不是下线了，就是退回了自己的私密空间。总之在旁人看来，他已经"不在这里了"。

女性虚拟形象端着没送成的咖啡，渐渐远去。

成功了！"她"来得正好，从侧面验证了程序的有效性。

于是乎，登志夫得以在不被打扰的情况下走向其中一条通道。

通道两侧尽是些疑似被故意设计得比较窄的拱形入口。探头进去，便能看到时下最热门的工作室。大部分工作室展示的是原创的静态画，但也有展示动态画、短片或Vocaloid 作品的。NFT 艺术作品甚至可以当场购买。比较常见的是用液晶平板绘制的萌系美少女、卡通风格的动物和一些带有炫技色彩的画作。还有不少故意画得稚拙的像素画、追求丑萌的插画和加工过的照片。据说小朋友的稚

195

拙作品都能卖出几万日元的高价，但至少在登志夫逛过的工作室里，不太有能激起购买冲动的作品。当然，问题可能出在他自己的审美上。

登志夫继续修改代码。接下来还得让大型计算机龟龟大显身手。他保持隐身状态，访问了多个元宇宙。白墙大堂、对战小岛的高空、堆着五彩积木的地方、十字路口、灯火闪烁的昏暗舞台、宁静的牧场……各式各样的场景交错重叠。渐渐地，登志夫周围变成了一片略微泛着紫色，无边无际的白色空间。

必须找到 Natsuki。

好想见她一面。

满脑子都是这个念头。

网上依稀残留着图像的蛛丝马迹。那感觉就像在滚烫的沙子里寻找一根细线，再顺着这根线慢慢追寻。线很细，说断就断。只能小心翼翼地牵着，不让它断裂受损。"这边走——"登志夫仿佛听见了卡珊德拉的指引。赫勒诺斯也在说，"到这边来"。可他也不清楚"这边"究竟是"哪边"。只能继续循着微弱的痕迹找到更隐秘的痕迹。那才是"对的方向"。不论那是哪里。直觉告诉他，Natsuki一定就在那里。

脚下已经没有了实地。他就这么飘着，浮着。空间中有无数浮动的虚拟形象。上下左右，到处都是。他隐约感觉到，疑似 Natsuki 身影的东西就在远方。

空气中有股淡淡的香气。带着青草味，像花香，又很清新，夹杂着难以言喻的愁绪和思念，好像在哪儿闻过，却想不起来。

渐渐地，他发现空间里不光有虚拟形象，还有各式各样的东西，空间被填得满满当当。他不知是从什么时候开始的。不，也许从一开始就是这样。马、剑玉、"妙高号"重巡洋舰、诸葛亮、西柚汁、智能手机、毕宿五①、消波块②、西施狗、简·奥斯汀、木鱼花、TARDIS③、报纸、曲奇饼干罐、文胸、硝酸铵、泰迪熊、子泣爷爷④、秘鲁国旗、不知名的金属器具、他加禄语⑤手册、金贝鼓⑥、扭蛋胶囊、画笔、冲浪板、毛皮帽、恐龙牙齿、死飞车⑦、兔子、某种干货、花牌、绿松石、飞艇。

飞艇。

---

①毕宿五：金牛座最亮的恒星。

②消波块（Tetrapod）：在海岸或堤岸放置的大型水泥块，用来吸收海浪或大水拍打的冲击以保护海岸或河堤，多为正四面体。

③ TARDIS：英国科幻电视剧《神秘博士》及其相关作品中的虚构时间机器和航天器。

④子泣爷爷：日本传说中的妖怪，哭个不停但脸孔是老人的婴儿。若有人觉得它可怜将它抱起，它便会紧缠着不放并且慢慢变重，最后将同情它的陌生人压死。

⑤他加禄语：主要在菲律宾吕宋岛使用的语言。

⑥金贝鼓：即非洲手鼓。

⑦死飞车：后轮的齿轮与后轮直接用螺栓固接的自行车，属于场地内特技车。

没错，就是飞艇。看不清侧面的船名和编号，但那个形状无疑就是 LZ—127，齐柏林号。

登志夫朝那个方向飘去。不会错的，Natsuki 就在那里。

齐柏林飞艇肉眼看着飞得很慢，却又快得死活追不上。登志夫拼命追赶。躲开了三人座的沙发，躲开了当红艺人，躲开了雪球，紧紧跟在飞艇后面，生怕跟丢了。不知道追了多久。也不知道是他在追，还是齐柏林飞艇在拽着他走。飞艇还是很远，却似乎触手可及。登志夫用尽全力向船尾伸出双手，尽管明知自己够不到。

有什么东西从飞艇的窗口掉了出来。只见那东西翩翩飘落，朝登志夫飘来。

直觉告诉他——是信。齐柏林号也是一艘邮船，送信再正常不过了。

必须抓住它。

信在空中飘忽不定，但渐渐靠近了登志夫。他拼命伸手去抓。扑空了好几次，但最终还是被狂抓的左手够到了，落在了掌心。

那是一张丝滑的薄纸，触感很是奇特。刚一展开，纸张便鼓满了风。登志夫不得不用力压住，免得它飘走。


Toshio：上幼儿园的时候，我们是不是一起在龟

198

城公园见过齐柏林飞艇啊？我觉得说出来也没人信的，所以谁都没告诉。你应该还记得吧？

——夏纪

是Natsuki的信！ Natsuki……原来是"夏纪"两个字啊。

又有一封信翩然飘落。登志夫赶紧伸手去抓。

心跳加速，脖颈到后背涌出汗珠。

抓住第二封信了。

Toshio：实话告诉你，前几天我好像又在龟城公园看见齐柏林飞艇了，但我死活想不起来到底是什么时候看见的，又是怎么看见的，这感觉别提有多奇怪了。你呢？后来有没有见过？

——夏纪

错不了，就是那个夏纪。嗯，我也看到了齐柏林飞艇，没错。登志夫急忙调出键盘，打字回复。

夏纪：原来你的名字写成"夏纪"啊。没错，我们确实一起看到了齐柏林号。在我上幼儿园的时候，在龟城公园，当时家里刚办完外婆的葬礼。我谁都没告诉。但我确确实实看见了。可是就那一次，之后就再也没见过了。你前几天又看见了？要是能听你讲讲当时的情形就好了。

——登志夫

夏纪。好想，好想见她一面。他这辈子有没有如此思念过一个人？哪怕是小时候，在学者老师的带领下离开父母出国访学时，心中的思念都不及现在的十分之一。还不止。这股思念是如此强烈，仿佛是从心底喷涌而出，下一刻就要将他吞没，撕成碎片。

好想见夏纪一面。

登志夫忙着回信，差点跟丢了飞艇，他只能铆足了劲猛追。就跟在梦里奔跑似的，拖着不听使唤的身体艰难前行。不堪承受的重量，骇人的速度，焦虑，以及超越这一切的期待。

手脚都没有了感觉。原本占据着视野左侧的悬浮窗也不知去了哪里。我到底循着什么，正去往何方？

夏纪就在这里。肯定在的，就在这里。

就在这时，某件沉重，令人生畏、发怖的东西压上了胸口。就好像冒冒失失闯进了远古以来的圣地，走到深处才突然意识到自己的冒犯……呃，该怎么形容呢？那是凭一己之力难以招架的某种过于巨大的情感。直教他怀疑，

200

我真的有过如此深重的情感吗？

药效即将消退时也是类似的感觉。但不可能啊。他都是严格按时服药的，精确到分钟。不过吃药早已变成下意识的习惯，没把握的时候也是有的。今天早上吃了什么来着？是前一天在最近的便利店买的面包和酸奶。饭后……吃了药。应该是吃了的。应该。

转瞬间，脑海中闪过这样的思绪。总之，那种难以名状的、既像压迫感又似解放感的巨大力量托起了登志夫的心。平衡感丧失殆尽，登志夫不禁紧紧闭上了眼睛。可他绝不能跟丢齐柏林飞艇。必须睁开眼睛，继续追踪。

登志夫用右手捂着眼睛，就像在强风中睁眼那样，皱着眉头，透过指缝往外看。映入眼帘的，是低像素黑白显示屏上的一行字。


登志夫：抱歉，这个问题可能有点奇怪——你现在在哪儿啊？

# 9. 夏纪的夏夜祭

"啊？爸爸周末不在家？妈妈也不在？要去大子町的亲戚家操办新盆……啊？你们都要在那边过夜？怎么没人告诉我啊！"

夏纪的反感语气中透着抗议。母亲美美子一脸无奈，哭笑不得。

"哎呀，不是早就跟你说过了吗？"

母亲从小爱看电视，念的又是东京的音乐学院，所以平时说话的口音不是很重，但特别无语或大动肝火的时候，茨城口音便会暴露无遗。新盆。这么说起来……好像是听过，又好像没听过。呃，越来越觉得是听过的了。

"真的假的？什么时候说的啊？"

"都说了好几次了，还额外给了零花钱，这样你好歹能去家庭餐厅① 解决一顿。"

---

① 家庭餐厅：提供各个年龄层都能享用的餐点的餐厅，价格亲民。在中国开设门店的萨莉亚就是典型的日式家庭餐厅。

啊……见夏纪露出恍然大悟的表情，美美子便知道她反应过来了。

还真是。最近要琢磨的事情实在太多，脑容量都不够用了。对土浦的藤泽家而言，大子的藤泽家才是"嫡系主枝"。亲戚们倒也不太讲究这些（平时大家根本不记得谁才是嫡系，只有操办祭礼的时候才会慌慌张张想起来），但去年走的是大子那边的太爷爷辈，那又是夏纪小姨的婆家，所以夏纪的父母是非去不可的。虽然不用去外县，但茨城县南北狭长，考虑到电车和公交车的换乘问题，当天往返确实有些困难。要是有新干线或磁悬浮就省事多了，可关键并不在于交通工具够不够高精尖——茨城这种小地方压根儿就不可能修建那种东西。

话说去年办丧事的时候，爸妈也在那边过了一夜的。当时也是夏纪独自看家，学也是照常上的。这么一想，好像也没什么大不了的。

今天是……哦……今天是周五。8月13日，放暑假的时候，日子总是过得稀里糊涂的。昨天是周四，上了最后一节外教课，所以今天肯定是周五没错了。也就是说，爸妈是明天在外过夜。

"只要记得锁好门窗、注意防火就行了。还有，晚上别出去乱跑。锁好门窗，注意防火，锁好门窗，注意防火啊。"

母亲的茨城口音越发浓重。看来她也只是嘴上说得轻巧，担心还是担心的。可担心得越多，被担心的一方就越是满不在乎。

"知道了知道了，用不着你唠叨。去年不也是太太平平的嘛。再说了，天一热就开窗点蚊香睡觉的明明是你哎，我睡觉的时候可都是关着窗的。"

"那就给我乖乖看家。晚上别出去乱跑，听见了吗？"

"好好好。"

"说一遍就够了！"

"好——"

简直是昭和时代的漫画里才有的母女对话。

夏纪刷完牙，从弥漫着蚊香味的客厅撤回二楼的四帖小房间。房间里提前喷了些稍微高科技一点的驱虫喷雾。感觉浑身无力。今天白天都做了好些功课了，晚上就算了吧。夏纪从壁橱里拿出三折床垫和毛巾毯，刚铺开就躺了上去。

提不起劲。皮肤摸着糙糙的，额头上也长了痘痘。虽然涂了药，但还是手贱挤了一个。从身体的状态来看，"大姨妈"早该来了，但今天并没有"决堤"。她的月经还算规律，就是距离上一次会前后浮动个两三天。

今天本来说好要跟几个同班同学去龟城公园的市营游泳池的，可是在最后关头推掉了。当然，也没有人因为这种不可控的缘由而埋怨她。像运动队的女生们那样用棉条倒也不是不行，但夏纪对棉条还是有点抵触。此刻她穿着安全裤，垫着护垫，是不是应该直接换成轻薄的日用卫生巾呢？最好是赶紧来，再赶紧走吧。

难受得都提不起劲来看漫画了。呃，要看也能看。夏纪从找同学那儿借来的漫画书里抽出一本热门的少年漫画。把小型电风扇躺倒放在书桌上向上吹，调好枕边台灯的角度，为躺着看书营造好惬意的环境，然后漫不经心地看起了漫画。这本她已经看了三四遍了，但还是觉得很有意思。

不一会儿，便有轻微的困意袭来。难以集中注意力。夏纪本想把漫画随手扔在枕边，却又改了主意。她坐了起来，把漫画规规矩矩放回了书架上临时安放借来的书的地方。

前些天和格蕾丝老师拍的合影也摆在书架上。她去百元店买了个最好看的相框，把照片装了进去。相框上还有个插小纸条的地方。于是夏纪煞有介事地用红梅色凝胶笔写了一张"英语成绩 UP！"的纸条，用来自我勉励。

从某种意义上讲，周四的最后一节外教课有些令人失望。格蕾丝老师带了两个美国大使馆的人，说是她的朋友。一个是深金色头发、脸蛋微红的典型美国青年，就是美国电影里总会占据一个名额的那种——呃，叫他"青年"应该没问题吧，毕竟还没到"大叔"的年纪。另一个则是三十多岁的日本女性。上课期间，前者一言不发，只是打开了一台疑似最新款的便携式电脑，坐在教室后面。天知道他是来干什么的，也许是所谓的"视察"吧。

但让夏纪感到不自在的其实是后者。她叫满里奈，有着轮廓分明的五官和漂亮的双眼皮，洁白的牙齿跟格蕾丝老师一样矫正得整整齐齐，穿着剪裁考究的夏季套装，说起话来干脆爽快，一看就是从事外事工作的"才女"。跟格蕾丝老师说话的时候，她用的都是同学们也能听懂的英语。在夏纪听来，她的英语和格蕾丝老师没什么差别，地道得跟母语似的。这样一个人本该是无可挑剔的……可夏纪就是不乐意看到今天的课堂上出现这么一个人。至于为什么，她也说不清楚。反正就是不乐意。

格蕾丝老师让大家挨个用英语演讲，题目是"我的梦想"——这是上周就布置好了的作业。夏纪厚着脸皮说了起来，如果可以的话，想从事太空方面的研究（哎呀，说大话又不会少块肉），至少想做些为太空开发做贡献的工作。当然了，按她现在的成绩，考进有太空专业的大学的概率是 B 级[1]（竟然不是 C 或 D，把她自己都吓到了）。而且父亲所在的宇航学院对身高是有要求的，不能低于 158

---

[1] 机构针对模拟考试成绩得出的合格概率评级。A 级：高于 80%；B 级：60% 左右；C 级：50% 左右；D 级：30% 左右；E 级：20% 以下。

厘米，而她还差了足足 5 厘米。看来只能进太空开发机构或相关企业做个普通白领了？不过嘛，她毕竟是个离高考还有一阵子的高中生，梦想远大那么一点点也不会遭报应的。再说班里也有着鼓励大家志存高远、阳光自信的氛围。还有说想当画家和外交官的呢。在平时的土浦二高，这样的景象可是难得一见的。

就在夏纪怀着紧张的心情，用进步并不明显的英语演讲时，后排的美国青年轻轻"Oh"了一声。我不会是把他的电脑搞坏了吧！夏纪暗诧，教室里很亮，灯也是关着的，所以夏纪也不知道是不是自己又"闯祸"了，只能在心里跟人家道歉。对不起啊，我天生跟机器犯冲……这话用英语该怎么说来看？

大家演讲的时候，满里奈小姐和格蕾丝老师一直笑眯眯地听着。最后，满里奈小姐用日语做了一段偏严肃的总结陈词，提到了英语在国际社会中的作用、最近在世界各地频发的异变和国际合作的重要性。她还结合了几位同学的梦想，强调了学英语对实现这些梦想有多重要。不过她没有提夏纪的太空梦，大概是因为英语在太空领域的重要性太显而易见了，没必要特意提吧。

外教课就这么结束了。最后，格蕾丝老师在同学们的鼓掌欢送下，和满里奈小姐、美国青年一起走向了教职员办公室。

仅此而已。

夏纪也说不清楚自己不爽在哪里。

夜色深沉。四帖半的小房间。小小的书架，小小的书桌，剩下的空间，铺上被褥就无处下脚了。壁橱下层是用来放被褥的，上层装了衣架，用于收纳衣物。大衣这种比较长的衣服则放在父母的房间里，大书架被放在了尚算宽敞的短走廊上，免得被地震震倒时压到人。放在小房间里的大多是夏纪最中意的太空方面的书籍，外加不太想让父母看到的《亚特兰蒂斯》。由于零花钱不够宽裕，没法每期都买，所以数量不多，父母也知道这本杂志的存在，但夏纪还是想把它们收在不太显眼的地方。这就是小房间的大致情况。

夏纪钻出毯子，缓缓起身，免得头晕。掀开书桌跟前的窗帘一角，望向夜空。

月牙已经落下，星星格外明亮。单看星空，就跟冬天似的。

被巨大而温热的东西吞噬的感觉冒了出来，既不适又舒心，夏纪用鼻子轻轻叹了口气。

她取下书架上的合照，倒扣在桌上。

拉好窗帘，躺回原处。毛巾毯只盖肚子。被吞噬的感觉越发强烈。好奇怪的感觉。嗯，这种感觉一来，大概，肯定……事态的走向很好预判。

未来会是什么样子的呢？是不是在空无一物的状态下，由"现在"创造出来的呢？那过去呢？过去是不是已经消失了，变成了一片空白？难道只有"现在"是存在的吗？可要是过去、现在和未来都是"存在"的，那未来岂不是早就已经"确定"了吗？那不就意味着，"现在的我出于自己的意愿思考的事情"其实并不以我的意志为转移，而仅仅是早已确定的、从过去到未来的洪流中的现象？为什么会有既视感呢？人生总不会在结束后从头来过吧？不过这大概也不是什么新鲜的想法，应该早就有人想到过了。那个人肯定是个天才，但疯疯癫癫的，惹得艺术家朋友替他担心。不过这都是无凭无据的主观臆测。

　　夏纪试着转移注意力，奈何那种感觉挥之不去。她又叹了口气，像是烦躁到了极点，只得出一口浊气泄愤。

　　她左肩朝下侧卧着，小声嘟囔"好热哦"——天知道是在找什么借口——将穿旧了的夏季睡裤拉到膝盖以下。用右手去探左腿内侧。她不爱摸自己的胸部。那样只会有奇怪的感觉，不是很舒服。反而专注不起来。

　　不用特意想什么。只是专注于感觉。

　　渐渐地，她能感觉到那一刻越来越近了。趴在床上，双手交叠，按住安全裤和薄薄的护垫。不是搓，只是轻揉着。之后，静候腰臀顺其自然的颤动来临。

　　好像是在小学六年级的秋天稀里糊涂学会的，当时她都不知道这跟性有关。没有跟传统意义上的性爱、异性之类的东西扯上关系，所以也没有奇怪的负罪感。后来，她才通过体育课上老师含糊的三言两语和青少年杂志上更为细致深入的"启蒙"文章搞清了这是怎么回事。可即便如此，她还是没有将这种感觉与传说中的性爱联系起来。舒服的感觉会在某个节点后极速攀升，瞬间蔓延，两股间的某处微微搐动，然后就结束了。某本经常刊登大胆内容的杂志曾"科普"过：女性的舒适程度"唯手熟尔"。至于是不是这样，夏纪就不得而知了。

完事后，夏纪把睡裤拉了回去，恢复左肩朝下的姿势。

有种刚从游泳池爬上来似的疲倦感和安心感，还有独特到无法用其他事物比拟的解脱感。

难以抵挡的困意即刻降临。如果护垫黏答答的，就得换一片新的再睡了，但今天还好。而且今晚的困意格外强烈。就算真的需要，也懒得再多跑一趟厕所了。

就这样碎碎念间，夏纪坠入了深沉又惬意的梦乡。


起床时已经有些晚了，父母正要出门。送走他们后，夏纪边看高中棒球赛边做作业，中午做了沙司炒面吃。茨城县的代表队早就淘汰出局了。

其实她很想去社团活动室玩电脑，奈何盂兰盆节期间学校一律不让人进。家里只有两台文字处理机，一台是父母共用的，另一台是他们淘汰给夏纪用的。父母那台应该是带通信功能的，但她们家没跟网络服务商签约，啥也干不了。

唉，电脑。

到了下午，夏纪心血来潮，打开了自己的文字处理机。


登志夫：


打完这几个字，她愣了好一会儿。邻居家许是在看甲子园[①]直播，金属球棒的击球声透过敞开的窗户隐隐传来。几乎与此同时，解说员高呼"好球！"，欢呼随之而起。

登志夫……

她有好多想说的。多得不得了，打都打不完。药房的事、齐柏林飞艇的事、龟城公园的事、电子邮件的事……还有最重要的——登志夫究竟是谁？你到底在哪里，又是怎么给我回信的？难不成是黑客？


登志夫：抱歉，这个问题可能有点奇怪——你现在在哪儿啊？

---

[①]甲子园：因为每年春夏两季的全国高中棒球锦标赛在甲子园球场举办，人们常用"甲子园"指代比赛本身。

唉，果然是个奇怪的问题。

　　夏纪抬头仰望窗外，发了会儿呆。思绪难以集中。为什么？是有点困吗？还是因为例假要来了？可这感觉到底是怎么回事啊？

　　夏纪将目光挪回文字处理机的屏幕上。这种恍惚感到底是怎么回事？

　　登志夫睁开眼睛。映入眼帘的是老旧的黑白液晶屏。粗糙的像素点拼出一行字。

　　登志夫：抱歉，这个问题可能有点奇怪——你现在在哪儿啊？

　　登志夫并不觉得这是个特别奇怪的问题。用智能手机联系不知身在何处的人时，问出这句话的频率还挺高的。可要是有人问起"你现在在哪儿"，登志夫还真不确定怎么回答才是最妥帖的。

　　"这里"应该是土浦光量子计算机中心的某个房间。可他无法理解眼前为何会出现如此老旧的显示屏。眼镜又是什么时候摘下的？

　　他想环顾四周，身体却不听使唤。视线在显示屏和键盘之间徘徊游走。

这么问是有点怪，可问都问了，索性再多问几个问题好了。还是该先写写自己的情况？夏纪再次敲击起了键盘。


我①在这里。可这里是哪里呢？


嗯？怎么搞的？

夏纪盯着显示屏。这些字是她打出来的吗？

"我"？"我"是谁？文字处理机跟前明明就她一个啊。这到底是怎么回事？难道是刚才发呆的时候，手自说自话动了？

屏幕上的字还有下文。


你是谁？


"这都什么啊？怎么回事啊？！"

夏纪不禁惊叫出声。

登志夫愕然。他压根儿不想说这句话，声音却兀自冒了出来。而且还不是他的声音。更离谱的是，那分明是

---

①登志夫使用的是男性常用的第一人称"僕"，所以夏纪才会觉得不对劲。

女性的声音……准确来说，是少女的声音。听着跟他差不多大。

"你问我，我问谁啊，我也不知道啊。"

似乎……有人在夏纪的脑海中如此说道。其实她什么都没听见。却又听得清清楚楚。真是"听见"了吗？这到底算什么？

不会是心电感应吧？！

夏纪下意识环顾房间，然后鬼使神差地起身拿出插在壁挂收纳袋里的带柄镜子。镜子的直径有十五厘米左右，还挺大的。然而镜中并没有出现附身的妖魔鬼怪。

登志夫恍然大悟，倒吸一口冷气。

是夏纪！分明就是那份数据拼成的少女。不是小时候的夏纪。

"……夏纪？你是夏纪……吧？"

他畏畏缩缩地唤道。夏纪再次环顾四周。房间里没别人。脑子里却有声音。身体也……怎么说呢，感觉跟平时不太一样。

站着总觉得晃悠悠的，于是她坐回了书桌前的椅子，盯着文字处理机的屏幕。

"登志夫……？"

"对，我是登志夫。我也说不清到底发生了什么……"

夏纪的恍惚感骤然崩裂，脑海中发生了两次小规模的爆炸。

这是……

咱们老亚特兰蒂斯人可不能慌，得想办法查明真相。心脏在狂跳。绝非一般的心跳加速可比。借鉴语文课本上的说法，就是"心跳如警钟"吧。话说回来，现在的日本又有多少人真的听过急促的警钟呢？……啊，又跑题了！

夏纪拿起放在左手边的猫咪马克杯，喝了一口凉透了的速溶咖啡。她口干舌燥。现在应该……稍微冷静一点了。希望如此。

猫咪图案的马克杯，高二用的教辅，小小的日式房间，登志夫细细观察目光所及之处。彩色凝胶水笔，贴着百合花标签的玻璃瓶，和外国女性的合照下面是"英语成绩 UP！"字样的小纸条。照片中的另一人显然就是噪声数据中的少女，也就是夏纪。地点嘛，至少可以确定这里是日本。眼前的东西……肯定是文字处理机。虽然登志夫是第一次看到实物，但应该不会错。

"穿越"二字在登志夫的脑海中一闪而过。用 3.5 英寸软盘的黑白屏文字处理机——时间也许没有昭和那么早，但搞不好还没到 21 世纪。

就在这时，身体主人的视线从文字处理机移向了书架。一排《亚特兰蒂斯》赫然入目。"最新 UFO 研究！""远古碑文大揭秘！""重磅特辑！秘密结社的超科学！"

亚特兰蒂斯？这种题材不是 $MU$ [①] 的拿手好戏吗？

不过现在可不是纠结这些的时候。说时迟那时快，插在玄乎杂志旁边的一本书跃入了登志夫的视野。

《摄影集：从月球基地仰望太空》。

月球基地……？

到底是怎么回事？这不是 90 年代末吗？登志夫只想双手抱头，身体却不服从他的指令。心脏剧烈跳动，热血涌向头部。感觉像自己的心脏和头，又不太像。

"你是登志夫？"

夏纪再一次战战兢兢地在脑海中呼唤，没有回应。但她能感觉到"他在"。又问了一遍，还是全无回应。于是她鼓起勇气，问出了声。尽管在旁人看来无异于疯人的自言自语。

"你是……登志夫？没错，我是夏纪，是夏纪啊！"

"果然是你啊。嗯，我在这里……我就是登志夫。虽然这么说感觉怪怪的。"

双方重新自报家门。

"可这是怎么回事啊？为什么你能在我的脑袋里说话？登志夫，你……你不会是阿、阿飘……吧……？"

"才不是呢。我也不知道自己为什么能这么跟你对话。

---

① $MU$：真实存在的神秘学期刊。

不过我参与了某种特殊的计算机的研发工作……"虽然只是个兼职的小杂工，"期间出了一点意外。"

登志夫故意没提"夏纪的数据以噪声的形式混入系统"一事。他不想让夏纪误会自己在责备她。考虑到她的感受，这部分被他跳过了。

可是照我的情商，是没本事想到这一层的。能想到就很不容易了！

"什么电脑啊！听着好厉害！是什么原理呢？"

"厉害是厉害，但也没有厉害到能引发这种奇怪现象的地步。不过，我……呃……在访问量子计算机的时候，确实有过想见你一面的念头……"

登志夫实话实说了。

"渔夫①计算机？！"

怎么可能叫这个。

量子……说时迟那时快，夏纪的脑海中出现了模糊的画面，还有好几个公式。既然达到了能看懂科学期刊的水平，她至少能理解那些东西是什么了。不过，量子计算机……这好像不是我的能力啊。登志夫看着挺聪明的。难道是他的力量作用在了我身上？

可夏纪还是不敢相信，世上真有那么厉害的电脑。太

---

① "量子"和"渔師"（渔夫）在日语中同音。

科幻了……虽然她平时会尽可能从报刊杂志上获取跟科技——尤其是与计算机技术有关的信息，却从没听说过什么量子计算机。虽说进入新世纪后，量子力学已经不再是异端科学了，但她还是不敢相信，真的有人在实际运用它。

登志夫到底是从哪儿来的？他不会是外星人吧？还是从未来穿越过来的？嗯，一定是从未来穿越过来的。

登志夫也想先搞清楚"现在"是什么时候，也就是夏纪所处的时间。是21世纪初？还是20世纪90年代？也许那本关于月球基地的书只是虚构的艺术画册。

夏纪不由自主地看向书架上的猫咪日历。

日历上的日期令登志夫瞠目结舌。就是"现在"，跟他所处的时间一样。而且夏纪这边是8月14日，分明是比他那边还要快三天的"未来"。

不知为何，夏纪在看到日历时也同样感到了一点点惊讶。她忽然察觉到，登志夫并不知道现在是什么时候，也不知道自己身在何处。

她再次看向文字处理机。这一回，屏幕上的字没有消失。夏纪小心翼翼地给那几行字配上今天的日期，保存在了软盘上。

只要找到一台智能手机，就能大致摸清这个世界的情况，不必一一问夏纪。刚才他都用意念在文字处理机上打出字了。只要想办法让夏纪放松对身体的控制，搜索应该是不成问题的。

"能让我用一下智能手机吗？"

"智、能、手机？啊？啥？智能……手……机？"

怪了。虽然只快了一点点，可这里明明是未来啊。该不该在这个节骨眼上解释"智能手机"是个什么东西？

"呃……啊？什么？能当电脑用的移动电话？这也太科幻了吧……"

越来越科幻了。

夏纪似乎能感知到登志夫的部分心绪。

"东京那边的商务精英倒是有你说的那种移动电话。长得跟电视遥控器似的，但比遥控器多一个小液晶屏，你说的是那个对吧？要上网的话，可以去图书馆或者学校……啊，可是盂兰盆节期间，那些地方都不开门。"

"那先回答我一个问题。抱歉啊，这个问题可能有点奇怪……那本书，就是架子上的那本摄影集，里面收录的是真的照片，还是虚构的艺术作品？"

"你想啥呢，当然是真的照片啊。"

夏纪翻开摄影集给他看，介绍说书里都是从美国的月球基地拍摄的天体照片。倒也不是完全不像仿真艺术或CG，可这未免也太逼真了。

莫非……真是"真"的？

诡异的感觉笼罩在夏纪心头：我看到的东西，登志夫也能看到？但他好像不敢相信人类已经在月球上建设了基地。

"登志夫，你到底是从哪儿来的啊？说出来的话那么科幻，却又不相信月球上有基地，好奇怪啊。"

我还想问你呢，感觉世界都乱套了……话到嘴边又被登志夫连忙打消。幸好夏纪应该还没察觉到。他们似乎共享了身体和感官，思想和情感也实现了某种程度上的联通，但没有"要让对方知道"的强烈意愿，就会增加交流的障碍。不过话又说回来，麻烦是麻烦，但总比想什么都会被对方知道要好。

家里有点热，但夏纪还是把窗关了。跟登志夫交流的时候，还是"说出声"的效果最好。她的音量倒没有大到会被外面的人听到的地步，就是觉得自己跟个自言自语的怪人似的，有点难为情。

呃……其实眼前还有一个更要命的问题。

刚刚上厕所的时候，她发现例假来了。这次是真的"决堤"了。当时量还不多，所以垫着轻薄日用卫生巾……

这是怎么回事？登志夫也察觉到了夏纪隐隐的腹痛。她是不是闹肚子了？可这种痛感跟肠胃炎截然不同，是来自身体深处的钝痛。深处……嗯，感觉比脊椎和骨盆还要深。

夏纪心烦意乱。啊啊，来了。每月都躲不掉的潮涌感要来了。

重回自我意识的登志夫心头一跳，倒吸一口气。怎么搞的？他自己没有尿意，可能是夏纪快憋不住了？同时他再次感觉到，本该有睾丸和阴茎的地方空空如也。

"夏纪，呃……"

得尽快离开夏纪。如果可以，他巴不得立马消失。

"要是我接下来说的话冒犯到了你，你可千万别生气啊……话说你要不要……去趟厕所啊？"

"用不着！"夏纪下意识嚷道。还好窗户都关上了。"不用你管！"

"可是，呃……那个、呃……再、再憋下去……不会……漏出来吧……？"

说到最后，几乎变成了夏纪都不一定能听见的呢喃。

"才不会呢！什么鬼！我又没在憋！这是……"

眼角突然一热，泪水夺眶而出。

"你……想岔了……我就是……来例假了……"

例假！

对哦！女生还有这个问题……登志夫这才反应过来，急忙喊道：

"那就更得去厕所了啊！反正我——"

"反正我也没什么非分之想"差点脱口而出，幸好及时打住。他已经摸到窍门了，这句话应该没被她"听见"。虽说他是一片好心，但在这个节骨眼上说这样的话总归是不太合适的。

这种关心人的天赋，果然并不属于我。

"我……呃，我不会打扰你，会尽可能压低存在感的！赶紧去吧！"

"要我说几遍啊！我现在不想上厕所！"

"可是都……溢出来了……"

夏纪突然猜到了什么。

热血上头。她一口气嚷道：

"听好了！例假跟大小便不一样的，没法去厕所哗啦啦地解出来！例假是！是……自己流出来的！所以才要垫卫生巾！早就听说男生会有这种误解，没想到还真有人是这么想的，离谱！"

屈辱，羞耻，愤怒？这股奔流是什么？天知道。夏纪号啕大哭，又不明白自己为什么会掉眼泪。上次哭成这样，搞不好还是上小学的时候。脑海中的某个角落却异常冷静，感叹着"上一次爆哭还是小学六年级刚放完寒假的时候呢，因为跟小薰吵了一架"。

真想原地消失。要是有办法消失，登志夫真想立刻实践。

许是因为哭得太用力了，又是一阵潮涌。糟糕，可能

222

真得换量多日用款了。

登志夫保持沉默。最好能让夏纪觉得他已经消失了，也许这样她能稍微放心一点吧。

夏纪弯下腰，从放在榻榻米上的纸巾盒里胡乱抽了几张纸擤鼻涕。眼泪和鼻涕止也止不住。

哭得差不多了，情绪稍稍平复后，夏纪将右手按在胃的上方，像是在安抚颤抖的横隔膜，调整了一会儿呼吸。她并没有登志夫已经消失的感觉，但厕所是非去不可了。还是得换量多日用款。

登志夫反复默念，我得尽可能压低存在感。哦，这就是体贴别人吗？那感觉就好像突然搞懂了一个不明白的数学公式，周围的风景都为之一变。

不过一跟夏纪分开，他怕是就要被打回原形了。


"登志夫，你还在吗？"

夏纪开了客厅的空调，一边往榻榻米上铺毛巾毯，一边在心里呼唤登志夫。夏纪也一点点掌握了要领，现在她不用开口说话，也可以和登志夫交流了。

"对不起，我还在。"

其实不用多此一问，她知道登志夫还在。

铺在下面的是毛巾毯，盖在身上的是春秋两季用的厚毛毯，很暖和。

"我要打个盹。你放心，我没病。就是来大姨妈……来例假的时候，时不时会莫名其妙犯困。"

"这样啊，知道了。我也有点困。"

夏纪钻进毛巾毯和厚毛毯之间。

"不过夏纪啊，与其盖这么厚的毛毯，干吗不关掉空调，什么都不盖呢？怎么说呢，呃……在我的世界，这么浪费电还是有点心虚的。"

"这边也一样啊。可我怕肚子着凉……"

"不开空调不就不会着凉了？"

"会的！夏天的生理期比冬天还难熬！冬天还能多穿点衣服，贴个暖宝宝、钻进被炉里窝着也好，可夏天不行啊，捂着肚子会热，开空调又会冷！"

"可女生不是比较扛冻吗？"

"谁说的！"

夏纪忍不住吼了回去。

"女生在大冬天都穿着不到膝盖的短裙……"

"是有人那么穿！是有人那么穿没错！可她们也不是不冷啊，只是要风度不要温度！你是不是傻啊！我可以很明确地告诉你，女生才不比男生扛冻呢！"

"对不起，真的……对不起。"

气归气，但困意渐渐压过了怒火。夏纪闭上眼睛。刚才明明那样生气，心情却随着困意的降临迅速平复了下来。

"我也该跟你道个歉，刚才可能说得太过了。不是'可能'，确实是太过了。脑子有点混乱……可这到底是怎么回事啊？你是从哪儿来的啊？像哆啦A梦那样从未来穿越过来的吗？"

"我也解释不清楚。但至少……不是未来。我刚才看到了日历上的日期，跟我所在世界里的差不多。"

这边反而还快上几天。

"可你们那边不是有量子计算机吗？这个世界可没有那么厉害的电脑。"

"我的世界也没有在月球和火星上建基地啊。从这个角度看，你的世界还更有未来感呢。"

"这算什么啊……是不是传说中的平行世界啊？难道我们是平行接触者（Parallel Contactees[①]）？身为老亚特兰蒂斯人，我还挺想提这个假设的。"

"平行接触者啊……这是个神秘学术语吧。对了，我刚才扫了一眼书架上的杂志，你们那边的神秘学杂志叫《亚特兰蒂斯》？好奇怪啊，不该是 *MU* 吗？"

"你们那边的叫 *MU* 吗？好怪哦。"

"不过我也在考虑平行世界的可能性。"

---

①接触者（Contactees）：宣称与外星球生物接触过的人，或者有证据指出被外星生物接触过的人。

"哎，没想到啊。你也信神秘学？"

"那倒不是。顶尖的物理学家们都觉得存在平行世界并不稀奇。我也不排斥这种观点。"

"管它是不是平行世界呢，我们总不会……一直这么下去吧……？"

"我也不知道。"

要是有办法让自己消失就好了。如果奉上生命就能结束这种局面，登志夫绝不会有一丝犹豫。

"你看到我的脸了是不是？可我怎么就看不到你的脸呢？多不公平啊？"

"可我也……"

"啊！其实我见过你的！哎呀，中城町的高架跟前不是有家药房吗？叫什么来着？你上周是不是去过？还叫了我一声？"

"中城町？土浦没有这个地名啊。我确实去过高架跟前的药房，可是没见到你啊。"

"怎么会！你还冲我挥手了，好像有话要对我说。"

太奇怪了，根本对不上。

"我一看到那个人的脸就想，'啊！是那天的小男孩，是登志夫！'……"

好困。夏纪的身体很困，所以登志夫也困。身体的最深处仍在隐隐作痛。

226

"不对劲的地方实在太多了。不过夏纪，我们遇到的这个状况本就很离奇，捋顺各方面的逻辑大概是不太可能了。"

夏纪半梦半醒着应了一声，已经困得快失去意识了。

夏纪……后来他又抓住了几次看镜子的机会，还无意间看到了原本不该看的——但也许是男人才更应该知晓的秘密。不过这个娇小、脆弱却也坚强的女生让他生出了深切的怜爱。夏纪确实不是那种回头率很高的大美女，甚至可以用普通来形容，至少不是堪当主角的类型。但登志夫能感觉到她一直以来对自己有多重要，现在更是……唉，该怎么说呢？只怪我能力不济，想不出贴切的表述。多亏了夏纪，世界变得更广阔了，可我还是无法准确地表达这种情绪、这种感觉和我心中的所有，一切的一切都让人心焦。

天知道这种状态会持续多久。在此期间——也许是夏纪的一辈子——我到底该怎么做才不会伤害到她，让她伤心难过呢？

好困。

夏纪早就闭上了眼睛。

两人都坠入了梦乡。

有个看上去年长几岁的少年跟梦中的夏纪搭话。少年？不好说。也许用"青年"来形容他才更贴切？他个子很高，穿着普通到极点的白衬衫和牛仔裤，但隐约散发着跟别人不一样的气场。夏纪一眼就认出来了，他就是那个时候指着齐柏林飞艇嚷嚷的男孩未来的模样，也是那天透过药房的窗户看到的那个人。好怀念，仿佛是找到了苦苦寻觅的东西，又仿佛是发现了一直在身边却浑然不知的东西……嗯，好像摸到了魂牵梦绕的世界开口，满满的不可思议。

然而……登志夫还是拼命想跟夏纪说些什么，她却死活听不到他的声音。


睁眼时，痛经仍在持续，黏稠深重的困意倒是消失得干干净净。登志夫还在。不说话也能感觉到。

可夏纪今晚实在是懒得开火了。爸妈显然也预料到了这种情况，额外给了她零花钱，去便利店随便买点吃的解决一顿也不算过分吧。于是她换了一件稍微像样点的衣服，穿过佃煮店边的小巷往大马路去。只见一对穿着浴衣的母子迎面走来。

"对哦！今天龟城公园有盆舞[①]大会。难怪妈妈说了好几遍'晚上别出去乱跑'……"

说起龟城公园的盆舞大会……还记得上初中的时候，

---

① 盆舞：盂兰盆节跳的一种集体舞，以手部动作为主，类似于今天的 Para Para。

夏纪被居委会告知收到了主办方的邀请，穿着浴衣在高台上领过舞。在当年拍的一张照片里，她也不知道是哪根筋搭错了，竟然摆了个瓦肯人①的手势，现在回头看看都成"黑历史"了。扯远了。

夏纪握紧装着钱包的小挎包，掉头回家。

"怎么了？不是要去买吃的吗？"

"嗯……我想出去逛逛……就一下下也不行吗？"

"逛？去哪儿逛啊？"

"盆舞大会。哦，不是去跳舞啦！只是去逛逛夏夜祭。"

"怎么能自作主张地出门呢！大人会担心的！"

"不要紧的啦，天都没黑，就逛一下下嘛。"

要是登志夫怂恿她去，她反倒不会去了。可他这么一劝，她就非去不可了。

快六点了。不过盆舞大会一般都是九点前结束的。只要赶在那之前……不，最迟八点多到家，就不算"晚上出去乱跑"了吧。因为社团活动搞到七点多才到家的情况也是有的，但爸妈也没说什么。跟夏至那会儿相比，白天确实是短了一点，但龟城公园到站前商店街的人行道顶篷都装着电灯。再加上今天有盆舞大会，街上还是挺热闹的。

---

①瓦肯人（Vulcan）：美国著名科幻作品《星际迷航》*Star Trek* 中的外星人。夏纪所说的手势是瓦肯举手礼：中指与食指并拢，再将无名指与小指并拢，最后将大拇指尽可能张开。

去都去了，干脆换上浴衣吧。下周末要去妈妈的老家虫挂，说好了要放烟花的，所以浴衣已经拿出来了，眼下正晾在储物室的衣架上。即便稍微弄出点褶子，也能用"练习穿浴衣"的理由糊弄过去，爸妈说不定还会夸上两句。

再说还有登志夫陪着。虽说不是物理层面的陪伴，但在关键时刻，他的判断力……应该还是靠得住的吧。

登志夫还是放心不下，奈何夏纪的身体已经换上了穿在浴衣里面的大领口 T 恤衫，还在安全裤外面穿了一条到膝盖下面的阔腿衬裤，他也不知道这东西到底叫啥。

端折①是用缝线固定住的。从初二到现在，夏纪只长高了一厘米，直接穿就行。

系半幅带②之前，先用伊达带③固定。半幅带打成最简单的文库结④，但上次打已经是去年暑假的事了，以至于翻来覆去试了三次。摸准两头的长度后，打出来的结一下子就好看了。在腰带的前侧插入垫板。搞定。

登志夫茫然无措地"旁观"了这项大工程。夏纪说浴衣很好穿，可事实远非如此。没想到女生的衣服穿起来这么费劲。浴衣都这样了，正式的和服得麻烦成什么样啊，

①端折：穿浴衣时需要在腰部折叠布料调整长度，"端折"指的就是这个折叠的部分。
②半幅带：15 厘米宽的腰带，是普通腰带的一半。
③伊达带：固定领口位置的配件。
④文库结：腰带结的基本型，类似于蝴蝶结。

简直难以想象。

藏青色的料子缀以蜡染的五彩雪轮[1]——对登志夫而言，"雪轮纹样"也是个生词——高中生穿这样的浴衣或许是孩子气了些。要是颜色再少一点，也许会显得更成熟，但夏纪很中意这个图案。

说实话，登志夫也很想去这个世界的龟城公园看看。

夏纪把钥匙、塞着两张千元钞票的零钱包和一片量多日用卫生巾塞进垫板内侧的缝隙，煞有介事地检查了门窗，朝龟城公园进发。

现在才傍晚，傍晚！不算"晚上出去乱跑"！

龟城公园的盆舞大会阵仗很大，仅次于十月的烟花大会。不过与烟花大会不同的是，这项活动吸引不了全国各地的游客，顶多就是土浦周边的居民自娱自乐。公园北边的本丸遗址搭起高台，六七个漂亮姑娘在上面轮流领舞。她们围成的圈子里放着和太鼓[2]，两个帅气的男生抢着鼓棒。

至于扬声器播放的音乐，登志夫只听出了《东京音头》和《哆啦A梦音头》[3]，其余大多是他没听过的曲子。但对夏纪来说，那都是从小听到大的盆舞伴奏。只不过她从小听的就是破音的扬声器，所以并不清楚歌词，只能

---

①雪轮：以雪花为原型的圆润六角形图案，历史可追溯到平安时代。
②和太鼓：日本传统鼓类乐器的统称。
③这两首都是纳凉盆舞的经典伴奏。

捕捉到几个关键词，诸如"土浦""霞浦""筑波"和"公鱼①"。

高台四周的阔叶树和松树上拉了电线，挂着装有LED灯泡的灯笼。灯笼是用明黄色、粉色和黄绿色的纸糊的，上面印着赞助盆舞大会的周边企业和商铺的名字。换成典雅的素色灯笼，会场的整体氛围大概会更稳重一点，但夏纪并不讨厌这种廉价感。

穿浴衣的情侣还真不少。根据登志夫的观察，男生引导女生、女生跟着男生的情况似乎要多一些。在高台上领舞的都是外形出众的女生，打鼓的男生也很帅气。这种氛围就很有复古感。再加上只在昭和年代的影像资料里见过的塑料面具摊和膨化米果摊，登志夫再次品尝到了穿越回过去的感觉。

"上小学的时候，我还以为有游乐设施和市营游泳池的二之丸才是公园的'主体'，但这边的本丸遗址面积更大，从各方面来说都是公园的核心区域。秋天还会在这儿办菊花节呢。有时还有……叫什么来着？薪能②？之前还搞过江户炮术表演。当然啦，放的是空炮。小时候我还来这儿捡过橡子呢。不过阿森的妈妈不让我带回去。"

---

①公鱼：学名为西太公鱼（*Hypomesus nipponensis*），盛产于茨城县（霞浦）以北。
②薪能：夜间点篝火上演的户外能乐。

"哦，她大概是觉得大自然的东西就不该带回家吧。这也算是一种保护自然的理念了。"

"不是因为这个。"

"啊？"

"说是把橡子塞进抽屉里，好几个月都不收拾，容易……容易长虫子。"

"哦，原来是怕这个啊！"

"嗯，说是有个男生家里就是因为这个闹了虫灾。好像是石滨吧。他闯过不少跟虫子有关的祸。他是很懂虫子啦，但他爸妈肯定没少收拾烂摊子。"

说实话，登志夫还挺怕虫子的。

"小时候大家都很喜欢虫子的，可是不知不觉就开始怕了。我现在连蜻蜓都不敢碰了。"

"实话告诉你，我从小就怕虫子。总觉得它们凑在一起是在策划什么阴谋，那种机械感很强的外形我也不太受得了。老实说，我从没主动碰过虫子……你大概会觉得这样的男生很没用吧。"

"怎么会？这跟性别没关系啊，一点也不奇怪。"

登志夫片刻前还觉得这个世界的氛围有点"落后"，没想到夏纪比他更不受传统性别观念的束缚。至少……

"夏纪！"

突然，身后有人拍了拍夏纪的肩膀。登志夫吓了一跳，夏纪也禁不住怪叫一声。下意识回头看去……糟糕，穿着浴衣的时候，举手投足都讲究一个"慢"字，不然衣服分分钟就垮了。

"一个人傻站着干什么呢？"

"……由奈酱。"

其实夏纪跟她不太熟，照理说是不能这么叫的，奈何她主动要求大家这么称呼，听着就跟粉丝给偶像起的爱称似的。她长得很漂亮，跟私立学校的女生一样抢眼，在班里也是金字塔尖的人物。一袭缀有大朵鲜花的白色浴衣，配上硕大的造型腰带。身后还跟着几个同样穿着华丽款浴衣的女生。

由奈露出不带一丝挖苦的动人笑容。

"怎么啦？要是碰上了什么麻烦，我能帮上忙吗？"

她就是这种人。谁都看不穿她是真的心善，还是在阴阳怪气。但夏纪始终没法对她敞开心扉。也许是天生的直觉使然，说成"普通女孩的自保秘诀"也行。

"没什么。就是在……等人。"

夏纪好不容易才挤出一句话来，笑容很是僵硬。不管她怎么努力，都没法笑得像由奈那么好看。

"哦。"

由奈像是立刻就没了兴致，谁知片刻后又杀了个回马枪。

"等男生呀？"

"嗯。"

这回倒是答得很自然。心跳却有些乱。这种紧张到底是哪儿来的呢？

"哇……"

女生们咯咯直笑，你推我搡。

嗯，其实人已经等到了。她现在确实是跟一个男生在一起。从这个角度看，倒也不算撒谎。

"可我看你在那儿站了好一会儿了，不会是被放鸽子了吧？"

不知名的别班女生说道。

脑子里有什么东西在飞速运转。这种场合也用不着太机智的说辞。

"不会吧……哎？话说这里是二之丸吧？"

夏纪故意说错。

"啊？这里是本丸啊，你连这都不知道？"

另一个女生说道。这个是夏纪班上的，成绩挺好，但为人有点刻薄。

"是吗？哎呀，完蛋了。那我先走啦，抱歉！回头见！"

夏纪快步走向本丸和二之丸之间的箭楼。走远前瞥了一眼，她们脸上似有失望，但或许只是心理作用。不过，她至少以最小的代价脱身了。

"谢啦，登志夫。我就知道你够聪明，这招可太妙了。"

"我可没这种随机应变的本事，那是你自己想出来的。挺好的，这么说不会伤到任何人，也不会惹出什么麻烦来。"

嗯，事后评论的本事还是有的。在人际关系方面，我总是事后诸葛亮。登志夫暗想。

"可要是过会儿又在二之丸碰上了怎么办啊……"

"放心吧，她们几个还挺惹眼的，留心观察着就好了……哦，不过你要是想回去的话，什么时候走都行。"

尽管登志夫并没有这么宽宏大量的资格。

"嗯……我想再逛一会儿。这边的摊子还多一点呢。"

穿过箭楼门洞，来到二之丸遗址。这边的扬声器也在放音乐。放眼望去，有射击、捞金鱼这种规模更大的摊位。孩子们拿着五颜六色的棉花糖到处撒欢，钓水球、发电机的轰鸣、大阪烧和小蛋糕的香气，光华璀璨，仿佛有什么闪闪发光的东西从天而降。

登志夫自始至终都有穿越回了过去的错觉。嗯，这样的夏夜祭，他只在几十年前的录像资料里见过。当然，登志夫那个世界的东京也有小摊，但……怎么说呢，那些摊子都在管控之下，更加井然有序，商业味也更重。

夏纪穿行于摊位之间，留心观察四周，以免碰上那群女生，同时跟登志夫有一搭没一搭地交换感想。

她还背着登志夫在心底偷想：嗯，我也不是想一个人来凑热闹。

那是想和登志夫一起来吗？

啊？这话从何说起啊……

"啊！快看快看！那边有田鳖①占卜！天哪，没想到现在还有人玩这个！"

为了不让登志夫看穿自己的心思……不，其实是为了糊弄自己，夏纪故意表现出夸张的惊讶。

"田鳖占卜？你说的田鳖，是那种水里的虫子吗？"

"对啊，你不知道田鳖占卜吗？我也就小时候见过一次，都不记得具体是什么时候了。就是摆个圆形的水缸，说盆子也行吧。中间是空的，周围分成好几格，写着'大吉''凶'什么的。把田鳖放到中间，看它游到哪一格，就能占卜出客人的运势了。"

"我还真不知道……你不会凑上去看吧？"

"不去不去。你不是怕虫子嘛。"

夏纪背对着田鳖占卜的摊子，将它排除在视野之外。可这样一来，就势必会看到巧克力香蕉。

"登志夫，要不买根巧克力香蕉吧？"

"可以有！我也爱吃。"

真要让登志夫选的话，他也会选巧克力香蕉而非苹果

---

①田鳖：桂花负蝽（*Kirkaldyia deyrollei*），半翅目中最大的水生昆虫。

237

糖。上次吃是什么时候？也许是上初中的时候。那就是本该上小学的年纪。

夏纪买了一根撒满彩针糖①的巧克力香蕉，价格比普通款略贵一点。巧克力的香味扑鼻而来。当场吃掉倒也不是不行，但她怕碰上由奈她们，于是爬上了二之丸的那座小山丘。这里没有灯笼，毫无景致，所以没什么人。

本以为会被情侣占领的长椅奇迹般地空着。

细想起来，巧克力香蕉不过就是便宜的巧克力加普通的香蕉，可它怎么就这么好吃呢？夏纪细嚼慢咽，还摆弄了会儿剩下的竹签。

二之丸的山丘。嗯，她当年就是在这里跟登志夫一起看到了飞艇。

没有扬声器对着这里，所以还挺安静。

"登志夫，你还记得吗？"

夏纪点到为止，登志夫却已心领神会。

"当然记得。一刻都没有忘过。"

"我们真的……看到了吧？"

"看到了。GRAF ZEPPELIN LZ127——绝对没错。我还记得那天你穿着连衣裙，不是黑色的就是藏青色的。领子是白色的，下面有两颗竖着的人造珍珠饰扣。"

---

① 彩针糖：点缀在糕点上的条状巧克力糖。

238

心中的缝隙被渐渐填满，仿佛有一只温暖而柔和的手牵住了自己。

"你好厉害啊，记得真清楚。我都不记得了。但老照片里确实有那么一条连衣裙。对不起啊，我不记得你穿了什么。"

"没关系的，记得我就足够了。"

记住自己的不是别人，而是夏纪。夏纪还记得我。这就足够了。

"可齐柏林飞艇后来在海军基地爆炸了。我们可能是最后一批看到它在天上飞的人，想想还怪伤感的。"

"啊？它没有失事啊！后来还飞去了美国，圆满完成了环球之旅……"

然而，登志夫的脑海深处确实有"齐柏林飞艇失事坠毁"的记忆。

"真的假的！你们那边的飞艇没出事吗？！不过最近听老师说起当年的事情之前，我一直都以为它没坠毁呢。"

"我倒是一直以为它坠毁了。最合理的解释大概是我把齐柏林号跟兴登堡号记混了吧，可也不知道为什么，我一直都是这么想的。"

两人都陷入了沉默。太离奇了，就跟记忆交错了似的。

夏纪和登志夫仰望天空。夕阳西下，天顶已然暗得能用"夜空"形容，却仍是薄云缭绕，看不见星星。看着看着，只觉得夏夜祭的喧闹和破音的伴奏都在逐渐远去。

好像能感知到什么东西。是什么呢？感觉它一直在那里，一直等待着夏纪和登志夫。仿佛下一秒就要对上焦，呈现在他们眼前了。

"啊……"

夏纪下意识发出一声轻呼。

周围飘浮着什么东西。

土豆沙拉、在战斗机驾驶舱看到的 UAP、被冲到遍布石块的海滩上的空罐、蓝宝石、原子核模型、动态 NFT 艺术、消音室用的吸音板、刺猬、花朵图案的碟子。

戴着兔耳的少女莞尔一笑。

"这、这都是什么啊……？"

"元宇宙。该怎么解释呢……互联网中有各种各样的世界，世界里有各种各样的东西，而你现在看到的，就是那些东西的碎片。"

"这是你所在的世界？"

"应该说是我们那边的网上世界……"

上下都分不清了。天知道他们是身在夜空，还是被困在了明亮的球体中，抑或是在窥视自己的内心。

在二之丸的山丘上，在夏纪和登志夫的不远处，分明有一群穿着土浦一中冬季校服的学生，男女皆有。其中一个男生指着天空。

"我就是在这儿看到的，真的！"

"不会吧，我不信。"

"不骗你，我真的看到了！"

"真的真的，我也看到了。是火箭吗？"

"从筑波发射的？"

"怎么可能啦，可我真看见一个跟横放的火箭似的东西慢慢飞过去了。"

"嗯，超级大。一中的操场搞不好都装不下！"

"不能吧，到底是什么啊？"

夏纪和登志夫面面相觑……就当是面面相觑了吧。

眼看着那群初中生越来越靠近，几乎要撞上了，夏纪和登志夫不禁闭上了眼睛。眼皮是合上了，但形形色色的东西飞来飞去的世界并没有消失。慢跑时驻足仰望的青年。坐在长椅上看着天空，惊得合不拢嘴的两位老婆婆。飞快地在手头的笔记本上速写的孩子。许多人都在这里看到了齐柏林飞艇。

"登志夫！快看那儿！"

夏纪指了某个方向，那只手却像是男人的，还戴着厚厚的白手套。

"哪儿啊？你看见什么了？"

登志夫环顾四周。螺丝、皮草大衣、恐怖电影里的面具、绿色的煎饼、眼镜。错了。不，没错，对了。好像……能看到。

哑光银的气囊，五台迈巴赫发动机的轰鸣……

看到了……！

在冒出这个念头的刹那，一声巨响传来。夏纪猛地回过神，仿佛刚做完一场梦。她依然坐在二之丸山丘的长椅上，手里依然拿着留有巧克力味和香蕉味的竹签，仰望着天空。

尖叫声四起。夏纪愣了足足三十多秒才渐渐反应过来。并没有什么巨响，只是喧闹的伴奏戛然而止，灯笼里的灯泡也都熄灭了。

只有靠发电机供电的摊位还亮着。

"停电了！原来是停电了。你看啊，夏纪，那边的楼房都没亮灯。"

"还真是……"

一站起来，便有经血渗入卫生巾的感觉。

"夏纪，买点章鱼烧什么的带回去吃吧。家里的厕所总比公园的让人安心。"

"嗯，谢啦。"

夏纪嘴上应着，眼睛却仍有些恍惚地打量着四周。真的停电了。岂止是公园，125号国道和龟城广场那边，还有山丘东边的城区都是一片漆黑。

"搞不好又是我闯的祸……虽然这么说挺中二的。"

"啊？你干什么了？"

"我这人啊，就是跟机器犯冲。"

登志夫会不会笑话她迷信啊？但实际上，他情不自禁地信了。

说不定，让光量子计算机停摆的真是夏纪。


周日早晨一睁眼，夏纪就感受到了登志夫还在的气息。她按掉闹钟，低着头爬向书桌，然后缓缓起身，拉开窗帘。天气很好。但美中不足的是，这意味着过会儿会很热。

挪回被褥，仰面躺下，伸个大大的懒腰。换作平时，她都会在醒来后立即爬出被褥，因为赖久了容易睡回笼觉，而睡完回笼觉容易头痛。

不过今天早上，有人陪她聊天。

"早啊，登志夫。"

"早。总觉得怪怪的。"

"我倒是有点习惯了。说不定我们以后会一直在一起呢。啊！那我岂不是不用担心高考了？到时候想报哪个学校就报哪个！"

"好说，不过私立的文科学校可能会全军覆没哦。"

夏纪轻轻笑出了声。

"不过登志夫，你说我们的世界到底有多不一样啊？怎么会不一样呢？"

"我也在想呢。两边有很多相似的地方，感觉像一个世界分裂成了两个。虽然这个猜想没什么科学依据。应该不是几百年前就一分为二了。"

"有没有办法查清楚呢？"

"嗯……"

登志夫思索片刻。

"不一定能锁定分裂的决定性瞬间，但大致的时间还是能查出来的。"

"真的假的？！怎么查啊？"

"浏览一下这边近现代的历史记录，应该就能看出跟我的世界差在哪儿了。"

"我有世界史年表！能用到高考的那种！"

夏纪用快但不至于引起头晕的速度站了起来，从书架上抽出一本横版的书。可以全权交给登志夫，只是需要一点点诀窍。登志夫用夏纪的手翻开年表，从 21 世纪开始回溯。

21 世纪和 20 世纪的大事件（比如战争和国际冲突）都和登志夫的世界一致。比较明显的差异体现在宇宙相关的领域——由苏联主导的人类首次载人航天时间变成了

1956 年，而非 1961 年①。美国的登月时间则变成了 1962
年②。而 19 世纪的记述并无差别。

然而，这终究只是用作高中教辅的年表，能找到的一
致与差异都十分粗略。

"虽说网上的信息也不一定靠谱，可这种时候要是能
用智能手机就好了……"

"互联网啊……只可惜盂兰盆节期间，学校是不开放
的……啊！"

夏纪下意识喊出了声。

"怎么了？"

"有了！有个地方能用电脑！去筑波大学的图书馆就
行了！我今年去筑波大学听过几次电脑讲座，主办方给了
一张能用到年底的门禁卡。听说筑波大学的图书馆在暑假
期间也是照常开放的，剩下的零花钱也够买往返筑波的
车票。"

爸妈临时发的零花钱就买了巧克力香蕉和章鱼烧。

"筑波大学啊……可以哎。只要你的身体撑得住，我
还真想去看看。"

---

①真实世界中，前苏联于 1961 年 4 月 12 日发射了东方一号，宇航员加加林进
入地球轨道，开创了人类载人航天的历史。
②真实世界中，美国在 1969 年 7 月 16 日发射了阿波罗 11 号。同年 7 月 20
日，尼尔·阿姆斯特朗与巴兹·奥尔德林成为首批踏上月球的人类。

大学的图书馆应该可以查阅英文报纸的微缩胶片和百科全书。

"今天是经期第二天,感觉比昨天好多了。通常第一天比较难受的话,第二天和第三天就还好。"

夏纪迅速解决掉早饭,换了身衣服,在九点前出了门。爸妈大概要到下午很晚才会回来,但她还是留了一张便条,告诉他们自己去了筑波大学的图书馆,还写下了图书馆的电话号码,以防万一。土浦站跟前有直达筑波大学的公交车。

筑波大学很大,大到有校内循环巴士的程度。夏纪不记得具体的面积了,只记得有五十几个东京巨蛋那么大。学生们大多会选择比巴士更灵活机动的自行车。最近好像也有骑滑板车的,甚至有穿旱冰鞋的留学生。土浦二高每年都有几个人考进筑波大学,不过对夏纪来说,它依然是个遥不可及的目标。

除了筑波大学,筑波市还有一些占地面积大得吓人的研究机构,好比高能物理研究所、宇宙开发事业团、宇航学院……本地人时常调侃,说筑波的土地太过贫瘠,种不了庄稼,于是才走了"科研学园都市"路线。登志夫怀疑"高能物理研究所"和"宇宙开发事业团"是"高能加速器研究机构"和"宇宙航空研究开发机构"的前身,但在夏纪的世界,这些机构还用着老名字。

"图书馆的位置还挺尴尬的。公交车只到附属医院，下了车还得走一公里左右。与其等循环巴士，还不如直接走过去呢。"

"这里就跟美国的大学似的，绿化也很多。"

"校园跟私有地是混在一起的，所以里面有便利店，也有普通的民宅，还有时髦的面包房什么的。真好……要是能一直和你在一块儿，我肯定能考上的，都不用复读了。"

"万一我过了二十就泯然众人了呢？"

两座宽阔的停车场之间是一条宽得一塌糊涂的林荫道。走着走着，夏纪停下了脚步。

"话说登志夫，你几岁了啊？"

"十七啊，跟你一样。"

"可你不是已经在研究量子计算机了吗？"

"准确地说，我还在上大学，所谓的研究就只是打打杂而已。还没出师呢。"

"可你十七岁就上大学了哎……那不就是传说中的神童吗？"

"确实有人这么说过。不过进了大学，那种名号就不太管用了。但我还是想继续搞研究的。怎么说呢，我想做个对社会有用的人。不然会觉得自己失去了存在的意义，会很忐忑的。"

坦诚说出这番话的自己让登志夫颇感惊讶。无论从哪个层面讲，他都不太擅长表达自己的"感受"。想不出合适的措辞就不用说了，"表达自己"本就是他想都不敢想的。

"这样啊……有能力的人也不容易呀。这就是所谓的'royal guilty'？"

"错啦，是'royal duty（王室义务）'。'guilty'是'有罪'的意思。"

"哎呀，糟糕，明明刚强化过英语。我……嗯……在升学这方面，我就只顾着自己。"

"但你至少会尽可能考国立大学，免得给爸妈造成太大的负担吧？"

"……我还真没想过这个。"

"那还真是任性啊。"

等等！夏纪回过神来，迈开步子。再这么下去，她可就成"杵在啥也没有的地方望天"的人了。除了晒黑，别无所获。

中央图书馆是典型的20世纪后半叶的大学建筑，外观简朴，注重功能。不过外墙是砖红色的，跟边上的人类学社会学大楼保持了设计层面的一致，看着更显宽敞。其实图书馆本身就已经很大了，但在什么都大的筑波自然是排不上号的，反倒显得有些小巧。

登志夫本以为夏纪会掏出一张纸质卡，所幸是张磁卡。夏纪明明是有正式入馆资格的人（虽然这个资格是临时的），可经过闸门的时候还是忍不住地紧张，总觉得自己是不该出现在这里的人。

开架书库的天井足有三层高，在天窗的作用下更显开阔。还有单独的视听室和能用电脑的座位。夏纪在前台办了简单的登记手续，成功借到了一台电脑，而且性能远超二高电脑社的那台。

登志夫参考网上的资料，重点查阅了跟太空开发相关的历史。主要的英文科学期刊有电子版（确切地说是微缩胶片版），可以在电脑上快速浏览。浏览的速度和内容都是夏纪无法跟上的，但她能隐约感觉到登志夫在想什么。

控制引力的哈奇森装置……登志夫听说过这个东西。但在他的世界，那本该是不具备再现性的伪科学。然而在夏纪的世界，这种装置已经投入使用了。拥有月球基地、火星基地、并未解体的苏联。然而量子力学才堪堪达到登志夫那个世界在 20 世纪 80 年代的水平。这几乎是一段把技能点全都加在了"开发太空"上的科学史。

"真不敢相信……你的世界不光有月球基地，连火星都建了基地。"

"我才不敢相信呢。你的世界居然一座月球基地都没搞出来，不知道的还以为是江户时代呢。"

"在我的世界，哈奇森装置是只有一小撮爱好者知道的伪科学事件，充其量只能跟神秘学沾点边。"

"可我们已经在用它生成人造引力了呀？LED 一通电就能发光，电脑一通电就能计算，因为它们被设计成了那个样子啊。哈奇森装置一通电就能产生引力，也是因为它被设计成了那样啊，就这么简单。"

你没懂我的意思……登志夫把差点脱口而出的话咽了回去。再争也是原地打转。毕竟他也只能说，"光量子计算机的性能之所以会在某些情况下超越超级计算机，是因为它被设计成了那样"。

登志夫接着回溯历史。到了 20 世纪上半叶，差异就越来越少了。夏纪对登志夫世界的历史一无所知。就算知道，她也没登志夫那么好的记性。习惯之后，她便干脆把阅览的差事统统交给了登志夫，这下就轻松多了。明明是我，却又不是我，好奇妙的感觉。

"20 世纪 20 年代之前的历史完全没有差别。"

"真的吗？是不是 30 年代出了什么事啊？"

"可能还要更早一点。1929 年 10 月那场引发世界经济大萧条的纽约股市大崩盘不是同一天发生的。你这边早了两周。"

"10 月啊……那 9 月呢？"

"我也没法记住那么多细节。"

"也是哦。要是世界分裂的原因是那种只会出现在地方小报第三版的小事件，就得非常细致地查阅两边的报纸了，不然怕是很难找到线索。"

"万一导火索是地方小报的第三版都不会登的小事，再怎么对照文献资料都是白搭。说到底，历史也不过是被记录下来，然后在一定数量的人之中共享的信息罢了。"

"对了，我听说哈奇森装置还跟齐柏林飞艇有点关系呢，没写进正史里就是了。"

夏纪分享了斯拉瓦讲述的那段关于哈奇森装置使用的特殊金属的逸事。

"等一下，夏纪，那不会是《亚特兰蒂斯》上的小道消息吧？"

"听着是挺像，但那是苏联科学家亲口告诉我的。"

"在哪儿告诉你的啊？当时是个什么情况？"

"嗯……怎么说呢，前几天，我跟一个来筑波参加学术会议的苏联科学家的秘书聊了几句。他本人也是科学家。聊到土浦的时候，他顺带提了一嘴。"

夏纪可不想让登志夫知道，她跟一个陌生男人单独喝过茶。

……等等，为什么？

登志夫好像在怀疑什么。

"不对劲啊……"

"不骗你啦，我真的……"

真的只是稍微聊了两句……

"为什么苏联科学家要特地跟一个普普通通的高中女生提这种事呢？"

"都说了是在聊到土浦的时候……"

"怪就怪在这儿。总觉得很多事都跟齐柏林飞艇扯上了关系，历史也是。至少从年表上看，转折点好像就在齐柏林飞艇上。"

哦，原来他是在怀疑这个啊。

不过被他这么一说，好像还挺有道理的。

冷静下来的夏纪注意起了周围的环境。也许是因为正值暑假，图书馆里的人并不多。在旁人看来，她大概是个一会儿飞速阅览外文资料，一会儿出神发呆的怪人。

"登志夫，我有个猜想……搞不好都没法验证：世界分裂的原因，会不会是齐柏林飞艇啊？"

"你会这么想也很正常。不过……"

"反正也对比不了更详细的历史，不如先查查齐柏林飞艇呗？这里应该有相关的书吧？"

"也是。我查了一下，闭架书库里有一本90年代在德国出版的书的英文版，就是讲齐柏林飞艇和兴登堡号的。看看能不能申请调阅吧。"

片刻后，夏纪拿到了一本厚得可怕的硬皮"板砖"，她顿时就退缩了，只得交给登志夫。

就这样，夏纪又变成了一个时而速读外语文献，时而发愣的怪人。

这是一本正经的学术书，由三位作者（分别是记者、航空力学专家和历史学专家）合著。先通读全书，再精读关于事故原因的部分。书中给出的结论是——兴登堡号的爆炸事故仍有许多不明之处，带有阴谋论色彩的推论层出不穷。齐柏林号则不然，无论从哪个角度分析，坠毁的原因都是着陆操作时的静电引发的火灾，毋庸置疑。

夏纪按登志夫的指示复印了关于齐柏林飞艇坠毁事故的章节。没想到办复印手续居然需要手工填写纸质表格，这让登志夫再一次品尝到了穿越回过去的感觉。由于借阅者是夏纪，表格上填的当然是她的名字：藤泽夏纪。所属单位：土浦第二高中。

"啊？夏纪，你姓藤泽吗？"

"嘘！"

对哦。夏纪正忙着跟管理员沟通。

登志夫只能等她把手续办完。复印机出了点故障，管理员连连道歉，夏纪却不由得想，该道歉的搞不好是我。

已经中午一点多了，这个点正是肚子饿的时候。为了夏纪的身体，也不该继续硬撑。

"登志夫，我刚才瞄到图书馆里有家星巴克。要不奢侈一把？"

"好啊，点个法式咸派或三明治吧。"

其实也没奢侈到哪里去，希望不至于让夏纪的钱包告急。

天气晴好，湿度却不高，晒不到太阳的露台座位很是舒适。

"板砖"的复印件收进了母亲淘汰下来的藤编包。光靠她自己是肯定啃不动的，不过有登志夫陪着，就能反复研读了。

"登志夫，我在想，我们会不会真是两个平行世界的人啊？"

"多重宇宙和平行世界在物理学领域——至少在我所在的世界的物理学领域——也是一个正经的议题。甚至有些极端的学者认为，哪怕没有什么特殊的原因，宇宙也是在不断分裂的。"

登志夫没有报出那些学者算出的数值，因为那个数值太不现实了，反而不好想象。其实这个话题本就很不现实，不提数值也抽象得很。

"唉……听得我心里慌慌的……分裂出来的那么多个宇宙都装在哪儿啊？感觉宇宙都被宇宙填满了，好吓人啊。"

"学者们也想象不出来，只是算出了一些数值而已。"

"那我们查了半天，搞不好也是白费力气。"

"不，'宇宙无限接近于无穷分裂'也只是众多学说之一。再说了，为什么偏偏只有这两个世界在互相干涉，让你跟我有了交集呢？这一切恐怕并不是巧合啊。"

"也是哦。"

齐柏林号坠毁的世界和没有坠毁的世界。

夏纪突然想起，有人说全球怪异现象的发生率在不断上升。也有人说这种变化是从20世纪30年代左右开始的。原以为登志夫会大加反驳，说这是统计陷阱，没想到他竟表示赞同，说他所在的世界也一样。

"我知道这么说有点亚特兰蒂斯味儿，可这会不会是因为，随着时间的推移，当初被齐柏林飞艇一分为二的世界都变得不太对劲了啊？"

"这……"

本以为登志夫会断然否定，说她的猜想太不科学。

"倒也不是不可能。实话告诉你，在我的世界里，齐柏林飞艇的目击记录和大规模的异常现象之间似乎存在某种时间上的关联。就好像看到飞艇是天灾地变的凶兆似的。"

登志夫忽然联想到了双缝干涉实验。当一个光源通过两条缝隙投射至屏幕时，两束光会相互干涉，形成干涉条纹。这个实验体现了光的波粒二象性①。

两个世界相互干涉，产生了某种非均质的东西。也许对两个世界来说，那都是一种负担。

夏纪的想象则更简单：挥舞分叉的柔韧树枝时，靠近根部的部分是不会相互碰到的，越是靠近末端，碰撞得就越厉害，两边都会留下伤痕。最后……会怎么样呢？

"可是就连齐柏林飞艇这么大的东西都逃不过一分为二的命运，会不会是有什么巨大的力量在起作用呢？好比突然来了一道能量特别强大的宇宙电磁波什么的。"

"我的思路跟你正好相反。照理说是不该在假设的基础上假设的，但我有个猜想。如果齐柏林飞艇坠毁的原因真是静电的话，或许就是某几个电子……不，搞不好是某一个电子的量子行为，决定了事故会不会发生。"

量子行为……夏纪集中注意力，让登志夫的想法进入自己的脑海。就跟薛定谔的猫似的。某个电子的属性——不与其他物质相互干扰就无法确定的位置、自旋或其他属性，成了"氢气囊会不会起火"的决定性因素……

登志夫感觉到，自己还连接着光量子计算机和超级计算机，这种连接的浓度绝非键盘输入和语音输入可比，他甚至觉得自己可以打入世界各地所有计算机内部，内心深

①波粒二象性：物质同时具备波和粒子的特质。

256

处似乎有某种计算在飞速进行。

不是不可能。那些计算的结果如是说。

模拟了每一个原子、每一个基本粒子行为的计算机们在呐喊。

不是不可能。

不止。甚至是可能性最高的一种情况。

"要真是这样，我也有一个猜测……呃，我不像你那么懂物理学，不过也正因为我不懂，才会往那个方向想吧，你随便听听就好。你说……齐柏林飞艇，是不是不一定会坠毁啊……"

话一出口，夏纪便后悔了。之所以冒出这个念头，大概是因为登志夫传递给她的"量子叠加态"概念还残留在脑海中的某处。但她再清楚不过，那完全是科幻——不，是《亚特兰蒂斯》式的神秘学段子。时间当然是流动的，过去的事情就是过去的事情，无论是爆炸、着陆还是世界的分裂，都无疑是已经发生的事情。可不知为何，那个念头还是冒了出来。

"可是……不，倒也不是完全不可能。"

不是不可能。是有可能的。登志夫背后的计算机们的运算结果如是说。

"有些激进的物理学家甚至提出了'时间'这个东西根本就不存在的可能性。至少，时间很可能不像我们平时想的那样，有着从过去'流向'未来的性质。"

"我越听越晕了。如果……我是说如果哦！如果真像你说的那样，我跟你为什么会接上头呢？还是说，这种情况是在全世界随机发生的？"

"说起这个……夏纪，刚才你填复印申请表的时候，我注意到你姓藤泽……"

"是啊，有什么问题吗？"

"实话告诉你，我叫北田登志夫，我母亲结婚前就姓藤泽。"

"啊？真的假的？！我爸是上门女婿，结婚前姓北田！"

两人在心中对视一眼。

父亲叫北田千久，母亲叫藤泽美美子。

"等等，这到底是怎么回事？登志夫，你是哪年哪月哪日生的？"

"2004 年 6 月 14 日，上午 10 点 35 分。"

"我也是……完全一样！地点呢？你是在哪里出生的？难道我们是失散多年的双胞胎？！"

"我出生在东京的一家医院，呃……叫什么来着……"

"我出生在龟城公园旁边的土浦医院。"

两人再一次在心中对视。

漫长的沉默。

与其说是双胞胎……

"登志夫，你到底什么来头啊？难道你是另一个世界的我吗？"

没有回答。

"登志夫！你是吓傻了吗？"

岂止是没有回答，连存在感都消失了。

"登志夫！"

不在了。登志夫已经不在了。

"登……！"

夏纪回过神来，赶忙闭嘴。差点就沦为"在星巴克的露台上对着空气大喊男生名字的女生"了。

既非悲伤亦非空虚的情绪伴随着冲击感袭来。仿佛下一秒就要被某种强烈的情感吞噬。

这就是失去的感觉吗？

登志夫已经不在了。不在了。不知道为什么，反正就是不在了。他要是一直不走，那也挺麻烦的，可没想到他这么快就走了，走得还这么莫名其妙。

夏纪在露台上枯等了近一个小时，可登志夫再也没有出现。我该怎么办啊？不，应该问怎么样才算"好"呢？登志夫一直在就好了？一直这么下去？一辈子都这样？为什么？那多麻烦啊？麻烦事没了，多好啊？可心里空落落的感觉又是怎么回事呢？我为什么会生出这样的情绪呢……

　　夏纪把玩着空空如也的马克杯，又等了一会儿，最终还是死了心，收拾好杯盘，走向回程的公交车站。

# 10. 齐柏林号飞来

夏纪不记得那一天和第二天是怎么过的，仿佛是这两天凭空消失了，又仿佛是漫无目的地蹉跎了整整一周。强烈的既视感卷土重来，月经顺利接近尾声。

周二下午，夏纪再次前往筑波。这次的目的地不是大学图书馆。一个人跑去大学图书馆无异于一种浪费资源，去了也是白去，说"对牛弹琴"也行吧。总之，今天去筑波是为了给龙一——坂本亚里沙捧场。小朋友的表演是下午三点开始，但她懒得等，于是便决定六点多进场，刚好能赶上高水平的初高中生上台。亚里沙压轴——除去明年考音乐学院的那批高三学生，她就是钢琴班里弹得最好的。

据说这次用来举办汇报演出的诺瓦音乐厅① 在圈内颇有名气，音响效果可以媲美欧洲的古典音乐厅。一到音乐

---

①诺瓦音乐厅（Nova Hall）：真实存在于茨城县筑波市的音乐厅。

厅所在的筑波中心大楼周边，夏纪便有了强烈的既视感。不过，这回的既视感一点都不诡异——嗯，因为音乐厅跟前是战队特摄片的常用外景地。石块砌成的喷泉、宽阔的大阶梯、颇具复古未来感（或许刚建成的时候是真的很有未来感）的三角窗外立面……用作战队特摄片的舞台真是再合适不过了。每一季都要在这儿打上一两场，都是小时候见惯了的风景。

　　夏纪没听过几场古典音乐会，不免有些紧张，不过听那些和自己年纪相仿的孩子弹钢琴还是挺有意思的。德彪西、勃拉姆斯、门德尔松、肖邦……她察觉到，音乐学院毕业的母亲对她的影响，比她想象的要多得多。压轴的亚里沙演奏的《英雄波兰舞曲》连她这个门外汉都知道。演奏只有行家才知道的曲子绝非易事，但演奏外行也熟知的名曲肯定也有别样的艰难。毕竟听众可以拿演奏者跟著名演奏家做对比，对音乐一窍不通的都能评头论足一番。

　　亚里沙的演奏精彩极了。她的水平恐怕已经远超夏纪的母亲美美子了——母亲这些年就只弹过家里的电子琴和娘家的老钢琴。夏纪当然不懂技术上的细节，只觉得自己可以沉醉其中，听着舒服极了。亚里沙平时总把"演奏前后的态度也是音乐的一部分"挂在嘴边，眼前的她宛如一流演奏家般站在钢琴跟前，矜持一笑，优雅鞠躬。不过那完美的举手投足也让夏纪生出了一丝淡淡的落寞，仿佛好友去了自己触不可及的地方。

　演奏结束后，夏纪便离开了音乐厅——毕竟今天演出的人多，家属自然也多，去后台找亚里沙反而会给人家添麻烦。外面一片漆黑。已经是晚上七点多了，虽说距离日落已过了半个多小时，可暗成这样实在是说不过去。夏纪刚跨出大门就愣住了：这也太黑了。不光天黑，连路灯都是稀稀拉拉的，就连附近的餐馆都没亮灯。

　空气凉飕飕的，冷风拂过套着短袖的胳膊。照理说，她刚从开着空调、温度适宜的音乐厅走进暑气未散的户外，本该觉得有点热才对，可她不光不热，反而觉得有点冷。周围一个人也没有。来听汇报演出的人确实不算多，有些还在后台。可这才刚刚散场，人怎么就走光了呢？

　"哇，怎么搞的，怪吓人的……"

　夏纪下意识自言自语起来，想要拉紧外套，随即意识到身上根本就没有外套。不对劲。这也太不对劲了。她环顾四周，在这样的黑暗中，连熟悉的特摄片外景地都变得诡异起来，直教人怀疑下一秒就会有妖怪蹦出来。

　夏纪小心翼翼地走向公交车站，她每走一步都要用脚尖探探路，免得一脚踩空。只要走到中心大楼的尽头，再下几级台阶，应该就是公交车站了。可她越走就越觉得不对劲。心跳不断加速，仿佛有人在追着她跑。虽然情况不妙，可总不能站在原地不动吧。先走到公交车站再说。但

263

内心深处，她有种"再挣扎都无济于事"的无力感。

突然，微弱的响声从身后传来。像是什么东西在摩擦，又像是脚步声，总之声音非常轻。换作平时，她是绝对不会注意到的。然而在这极度安静——安静得诡异的环境下，饶是平日里有些迟钝的夏纪都立刻警觉了起来。

她猛地倒吸一口气。"要是一回头就看见身后有个妖怪，那多吓人啊"——几乎在这个念头冒出来的同时，某人的胳膊勒住了她的脖子。

心脏骤然紧缩的惊恐，让她呆若木鸡。

甜甜的香味飘进鼻腔。

这是……！

夏纪紧紧闭上了眼睛。

说时迟那时快，男人的声音在前方响起。听不清楚，只能分辨出不是英语，但……好耳熟的声音！勒住脖子的胳膊没有松开，另一条胳膊也环上了她的腹部。但似乎发生了什么变故，胳膊突然松开了。夏纪骤然失去平衡，向前栽倒，膝盖和手着地。惊恐与疼痛让她的大脑一片空白，发不出一丝声音。斜挎的小包撞上肩膀。

"夏纪小姐！没事吧？！跟我来！"

好耳熟的声音……对了，是斯拉瓦。

"还好吧？这里太危险了，快跟我来！"

多亏对方扶着右手，夏纪好容易才站起来。一切都发生在转瞬之间，来不及有任何的感想与反应就过去了。晕头转向，稀里糊涂。回过神来的时候，她发现自己已经坐在一辆左舵车①的副驾驶座上。

"还好吗？没伤着吧？"

握着方向盘的正是斯拉瓦。夏纪随意一瞥，只见后排胡乱扔着一部只会出现在外国电视剧里的那种夜视仪。

"应该还好。"

夏纪惊讶地发现，自己的声音都哑了。

"右边的膝盖好像擦破了点皮，不过……"

透过车窗往外看。这是哪儿？路灯很稀疏……不，是完全没有。似乎是一条乡间小道。奈何外面太暗了，什么都看不清。

"没想到他们会做得这么绝。"

斯拉瓦的侧脸和声音都比上周初遇时严肃得多。

"太蛮横了，岂有此理。"

那股香味。在那个瞬间闻到的淡淡香味。

错不了，是格蕾丝老师的香水味！

夏纪小声问道：

"'他们'……是谁啊？"

脑海中有无数个问题。思绪依然混乱，天旋地转，不

_____

①左舵车：日本靠左行驶，右舵车更常见。左舵车一般是进口车。

知该从何问起。

"您肯定是一头雾水吧。我也不确定该不该把这些事告诉善良的普通市民，但为了您今后的安全着想，还是多了解一点为好。'他们'是美国政府。"

啥？

本就离死机一步之遥的夏纪大脑彻底宕机。

"呃、呃……"

"不敢相信是吧？我理解您的惊讶。毕竟对日本人来说，美国是眼下最值得信任的盟友。"

"呃……不是……呃……我不是这个意思……怎么说呢……呃……我、我就是个普普通通的乡下高中生啊……"

斯拉瓦目视前方，轻轻点头。

夏纪还想说些什么，但她也不知道自己到底想说什么。

"也许您自己还没有意识到，不过……嗯，也该跟您实话实说了。夏纪小姐，您有一种特殊的能力。"

越听越糊涂了。

我的……能力？理化生的成绩稍微好一点？稍微会用点电脑？方向感还挺好？没在地理上下过功夫，但成绩还不错？一年才打一次，却记得要怎么用半幅带打文库结？

可这都不是什么能在全国拿得出手的能力啊。哪怕是在一个小小的街道，都不会引起丝毫的注目。

"我怎么听不懂呢……"

"您能够引发某种电磁维度的异变。"

斯拉瓦沉默片刻，似乎是在等她理解这句话的意思。

"您还没有意识到吗？上周见面的时候，店里不是停电了吗？那也是一种电磁异变。"

"啊……！就是……跟机器犯冲？"

"这个说法倒是挺独特的。没错，我指的正是那种能力。"

"可……"

"其实早在十年前左右，我们就已经知道东亚存在某种电磁异变了，也大致锁定了是在日本周边。多亏最近问世的精密观测电磁异常的技术，我们得以确定您就是异变的源头。而美国似乎也通过某种手段——说不定是针对我们的间谍活动——注意到了您的存在。"

"间谍"的近义词不是"苏联"吗？搞不好事实跟斯拉瓦说的刚好相反。夏纪可是老亚特兰蒂斯人，情势再危急，脑袋再昏昏沉沉，这点还是想得到的。她最近常有"被人盯着"的感觉。还有学校的外教课，斯拉瓦莫名其妙请她喝茶……莫非这些事之间有着千丝万缕的联系？话说外教课的主办方确实提了明确的要求，让电脑社（其实就夏纪一个人）的成员都来上课。莫非这个要求就是专门为她提的？

"前几天请您喝茶，是为了争取时间，让我的同事们进行一次特殊的测量。加上那场停电事故，我们很肯定您就是拥有那种能力的人。"

"可是……我最多就是时不时让机器出点小故障啊，这也算不上什么能力吧，也没什么用，只是会对我个人造成一点小麻烦罢了。"

"没有经过训练的能力都是这么不起眼的。"

斯拉瓦瞥了夏纪一眼，随即将注意力移回前方。

"试想一下——如果您通过训练不断打磨这种能力，练到了能够随心所欲掌控它的地步呢？"

不会吧……跟小薰、亚里沙开的玩笑成真了？

"那可是足以与武器媲美的力量。不，说它本身就是一种武器也不为过。美国可能会擅自抓您回去，甚至……我也知道这么说很吓人，但他们想除掉您以绝后患的可能性也是完全存在的。"

寒意从头顶蔓延至全身，让夏纪无法喘息。她双臂交叉，隔着安全带抱住自己的身体。手好凉，还瑟瑟发抖。

"我们苏联政府会全力保护您的，也打算在征得您的同意后跟您开展合作。您的安全比什么都重要。"

别说了！我不想听！我又不是自愿拥有这种所谓的"能力"的。这要是能"治好"，哪怕治疗过程很痛苦，我也会不惜一切代价尝试的。与其像这样被人盯上，还不如

268

干脆失去的好。

"夏纪小姐……? 您还好吗? 事出突然, 您一时难以接受也很正常。"

给我再多的时间——哪怕等到我变成老太太, 我也不可能接受的。

手越来越凉了。心脏在剧烈跳动, 身子却阵阵发冷。

唯有时间不断流逝。

时间?

说起来……

有些不对劲。筑波中心大楼离土浦车站不远, 哪怕不走高架, 二十分钟也该到了。夏纪本想看看表, 奈何路上漆黑一片, 连盏路灯都没有, 手表上的刻度根本看不清楚。可是不对啊……估摸着至少也开了半小时了吧。

这辆车是在地上跑, 还是停下了? 抑或是飘浮在半空? 不知不觉中, 她已经分不清了。外面还是黑黢黢的。夏纪甚至不知道自己是坐着、站着、飘着还是正从高处坠落。

"夏纪小姐……"

斯拉瓦的声音从远处传来。

"夏纪……小姐……"

好远好远。

夏纪撒腿狂奔。她想回家。周围渐渐亮了起来。

能看到一些东西了。她看到了地面，还有土浦车站。她回到了车站跟前的商店街，可还是怎么看怎么不对劲。

回头望去，报刊店、眼镜店和手工艺品店的老招牌映入眼帘。

所以这里应该就是她家——租了她家房子的佃煮店门口。

然而，展现在她眼前的竟是一片广阔的空地。以诡异的速度迅速变亮的视野中，甚至出现了樱町的酒铺和西点店。

不光是夏纪家，周围的好几个街区都变成了空无一物的空地。离人行道几米远的地方，立着一块巨大的招牌——

土浦站前二次开发预留地

不对啊！这也太奇怪了！到底是怎么回事啊？！耳边嗡嗡作响。这一回，夏纪的脑袋是真的一片空白了。四肢也失去了知觉。

她本以为，就算发生了什么怪事，只要能回家，总会有办法解决的。好歹有个思考、烦恼的地方。谁知……

"登志夫……！"

夏纪不禁喊出了登志夫的名字。

"登志夫……我该怎么办啊？怎么办啊？这是怎么回

事？为什么这种时候你偏偏不在啊！"

为什么偏偏这种时候不在？

为什么不在？

你在哪里？

在那边的世界吗？

登志夫！

登志夫！


好像有人在叫我……登志夫突然睁眼。

"啊！醒了？太好了！"

"先别叫救护车！"

几个熟悉的声音传入耳中。

下意识睁开的眼睛一时间无法适应，只得紧紧闭上。但登志夫皱着眉，逼着自己再一次睁开眼睛。

"太好了！没事吧？"

几张脸俯视着他。大家都在跟他说话，同时露出松了口气的表情。

"啊……"

发不出声音。

"没事没事，别勉强自己。刚才我们差点就要叫救护车了，幸好你醒过来了。"

"感觉怎么样？需不需要去医院看看？"

"不着急，缓一缓再说。"

放眼望去，都是土浦光量子计算中心的熟面孔。

我……哦，想起来了。刚才我通过光量子计算机进入了元宇宙。现在好像正躺在沙发上。

梨华仍是忧心忡忡：

"你说你想一个人待着，可我放心不下，就在别处偷偷监控着。眼看着卡珊德拉、赫勒诺斯和龟龟的运行负荷飙到了百分之百，过了七秒多就全宕机了。"

"宕机了？……光量子计算机吗？"

"是啊，天知道是怎么回事。哎呀，光顾着说话了……"

说着，梨华去离沙发几步远的地方取了一瓶水，随即走回登志夫身边。

"渴了就喝点水吧。那边一宕机，你就开始摇摇晃晃了，看着像身体不太舒服的样子。我们看情况不对就冲了进来，赶在你倒下之前接住了你。"

"刚才怎么喊你都没反应，把我们吓坏了，幸好没事。"

"大概晕了五六分钟吧，应该没什么大碍。"

"感觉怎么样？还好吧？"

大家七嘴八舌地说道。

不对劲。

怎么搞的。有种在玩"大家来找碴"的感觉。

登志夫开动尚未清明的头脑寻找答案。

"现在……现在几点了？"

梨华退后一步，指着墙上的可爱挂钟回答道：

"下午三点四十几。今天就到这儿吧，先缓缓。缓不过来就去医院看看。就算没什么大碍，也得先在这儿观察一会儿，等稳定下来了再打车回家。"

登志夫如梦初醒，下意识要起身，却因为一阵眩晕倒回了沙发靠垫。

难怪他觉得不对劲。林田梨华竟然站着，还能正常走路。

"哎，怎么回事？为什么用这么惊讶的表情看着我？"

"梨华姐，您的腿……"

"啊？我的腿？我的腿怎么了？"

"这么站着不要紧吗？您不是……"

梨华低头看了看自己的脚，又满眼狐疑地望向登志夫。

"呃，就是……"

轮椅的事着实难以启齿。总之，此时此刻的林田梨华能站能走。

"话说直树哥呢？啊！对了，直树哥的眼镜……我晕倒的时候没把眼镜磕坏吧？好像隔着手套撑了一下地，得跟他赔礼道歉啊……"

"嗯？直树哥是谁？"

"啊？就是您先生啊！"

"哎呀呀，你好像真的不太对劲哎。前些天不是跟你提过我还单身吗？感觉你的记忆都成一团糨糊了。行了行了，先歇着吧。你原计划做到二十五号是吧？剩下的三天就别来上班了，工资照发，还是回家好好养养吧。"

不对啊，今天明明是十一号。照她的说法，兼职就剩三天了，那岂不是意味着……

"等等，我再问最后一个问题——今天是几号？"

"八月二十二号啊，你不记得了？"

"二十二号……难道我昏迷了整整十一天？"

"这孩子又说胡话了……刚才不是都告诉你了吗？你就晕了五六分钟呀，应该没什么大碍的。你这些天都是照常上班的，没出什么问题。我们得去计算机那边看看，你好好歇着吧。过会儿就派人来看你。"

说完，梨华便带着研究员们走出了房门。

一头雾水。

登志夫先从仰卧调整成侧卧，然后用手撑着身体慢慢坐了起来。头不晕，还行。问题是——

处处都透着诡异。

忽然，他想起了和夏纪的对话。世界因齐柏林飞艇一分为二，一边是"飞艇平安降落的世界"，另一边则是"飞艇爆炸坠毁的世界"，两边的异象从此与日俱增。也许此时此刻，异象正处于加速——甚至是几何级数增长的最后关头。天知道最终会演变成什么样。

他就是在这个房间戴上了 VR 眼镜，进入了元宇宙。本该是从直树那里借来的眼镜和手套潦草地摆在角落里的白色猫脚梳妆台上。

夏纪呢？夏纪怎么样了？呃，我不在，她反而还自在些吧。可登志夫就是甩不掉负罪感，总觉得自己没有做该做的事，就这么抛下了夏纪，抛下了另一个自己……另一个可能存在的世界，齐柏林飞艇失事坠毁的世界。

缓缓站起身。一切正常，一点都不晃。

登志夫走到梳妆台前。镜中的自己依然是白衬衫配牛仔裤的打扮，依然顶着一张平平无奇的脸。然而，他身上的某种东西——某种肉眼看不见的东西已经有了本质性的不同。

重新戴上手套和眼镜。

设备只用了几分钟，所以电量还剩不少。而且在登志夫昏迷期间，没人动过眼镜，所以计算机的访问权限仍然有效。

计算机们似乎正在接受检查，没有联网。

但登志夫有种不可思议的笃定——或许这样也没关系。

夏纪好像在呼唤他。

此时此刻，跟着直觉走就好。

也许都用不着眼镜跟计算机。

登志夫摘下眼镜和手套，闭上双眼。

夏纪。去夏纪的身边。如果她有那么一点点需要我的话。

但我时时刻刻都需要夏纪啊。要是此时此刻，夏纪也需要我的话……我向来与心跳加速、欢喜雀跃无缘，却也在以自己的方式渴望着夏纪。我不在乎对另一个自己产生这样的想法奇不奇怪，不在乎我们到底能不能在一起，这些都无关紧要。

朦胧的白色空间。

去夏纪的身边。

恐惧转瞬即逝，登志夫投身于空无一物的空间……

根本无须投身。他已经在龟城公园二之丸的山丘上了。

"夏纪！"

只见夏纪一边哭，一边拼命爬那不过十来级的台阶。

"夏纪！"

夏纪吓得停下了脚步，抬起满是泪痕的脸。

"登……登志夫……？"

她呆若木鸡，唯有泪水流个不停。片刻后，她机械地把手伸进小挎包，掏出一条柠檬色的毛巾布手帕，擦了擦眼泪和鼻涕。

登志夫走上前去，双手搭上夏纪的双肩。夏纪毫无抵触地将脸埋进了登志夫的胸口。

将自己交给那温暖的臂弯和胸膛，毫无保留。

登志夫通过身体的重量，知道了夏纪遭遇了什么。

夏纪也知道了登志夫所经历的一切。

涌动在两人之间的力量，共享了彼此的情感和记忆。

"你很辛苦吧。"

"你也是啊。"

一想起格蕾丝老师的香水味，夏纪又掉了几滴眼泪。激荡的情绪却仿佛被人施了魔法一般逐渐平息。她又擦了擦眼泪，坦然相告——尽管她自己也觉得，这是个不可思议的念头。

"登志夫，齐柏林飞艇马上就要来了。"

"我知道，我也感觉到了。今天是 8 月 19 日吧。"

"已经是傍晚了，大概快六点了吧。登志夫，你是从未来穿越回来的吗？"

"不，应该不是的。时间好像并不是单向流动的，并不是只会从过去流向未来。只是我……不，是人类还没有弄明白。"

"好神奇啊。"

"可我还是想不通，难道齐柏林飞艇到来的日期和时间是有意义的吗？"

"肯定是有的，我觉得有。至少我们知道，在那一天的那一刻，齐柏林飞艇会来到这里。而且两个世界都有不少人知道。我觉得这很重要。"

"是啊。'信息'的力量是很强大的。甚至有学者认为信息本身也具有物理量，能够影响时空和宇宙。总之，齐柏林飞艇快来了。可我们又能怎么办呢？"

夏纪思索片刻。不，其实根本不用想，答案显而易见。

"两个世界……会不会一起终结呢？就像湮灭反应[①]一样？"

世界会终结吗……也许吧。照这个事态发展下去，还会有别的结局吗？

最关键的是，直觉——不知来自何处的"信息"的力量，也向他们如此宣告。

"既然这样……登志夫，我们一起去见证世界的终结吧？"

"啊？"

"跟上齐柏林飞艇，一起去见证世界的终结吧！"

"太自私了！我们都不知道自己会变成什么样！"

"不知道才更要去啊？如果世界真的要终结了，我们唯一能做的，不就是去见证那一刻吗？"

或许她说得没错。登志夫斟酌片刻，怀着坚定的信念缓缓点头，向夏纪伸出右手。

---

①湮灭反应：粒子与反粒子（物质与反物质）相遇时发生完全的物质—能量转换，转为能量的过程，又称互毁、相消、对消灭。

夏纪正要握住他的手，却忽然停了下来。

"哎，等等——纯粹有点好奇，我想问问你那边的土浦二高有没有叫坂本亚里沙和福富薰的学生啊？"

"我哪儿知道啊。"

"哎呀，你就不能黑进二高查一下名册吗？"

"你也太任性了，打听这些有什么用啊？"

"就是想知道嘛，拜托啦。"

登志夫叹了口气。

"真拿你没办法……这边的土浦二高是男女同校的。福富薰在土浦一高，坂本亚里沙在二高。"

"这样啊……那就好。谢啦。我们出发吧。"

夏纪伸出右手，叠在登志夫的掌心。

一切的一切开始融合。两人的过往、思绪和情感融为一体。夏纪共享了登志夫的一切，而登志夫也将夏纪的几乎所有并入了自己。

就这样，他们变成了既不是夏纪，也不是登志夫的我。

仿佛有一阵风拂过，又仿佛有微弱的声响传来……怎么回事？不，也许是……

我抬头仰望。

来了！

巨大的哑光银流线型机体披着淡淡的暮红色映入眼帘。此时此刻，它的顶端已悄然显露在无人打理的稀疏松树丛中。飞艇沐浴着来自右舷斜下方的余晖，"LZ127"和"GRAF ZEPPELIN"清晰可辨。尾翼闪闪发亮，反射着阳光。

我并非第一次看到这样的景象。很久很久以前，我曾在这里，在这座山丘上，留下了刻骨铭心的珍贵回忆。那无疑是我的原风景。怀念和悸动涌上心头。

齐柏林飞艇缓缓移动，似乎正朝东飞去。与其穿过外丸的门绕去法院那边，不如穿过圣德太子堂前，沿着大马路追。为了追上飞艇，我走下了二之丸的小山丘。视野逐渐开阔。沿着护城河朝 125 号国道的方向追去。

快走到马路时，眼前突然弹出了几个扩展现实①维度的标签。这里不比东京市中心，标签不算多。龟城广场、老宅咖啡馆、人气很旺的老字号面包房、出租车公司的分部、街角的小餐馆……我穿过马路去了龟城广场那边。齐柏林飞艇稍稍向南调整了航线。看来能沿着 125 号国道追一阵子了。

忽而低头一看，我因为恐惧而尖叫出声。是河！我一直以为自己走在马路上，真笨啊……不对，是覆盖在马路上的河道老地图。原来 125 号国道以前是一条流向霞浦的河。此时标签弹出，显示"川口川"。

---

①扩展现实（XR）：一系列沉浸式和交互式技术的统称，包括增强现实（AR）、虚拟现实（VR）和混合现实（MR）。

经过面包房、补习班和老旧的理发店，我来到银行总部前。那是一栋极具昭和风情的大楼。若干图像浮现在银行门口。

一时间我没看出图像里是什么。只见花花绿绿的纸条在空中飘舞，好似五彩斑斓的洪流，令人头晕目眩。渐渐地，画面有了意义。我记得仙台七夕祭的资料里有类似的景象。那是七夕节的飘带挂饰。

用粉红色假花做的大球上装饰着红白相间的塑料条。边上的蓝白飘带随风舞动。上方则是摇来晃去的飞艇模型，侧面则清楚地写着"LZ127"。

那是早已被历史尘封的土浦七夕祭的影像。只有经济高速增长期和泡沫经济时代供得起那般花哨又费钱的七夕挂饰。

我看准了真正的齐柏林飞艇的行进方向，本想直走拐去银行前面的岔路，但转念之间还是回到了马路上。飞艇似乎在盘旋，船头又朝南转了一些。

站在陆地上，连载客的吊厢还在与否都看不分明。也许是为了减少空气阻力，除了前方的驾驶舱和可以观景的客舱，后半部分采用了与气囊融为一体的设计。驾驶舱和客舱仿佛是拴在飞天巨兽喉咙上的小篮子。

五台迈巴赫发动机驱动着螺旋桨。齐柏林飞艇的目的地是霞浦海军航空队基地，也就是现在的陆上自卫队土浦驻地。想必它已经在准备着陆了。

可能会继续往南转，也可能要再过一会儿。无意中触到的几个标签变成了七夕节的挂饰，浮现的影像推开了标签。那不是老照片，而是清晰的视频……不，甚至不是视频。我被七夕节挂饰团团围住。红色的飘带、金色的灯笼和绿色的闪闪发光物体随风飘扬，我失去平衡，差点栽倒。不小心碰到的标签接连弹开：连锁寿司店、小咖啡馆、运动用品店、在本地还算大的书店、不复存在的商店、承载着某人回忆的毕业照、小混混蹲在地上的照片、乐器店、70 年代的七夕祭和泡沫经济时代的小学鼓乐队。我看着这些由标签生成的照片变成鲜明的图像，变得立体生动，逐渐化作现实。

齐柏林飞艇呢？历史发烧友们发的关于老字号和服店的帖子挡住了我的视线，不见了！

我推开一个特别大、特别碍事的标签。波点花纹的飘带缠上胳膊。标签很难移动。好碍事！求你们了，别挡路啊！

开设在木结构老房子里、至今仍在营业的天妇罗店的标签做了最后的抵抗，然后"啪"地炸开，化作历史。

保立餐馆。二战前和战时的海军士兵及下级士官的指定用餐处。桌椅直接摆在泥地上，脏兮兮灰扑扑的。士兵们一放假，就会跟三五好友或前来探望的家人来这里把酒言欢。

咸菜和公鱼佃煮，加了乌冬面的杂烩汤。

不行，得追上齐柏林飞艇。不过要追就得多留个心眼，免得被标签和覆盖的影像吞没。

保立餐馆和陶器店之间的川口川上有几艘运送味噌和大米的小平底船。岸边是一排比"小摊"稍微大一点的小木屋，卖些小百货。覆盖在上面的，是昭和时代的拱廊购物街。

这边的商店街比公园旁边还要热闹。高过二层小楼屋顶的竹竿弯下了腰，每根竹竿上都有三四个巨大的飘带挂饰。既有粗糙的纸糊齐柏林飞艇，也有银光闪闪的高仿齐柏林飞艇。它们在假花做的球、金属色的鼓花缎、手工制作的小狗模型、用大字写着店名的旗帜之中，和飘带一起摇曳。

我好像在不知不觉中打开了"七夕小姐"的标签。昔日的圣子头①女生和粗眉的待嫁姑娘穿着土气的棉布浴衣，站在选举宣传车似的车顶上跟大家挥手。现在想想，站在车顶上还挺危险的，大概是那个年代的人更敢冒险吧。拴在拱顶上的扬声器翻来覆去地播放岛仓千代子的《土浦小曲》和水前寺清子的《土浦河童曲》。

---

①圣子头：模仿当红偶像松田圣子的发型，在 20 世纪 80 年代非常流行。

百货公司的木头房子会在每年的某一天变成生丝和蚕茧的交易站。川口川上挤满了平底船。

烤鱿鱼和巧克力香蕉的香味扑鼻而来，孩子们在摊位前欢声笑语。巧克力香蕉，令人怀念的巧克力香蕉……那是什么？大大的金属盆中央架着部小梯子。

原来是卖寄居蟹的！十足目寄居蟹总科。

寄居蟹按大小放在若干个盆里，大的足有巴掌大小。昭和年代过后，节日的集市上就看不到这种摊子了。

不行，现在可不是看寄居蟹的时候。

齐柏林飞艇迟迟没有转向南边。

本地百货公司热热闹闹挂在门口的恐龙纸模也碍事得很。我试着挥手扫开，却打开了更多的标签。

两辆祇园祭的巨型花车开始赛曲。简单来说就是使劲演奏自己这队的曲子，被对方带跑调了大概就算输。但实际的胜负不得而知。据说气势汹汹的川口一丁目花车所向披靡。

啊啊，齐柏林飞艇，它不会直直往东飞去霞浦吧？那就没法追了。我绕开了飘带挂饰和河童曲猖獗至极的125号国道，沿川口川走去。高架的覆盖层看着很烦人。虽然齐柏林飞艇很大，不至于被完全遮住，但是被高架挡着，就难以捕捉它的行踪了。而且再往前走一点，高架边就会出现一片为迎接科博会建造的三层购物中心——泡沫经济时代来临的象征物。到时候，视野就更差了。

我不知所措。说时迟那时快，脚下一阵摇晃，我下意识伸出双手，想抓住什么东西，却只是噼里啪啦地戳破了一堆标签，扯碎了天知道存不存在的石头护栏，用油漆刷出来的《星球大战》第一部的大海报和只在暑假期间出现、不知道来自何处的可疑鬼屋小棚。

我不禁用力闭上双眼。

周围是那么黑，在那片让人觉得不只因为闭上眼睛造成的黑暗中，终于，我感觉到了地面的存在。

油炸的小菜、用酱油炖的关东煮或面汤的气味。

我不安地睁开双眼，原来是一条宽度不足两米的狭窄商店街。那是比齐柏林飞艇略晚一些的时代：昭和十年（1935），川口川被改造成暗渠时修建在上面的祇园町商店街。两旁挤满了木结构的双层商铺，逼仄得白天都见不到阳光。无数盖着圆形灯罩的电灯泡映入眼帘。空气中似乎还有一丝阴沟的气味，大概是因为这条街就建在暗渠上吧。

土浦可找不出第二处有这么多电灯的地方了。土浦町长曾亲自跟东京电力谈判，让其破例调低了电费，这也算是土浦最先进的电气化街区了。

话虽如此，每一盏灯的亮光都既朦胧又微弱，像极了小时候在外婆家的浴室里见到的那种电灯。浅黄色的微光照亮了开在狭小木屋里的餐馆、理发店、雨伞店、木屐店……还有些不知道在卖什么的小杂货店。

一家家小店挤在一起，好似商店街的微缩模型。

洋货店、点心店、化妆品店、象牙色的罩衫挂在衣架上，还有格子花纹的裙子、关东煮、新上市的冷霜瓶子、大坛子里装满了称重售卖的糖果和金花糖①，还有仙贝、木屐的鞋带、线装账本、绿皮铅笔、蜡纸包裹的奶糖、腰带。

苟延残喘的收音机放着狄克·三根②的《黑眸》。

电灯上方的天空已经黑透了。

"今天真是累坏了……"

"是啊，感觉今天都要忙死了。"

"回去泡个澡，好好睡一觉。"

每家店都在关门收摊。用布盖住货架，装上店门口的木板门。衣角塞进腰带的小伙计、穿着商标号衣的大叔、留着西式发型的老板娘……大家都笑眯眯地收拾着东西，看来今天生意不错。

齐柏林飞艇在哪儿？只能找他们打听了。

收音机的乐声变得扭曲凌乱，夹杂着剧烈的噪声。

---

① 金花糖：白糖溶于水揉成团，用鲷鱼、蔬菜等形状的木模塑形后在表面着色而成的糖果。

② 狄克·三根（本名三根德一，1908—1991）：日本爵士乐、蓝调歌手。

"那个……打扰一下。"

我鼓起勇气开口问道。

"请问……你们知道齐柏林飞艇吗？齐柏林号……"

说得不清不楚，人家怎么知道你想问什么呢。

"齐柏林？哦，知道啊。"

面相和善的男人如此回答。哪怕灯光幽暗，也能看出他晒得很黑。

"就是那个呗！去海军基地的那艘？"

"齐柏林吗？"

"大家都知道啊。"

"都爬到屋顶上看热闹啦。"

"从德国来的，别提有多大了，大伙儿都吓坏喽。"

每个人都很热情。只是"齐柏林"的发音不太标准。

"那个，不是的……是那艘飞艇没错，可我问的不是……"

该怎么问呢……？收音机的噪声越来越大，乐声戛然而止。灯一盏接一盏地熄灭。仿佛听到了发动机的轰鸣，但也可能是只属于自己的幻听。

"请问，那艘齐柏林飞艇……现在往哪个方向去了？"

可"现在"是昭和十年啊……齐柏林飞艇是昭和四年来的。

没来由地，我忽然问了这么一个问题。

"飞艇还好吗？！它……"

众人面面相觑。

"它有没有……掉下来啊……？"

大家你看看我，我看看你，都是一脸的困窘。只见一个瓜子脸女人很是无措地用右手轻抚自己的脸颊。

好妩媚的动作。

现在可不是瞎感叹的时候。

"这……上哪儿去了呢……"

"怎么样了呢……"

"不知道啊……"

"不清楚呢……"

不清楚……什么叫"不清楚"？

我突然对这个昏暗的地方生出了畏惧，也不敢再看那一张张困惑的面孔，只得跑向灯光接连熄灭的商店街深处。

这个方向好像有发动机的响声。不，是好像"有过"。商店街无穷无尽，亮着的灯所剩无几。我跑啊跑，跑个不停。那是发动机的响声吗？五台迈巴赫发动机。好像听到了，但又没把握……

在无尽黑暗的深处，在视野的尽头，有一小团若隐若现的光亮，好像就是从那儿……

霎时间，我冲进了一处明亮的地方，不禁再次闭上双眼。不对……亮归亮，却没到刺眼的程度。透过眼睑的光线没有强烈到非用手遮挡不可的程度。

我畏畏缩缩地睁开眼睛。

"找到了"的念头一闪而过，可惜那不过是个吊在天花板上的模型。长约一米半，侧面工整地涂着"LZ127 GRAF ZEPPELIN"，做工也很是精细，不能与飘带挂饰上的简陋纸模同日而语。

环视四周，到处都是贴着老照片复印件的木板和用电脑编辑过的图像打印件装点的充满手作感的展板。

这是一间六帖……不，约莫八帖的房间，实际比第一印象要小一点。不是普通的民宅。天花板比普通民宅高得多，柱子和房梁裸露在外。这是什么地方？看着像上了年头的仓库。

眼熟的家用日光灯，款式老旧的空调，放在最深处的近两米高的圆锥体……对了，是退役了的现代硬式飞艇的鼻锥①。观光艇和广告艇都已成过往，连软式飞艇都在今天的日本绝迹了。

"欢迎光临土浦齐柏林展厅。"

身穿绸缎和服的矮个老头站在疑似从老商店搬来的玻璃展柜前对我招呼道。

---

①鼻锥：火箭、导弹或飞机等各种飞行器前端的部分，用于减低空气动力学上因为运动而产生的湍流，从而减低飞行器在飞行时受到的阻力。

"这个呢，是我们霞月楼酒家为齐柏林的机组成员举办的接风宴的菜单。"

他指着玻璃柜里的东西说道。那是一本早已褪色的长条形薄纸台账。

"这一带平时都是吃河鱼的，但那个时候，海军特地派船运了些海鱼过来呢。"

"接风宴……所以飞艇平安着陆了……是吗？"

"要是你动作够快，兴许还能见着呢。"

"真的吗？！请问……请问该去哪儿……"

穿绸缎和服的老头把手放在鼻锥上，用开门的动作拉开了它。

"还在不在呢……不好说啊……"

"多谢！"

没时间犹豫了。不知为何，这次我没有丝毫不安。

我冲进鼻锥的另一边。

暑气未消的夏夜……铺着木板的走廊，面积足有几十帖的宽敞宴会厅。分明是与精致讲究无缘的乡下酒家。一盏灯都没开，唯有几乎盈满的月亮幽幽照亮了檐廊到走廊，还有敞开隔扇的宴会厅。

我脚下的木板微微作响，除此之外，寂静无声。

没人……一个人也没有。

有疑似炖鱼的气味，还有股酒味，分不清是日本酒还是甜料酒……

然而，大气的实木大板长桌上不见一碗一盘。松软的坐垫等距排列，却没人坐在上面。

这是刚收拾完，还是宴会并没有办成，提前取消了……无从知晓。

一个人都没有。我却莫名觉得不能发出脚步声，于是蹑手蹑脚地穿过走廊。探头看了看隔壁的宴会厅。还是没人……一个人也没有。空无一人。只有整整齐齐的坐垫。周围如此安静，想必其他宴会厅也是空的。可我还是沿着走廊步步前行，一间一间看过去。

没有人。还是没有人。在焦虑的驱使下，我加快脚步，从快走变成小跑，最后撒腿狂奔。一个人都没有！唯有月光和夏夜的暑气，漫无止境。

跑啊跑，跑个不停。走廊已经不见了。渐渐地，我都分不清自己是在地面上奔跑，还是在纯粹地移动，抑或连动都没动。

就这么飘浮在被朦胧苍白的月光填满的某个地方。

什么都看不到。什么都感觉不到。有一点点困倦，又仿佛是放松过了头的不安与舒适。

时间仿佛凝固了。

不对，应该先问时间真的会"流动"吗？

所谓的"时间"，真的存在吗？

其实人类尚未触及答案的一鳞半爪吧。

有人认为"时间"不过是人类基于日常经验构想出来的"概念"而已，或许，根本就不存在什么"时间"。

过去、现在和未来的区别，其实就只是分子、原子和基本粒子的排列状态的差异，并没有本质上的不同。连熵[①]都不过是基于人类的想法创造出来的尺度——"秩序"和"无序"的概念。世上根本就不存在什么熵。并非"过去"和"未来"存在于"现在"这个特别的瞬间前后，而是三者"都一样"。

当然，这也不过是众多"想法"之一。

无论如何，截至现在——哎呀，不小心用了"现在"这个词——人类就只能用人类的大脑能够理解的"想法"来思考。

换句话说，人类只能在名为"人类大脑"的容器内思考。

然而，即便是在这个范围内，也至少能得出一个结论：

无论是时间、宇宙还是人类的想法，都只可能发生在名为"这个世界的物理法则"的"大海"中。

世间发生的一切，都像是在物理法则之海中游动的鱼。鱼可以自由自在地游动，游向上下左右都行，一切皆

---

[①] 熵（Entropy）：物理学概念，代表了系统中的混乱程度，或者说是系统无序的量度。

有可能。只是所有的可能性都被限制在了这片海中。

乍看不太自由，但只要是能发生在这片水域中的事，一切皆有可能。而人类对这片水域的性质还知之甚少。换个角度看，就是还有未知而广阔的自由等待着人类去探索。

如果鱼有行进的方向，就会在水中留下些许航迹。或许所有的鱼、所有的事件都在物理法则中留下了痕迹。虽然这些痕迹十分细微，也无法改变物理法则本身。

痕迹相互碰撞、重叠、干涉、影响，产生新的波动，而新的波动又会相互影响，留下新的痕迹。

就算物理法则本身没有变化，水域中也有了某种新的东西。

再看物理法则本身。在量子理论中，时间有着绝对无法再细分的最小单位——"普朗克时间"。用钟表测量的日常时间来表示，就是 $5.39116\,(13) \times 10^{-44}$ 秒。这是一个小数点后跟着四十多个零的极小数值。有一种理论认为，时间不是连续流动的，而是以这个最小单位跳跃存在的。至少在计算层面，这个理论是成立的。

不过，普朗克时间与广义相对论是矛盾的。因为在相对论中，时间可以伸缩，普朗克时间却有绝对的长度。于是问题就来了——哪边才是真的呢？令人头疼的是，两者在计算层面都能成立。人类能否找到兼容相对论和量子理论的终极理论呢？说得再极端点，也许两者都不对。如果有超出人类观测和计算能力的因素参与其中，那就束手无策了。也许真正的答案，隐藏在人类始料未及的地方。

毕竟还有一种观点认为，时间是虚幻的，空间也不例外。就是所谓的"全息理论"。其实空间并不存在，跟浮现在二维现实上的全息图差不多。在计算层面同样说得通。

真相究竟在何方？

作为一种理论，普朗克时间颇具吸引力。

有一种计算结果表明，每一个离散的瞬间都有可能产生不同的"时间"。至于"不同的时间"有可能产生多少、产生的理由是什么、是不是随机的，则取决于对"水域"，也就是物理法则中存在几重维度的假设。一切都取决于人类尚未完全理解的水的性质……

或许每一个普朗克时间的离散瞬间都在创造无限多的"不同的时间"。人类惯于在思考时套用三维或时间的流动，所以会不由自主地想象"空间随着时间的流逝被某些东西填满"，进而毛骨悚然，但时间并不是在时间之外流动的，如果物理法则之海容许，人类也无须担忧。

听起来怪怪的。

怪到极点。

但又很迷人。

既然存在传递引力的力场和无法观测的暗物质，那么存在传递信息的力场也不足为奇。人类的想法和感知，也许只是通过信息力场传递的东西中的一小撮。动物和虫子之间自不必说，也许所有的物体、原子、基本粒子之间也有类似于情感或感知的信息流动，只是人类尚未阐明罢了。

　　在"不可逆流动"的或许不是时间，而是"信息"。

　　信息在某个普朗克时间的瞬间和由此衍生出来的普朗克时间的瞬间之间不可逆地"流动"着。而我们的思想是信息的一部分，所以才无法摆脱"时间在流动"的感觉。

　　也许是这样……也许是这样……

　　也许……

　　嗯，一切都只是"也许"，都只是人类的想法和从中得出的计算结果与假设，连算式能否严谨地表达真理都得打个问号。

　　我顺势而想。

　　在生物学的理论体系中，个体的想法和记忆不会反映在基因中，因此祖先的经验无法传递给后代。可要是包含人类记忆、意志和感知的信息力场在不可逆地流动呢？生物学层面的强关联本就是一种信息，因此信息在强关联的关系中流动得更强也不足为奇。也就是说，来自直系祖先和血亲的信息完全有可能流入我的体内。

祖父母和外祖父母，以及他们的祖父母、外祖父母……如此悠久的信息传递，真的完全不存在吗？

即使在完全没有生物学关联的人或事物之间，也可能因为某种层面的同频让信息更容易传递，就像波与波的重叠会形成更高的波一样。第一次来却觉得很怀念的地方、莫名吸引你的音乐、人生的意义、爱、悲伤和内心的阴暗面，或许都来自各种信息的重叠。

有时候，我们确实会隐约感觉到与祖先、亲戚或兄弟姐妹心灵相通。也许存在这样的力场也未尝不可……

也许……也许……

是吗？

怎么说呢……

我保持浮空，闭上双眼。

无数的时间和无数的世界，尚未被发现的无数力场。

从过去流淌而来的信息。

祖先的记忆，所有人的记忆。

越是深究，就越是晕头转向。用全身去感受，反倒很舒服。

有意思，还很开心。

啊……真好。

好棒哦。

太棒了。

好是好……

好像……忘记了什么要紧事……

一件非常要紧的事情。

对了!

齐柏林!

齐柏林飞艇去哪了?

回过神来才发现,周围不知不觉变亮了。分解至普朗克单位的身体似乎恢复了实体,拾回了空气的力和分量。有种被海浪托起似的上浮感。我感觉到自己正飘浮在空中。

没有恐惧,反而很愉快。

齐柏林飞艇就在不远处。

真真正正的齐柏林号。不是模型,不是照片,不是影像,不是幻觉,也不是记忆,而是拥有坚实质感和重量,散发着本尊光辉的实物。迈巴赫发动机的轰鸣震撼着身体的最深处,教人通体舒适。

它是那样庞大,当然不可能完全纳入视野。哑光银的船体以内部的铝合金龙骨支撑,靠氢气囊悬浮在空中。缓慢的航行由五台发动机主宰,连天顶都被染上了夕阳的颜色,船体也披上了暗红色的霞光。

细腻而强大,厚重而脆弱,让人无比怜爱的怀旧交通工具。

已然听惯了的发动机低吼中,夹杂着略高一些的机械响声。我保持悬空的状态环顾四周，只见百米开外的地方有三架印着太阳旗的双翼螺旋桨飞机：是海军的飞机。肯定是基地派来给齐柏林飞艇带路的。飞机——未来的交通工具。此刻的小飞机酷似飞艇的小跟班。但要不了多久，空中的霸权就会被它们夺走。

——快看！齐柏林号出现在了北边的森林上空！小得跟豆子似的！听到这话，数千名观众齐齐踮起脚尖，望向北方的天空。

被搬上屋顶的几百台收音机在咆哮。海军机场及其周边人山人海，围观群众数以千计，不，怕是有好几十万。三好养鱼场岸边，松叶旅馆跟前，还有三轮银行、濑古泽茶叶店、武藏屋佃煮铺、制粉工厂、共荣堂书店、伊巴理发店、仁水堂药房、图司烟纸店、演艺场、藤田佃煮铺、富久善食堂、新治医院、小松屋河鱼铺、土佐屋糖果店、菊地米店……土浦的所有屋顶都挤满了人。

——齐柏林号一路向南，几乎顺风而行。

有人盛装打扮，穿了一身白色西装。有人只穿了大裤衩，攀着收音机站在屋顶的瓦片上。眼看着飞艇从所有围观者的头顶飞过。

——带路的飞机已经来到了我们的正上方。大家肯定也听到了螺旋桨的声音……现在是飞艇在响，刚才是飞机的响声。

齐柏林号稍稍下降。

仿佛能看到缠绕四片尾翼的气流。

五彩斑斓的飘带和比飘带更绚丽的标签们随风舞动。多边形的地平线、霞浦的海面、所有的数据和已经消逝的数据的余香，随着太字节①的气息和土浦上空的热气飞扬。

音乐响起。那是卡尔·阿尔伯特·赫尔曼·泰克②谱写的《齐柏林伯爵号进行曲》。在铜管乐器的烘托下，木管乐器演奏着跌跌撞撞上升的小段。

啊……好棒！好帅啊！

感觉……好极了！好得不得了！

真好。太棒了！

人、标签和时代都已无关紧要。每个人都抬头望天，仰望着齐柏林号。报社记者们按下了笨重照相机的快门，男人们的平顶硬草帽、女人们的遮阳伞摇来晃去。

---

①太字节：TB，信息计量单位，通常用于标示储存介质的储存容量。
②卡尔·阿尔伯特·赫尔曼·泰克（Carl Albert Hermann Teike, 1864—1922）：德国作曲家，为军乐队创作了百余首进行曲。

啊……真是太棒了！

有人从飞艇的驾驶舱探出身子挥手致意，是个眼角刻满深深皱纹的彪形大汉，面相略凶。埃克纳博士！齐柏林伯爵的接班人，雨果·埃克纳。只见他顶着风压，大幅挥舞着手臂，像是在跟什么人打手势。

博士是在跟我挥手吗？我在空中使劲扭动身体转向他。他扯着嗓子直喊。

"电话！找你的！快接！"

他用德语如此喊道，然后将右手握着的银色小物件抛向了我。

那东西无视气流的影响，缓缓画出一道大大的抛物线，滑向我这边。

竟然是一部翻盖手机。

我竭尽所能伸出左手。手机仿佛察觉到了我的动作，轻盈地落在掌心。铃声响起，是《录像杀死电台明星》[①]的旋律。电话……会是谁打来的呢？我战战兢兢地翻开在手中震动的小机器，在逐渐远去的发动机轰鸣中将它贴在耳边。

"喂……喂？"

"喂？是你吗？"

---

① 《录像杀死电台明星》（*Video Killed the Radio Star*）：英国新浪潮乐队 Buggles 在 1979 年发行的作品，作为 MTV 开播后的第一支 MV 出现。

多么耳熟，怀念得教人浑身颤抖的声音。

外婆！那分明是在我小时候去世的外婆延子的声音。

"嗯……是我！是我啊！"

"手机可真好玩啊，这样就能随时跟你说话啦。"

错不了，是外婆的声音。我还记得。虽然最后一次听到是上幼儿园的时候，可我就是记得。但外婆的声音比记忆中要苍老得多，仿佛她还在世——她要真的还在，应该都九十多岁了——声音好像也随着年岁的增长老去了。

"飞艇怎么样了？"

外婆停顿了一下，再次问道。

"还好吧？"

"啊？……飞艇……？"

飞艇……对了，它正带着飘带挂饰、标签、七夕游行、进行曲和数据的气流飞向海军机场，正要降落。收音机里还在嘶吼。

——齐柏林号进入机场了。高度三百米。正在逐渐下降……通信筒① 被丢下来了……人潮涌动……

我一时语塞，不知该怎么回答。

---

①通信筒：自飞机扔下的装有通信文书的圆筒。

"好着呢，飞艇不会掉下来的，放心吧！"

夏纪明确作答，让延子放宽心。

齐柏林号在海军基地上空缓缓下降。用于接地放电的导线被抛下，接触地面。

就在那一刹那，夏纪竭尽全力，精准、确切地决定了数个电子的行为。

"夏纪！"

登志夫失去平衡，天旋地转，头晕目眩。

"夏纪！你在做什么……"

放电导线一落地，便有一群穿着水兵服的士兵冲了上去。齐柏林顺利进入系泊环节。

"没关系的，这样就挺好的。"

"可是夏纪！这样一来你的世界会消失啊！"

然而，齐柏林号若是平安无事，那个注定要遭遇"飞艇失事坠毁的世界"就不会诞生。如此一来，两个世界就不会相互干涉，世界也就不会终结了。

登志夫……没关系的。就算要成为跟全世界为敌的反派，我也想保护你。这种心情究竟是怎么回事呢？不知道该怎么形容。只知道……

登志夫，不要消失，登志夫。绝对不能消失，绝对不允许。希望你的世界好好的。希望你的世界美丽、精彩、快乐，有许许多多有趣的谜题，也找得到许许多多有趣的解决方法。希望你自由自在的，可以做自己喜欢的事情，不受任何人的阻碍。

登志夫……

"夏纪！"

但登志夫明白了一切——这正是夏纪拥有神秘力量的理由。

夏纪决定了世界的走向，这正是她力量的根源。

因中有果，果中有因。

"夏纪！"

没有回应。

"夏纪！夏纪！"

再也没有回应了。

登志夫后知后觉，才领会到夏纪的内心深处一直有一小块没有跟他共享的部分。原来夏纪从一开始就有这个打算了。她自始至终，都不是"只想去见证世界的终结"……

为了让飞艇顺利着陆，海军动用了大量的电力，导致土浦全城停电。

车站前小店角落里的电灯也熄灭了。怀着延子的太婆阿竹被停电吓了一跳，尖叫着一踉跄。

登志夫伸出双臂，抱住了阿竹。

# 尾 声

土浦光量子计算机中心在三年后正式关停。来自政府和民间的大量资金涌入光量子计算机领域，新的研究中心在筑波拔地而起。登志夫没有留校，而是入职了一家民营光学机械公司。倒也不是对光量子计算机全无留恋，只是接到参与研发大型宇宙观测设备的橄榄枝时，他觉得这个项目美妙极了，鲜有波动的心都泛起了涟漪。宇宙。为什么呢？总觉得那里有种前所未有的魔力。

那天——几台计算机的运行负荷即将突破100%时，登志夫再次晕厥倒地。但醒来时抱住他的研究员中有林田直树。俯身查看苏醒的登志夫时，梨华是坐在轮椅上的。8月11日下午3点43分，户外气温超过了三十三度。一切照旧，变化少得教人不知所措，登志夫却觉得自己仿佛置身于一个诡异得可怕的异世界。

从第二天起，总部和各大高校的专家涌向彻底停摆的计算机，小杂工只能靠边站。一整天都有忙不完的杂务。

为保险起见，登志夫每晚都会服用医生开的安眠药，彻夜无梦。

那几台计算机确实莫名其妙宕机了，却又跟什么都没发生过一样重启了，之后也没再出什么问题。真的跟被施了魔法一样，一点故障都不出了。至于登志夫擅自启动的开放式元宇宙应用程序，林田梨华找他谈了谈，但并未公开内容。其实稍微高端一点的游戏电脑就足以运行那个体量的应用程序，照理说，它根本不可能撂倒中心的所有计算机。

问题是……几乎就在中心的计算机集体宕机的同时，全球的大型计算机都出现了类似的现象。运行负荷瞬间飙到100%，接着因不堪重负接连宕机。人们一度担心全球经济会不会因此瘫痪，谁知这些计算机全都顺利重启了，仿佛人类输入的指令就是万能的复活咒语。这反倒让人类倍感震惊。

自不用说，全球各地的机构都对其原因展开了调查。起初人们怀疑计算机遭到了大规模的黑客攻击，但这个假设很快就被推翻了。毕竟现代互联网的带宽根本不足以传输纵贯全球超级计算机的庞大数据量。那些计算机莫名其妙地崩溃，又按部就班地被重启，网上当然炸开了锅。一时间，社交平台和论坛上充斥着围绕这场异象的讨论，有正经严肃的分析，也有半开玩笑的调侃。媒体也纷纷跟进。拐弯抹角地承认没有素材可用的神秘学杂志都靠这一新奇的现象续上了命。

美国、意大利和日本的引力波望远镜也在这场喧嚣中悄然（尽管这么说着实有点刻薄）重启了。起初还在小心翼翼地试运行，生怕负荷过重，但人们很快就发现，导致它们宕机的神秘故障再也没有出现。梁勇发来一条搞怪信息，只可惜登志夫接不住梗，回复得平淡无奇。

他没跟任何人说起过夏纪。自然也没法说起，说了又有谁会信呢？不，问题并不在于人家信不信。他压根就不知道该跟谁说，又该怎么说。事后，他告诉以林田梨华为首的中心同事，他以 Promenade 为起点运行了元宇宙开放程序，结果被乱七八糟的数据洪流冲晕了。大家丝毫没有起疑。不过这个说法几乎就是从另一个角度叙述了登志夫经历的一切，不算撒谎。

说实话，登志夫对那之后的两年记忆模糊。靠吃药和学业的忙碌勉强熬过的日子谈不上"黑暗"，却是清一色的灰，感觉比儿时的记忆还要遥远，仿佛一切都发生在很久很久以前。唯一清晰记得的，就是小野交给他的稻见文库留言本。在送还给药房之前，他再次翻阅了留言本，发现飞艇的插画边有一行小字，是个稍带设计感的签名，"mimico"。mimico……登志夫猜测，那很可能是出身土浦的母亲美美子的签名，奈何他没有本事在不暴露意图和来龙去脉的前提下找母亲求证。也许，这会是一个永远解不开的谜。可要是介于"亲眼见过飞艇本尊的太婆阿竹"、"当时在她腹中的外婆延子"和"（从某种意义上讲）拯救了飞艇的夏纪"之间的美美子也在这份系谱上，那还是非常合情合理的。

后来，小野去古河当了老师。他们之间一直都有联系（以网上的联系为主），至今仍是朋友。小野没有放弃对齐柏林飞艇目击事件的调查，但相关的帖子并没有增加。飞艇似乎在不知不觉中被人们抛在了脑后，逐渐没入网络的洪流。

这也难怪。相互干涉的另一个世界已经消失了，能够影响电子设备的夏纪的力量也不复存在了。巨大的闭环已然完满。

就算成了跟全世界为敌的反派……

我也愿意为夏纪当反派的。虽然牺牲无名少男少女拯救世界的故事早已不再流行，连绕着小说和电影走的登志夫都心知肚明。只可惜，我力不从心。

即便如此，留在登志夫心中的夏纪碎片依然笑得明媚。"没关系的，这样就挺好的。"简简单单的一句话里究竟有多少深意？只留下了这么一句话的夏纪的决心，又包含了多少细腻却勇敢的思绪。

情感丰沛的人肯定能找到合适的词句来表达这种感

觉和心境，但登志夫后知后觉地体会到了自己在这方面有多么迟钝，只是"痛苦"实在体现不出它的漫长，"悲伤"又体现不出它的甜美。要是能用尽所有的词汇，确切地倾吐内心的感动，那该有多痛快啊。也许这种行为本身也有疗愈的功效。登志夫却对此反感，认为这不过是感伤的自我陶醉。他怀着不甘，承认自己内心深处确实有那种俗套的混沌，只是表达不出来罢了。他早就知道自己不是什么高尚的人，却没想到自己比预判得还要庸俗。看来是他有些高估自己了。但此时此刻的登志夫比以前更爱这样的自己。爱？他都惊讶自己竟还有这样的情感。

至少，那是夏纪不惜以世界为代价也要守护的自己啊。

登志夫有时也会想，在没有夏纪的世界活下去还有什么意义。可事实恰恰相反，正因为这是夏纪守护过的世界，他才必须在这里活下去。不是勉勉强强地活，而是坦坦荡荡地、积极主动地活。

直到此刻，夏纪跟登志夫还站在二之丸的山丘上，仰望天空，仰望着齐柏林飞艇，相视而笑，紧握彼此的手。

直到此刻。没错，就在这个刹那。

在这个可以被称为永恒的瞬间。

# 后　记

　　由于自己的甲状腺问题和给双亲养老送终的重任接踵而来，我在 2012 年荣获江户川乱步奖后一度远离写作。因为双亲相继去世，照护的时间并不算长，奈何事态在我尚未完全适应时便已飞速进展，致使他们的离去给我带来了巨大的打击。我总觉得自己没有给他们充分的陪伴，至今追悔不已。但不得不说，这件事确实为作家属性的我带来了些许好的转变。

　　我原本对"书写带有私小说色彩的作品"抱有强烈的抵触。听自己的录音是很难为情的，写那种作品的难为情则要强烈数百倍。我从没想过要把个人经历融入作品，更别提以故乡为舞台，写一个和自己有相似之处的主角了。但在双亲去世后，我自然而然写下了两部作品——一部反映了刚送走亲人时的自己的心境，另一部则以故乡土浦为背景。前者就是短篇小说《有赤杨树的小岛》（收录于德间文库的《短篇集锦：现代小说 2018》），后者则是《齐柏

309

林伯爵号 夏日飞行》（于 Amazon Kindle Single 平台出版后收录于创元 SF 文库的《鹦鹉的梦与提线木偶：日本年度 SF 杰作选》）。

看标题便知后者就是本书的前身。本书最开始就是按长篇小说构想的，但我知道实现起来怕是相当困难，再加上刚好收到了 Kindle Single 的邀约，便决定先写成短篇，作为长篇的试水版推出。还记得刚写完的时候，我觉得自己仿佛推开了一扇沉重的大门，又仿佛进入了另一个次元，这是以往的写作生涯中从未有过的体验。没想到短篇版广受好评，在 Kindle Single 的榜单上位列前茅数月之久，并有幸在创元的《日本年度 SF 杰作选》系列中压轴，法语版也将在 2023 年秋季上市。法国人当然是不知道土浦这个地方的，但只要有一个人因为这部作品在谷歌地图上搜上一搜，我都会由衷地欢喜。哎呀，虽说法国人知道土浦在哪儿也没什么用就是了。

土浦市是一座非常不起眼的地方城市。除了在不合时宜的秋季举办的烟花大会，值得一看的景点……也不能说完全没有吧……嗯……不过说实话，也确实没什么值得特意远道而来一看的东西。但土浦曾是交通和商业的重要枢纽，曾经还是挺繁华的，直到泡沫经济破灭后才逐渐被筑波市取代。20 世纪 20 年代到大战期间，今天的土浦市到阿见町一带还有霞浦海军航空队的基地，土浦的重要性可见一斑。除了齐柏林号飞艇，驾驶水上飞机"Tingmissartoq①号"调查跨太平洋航线的林德伯格夫妇也曾在1931年来到这座基地落脚。

顺便一提，江户川乱步的独生子平井隆太郎担任海军少尉时曾被派驻土浦，也是在土浦结识了未来的妻子岩崎静子。我的母亲比静子夫人小上许多，但两人毕业于同一所女校，据说还见过几次面。本书提到的"霞月楼"酒家是当年的海军将校士官的御用餐馆，经常承办喜宴，说不定隆太郎与静子在战后结为连理时，乱步也曾到访过。土浦虽不起眼，但只要深挖一番，就能在出乎意料的地方找到能用作小说题材的"开拓地"。就好像时值中年的我仍在内心深处保留着生机勃勃的开拓地一样。

虽然在始料未及的地方发现了自己的开拓地，但我并不认为今后的作品会在"私小说"的路线上越走越远。不过我也想挑战一下不同于以往的世界观和主题，希望大家能够继续支持，不吝鞭策。

最后，我想借此机会向早川书房的盐泽快浩先生（也是老交情了，认识他的时候都还没认识我的爱人），还有配合得异常顺畅，简直不像是第一次搭班的金本菜菜水女士致以最诚挚的谢意。一本书的编辑、出版、印刷和分销

---

① 因纽特语：像大鸟般飞行的人。

所涉及的人员之多远超想象。请允许我对所有的相关人员和看完这个故事的您道一声发自内心的"谢谢"。

非常抱歉，不得不用一个沉重的话题为这篇后记收尾。在校阅本书时，我的爱人永远离开了这个世界。多亏了他这些年的大力支持，我才能从事"作家"这份常识之外的工作。谨以此书献给亡夫井上彻。

2023 年 6 月 高野史绪